BAD GUYS

BRUNO GMÜNDER

BARTH KOSEROW

Rosentals Erster

BAD GUYS 5
herausgegeben von Bernd Gutberlet

1. Auflage 1998

Leuschnerdamm 31
D - 10999 Berlin
Coverfoto: Marc Bessange
Gestaltung: Rudolf Haas
Druck: Nørhaven A/S Viborg, Dänemark
Printed in Denmark
ISBN 3-86187-405-9

Wer mit Ungeheuern kämpft, mag zusehen, daß er nicht dabei zum Ungeheuer wird. Und wenn du lange in einen Abgrund blickst, blickt auch der Abgrund in dich hinein.

Friedrich Nietzsche

Die Stadt Leipzig gibt es tatsächlich, ebenso viele der Orte, an denen sich Ereignisse des Buches zutragen. Die Handlung jedoch ist frei erfunden. Mögliche Ähnlichkeiten oder Übereinstimmungen mit tatsächlichen Ereignissen, mit lebenden oder bereits verstorbenen Personen sind nicht beabsichtigt und rein zufällig.

B.K.

1

Ich hockte auf einer Querstrebe im Heck der Mitternachtsbahn und sah zu, wie von draußen die Regentropfen gegen die Scheiben platschten. Laue Frühlingsnachtluft spielte an den Bauplanen vorm Hauptbahnhof, durchwehte sacht den leeren Waggon, und das grelle Innenlicht machte es mir schwer, mein Spiegelbild zu übersehen. »Made in 1968« stand auf der Aluminiumplakette am Fenster, und damit hatten die Bahn und ich dasselbe Baujahr. Nur daß man ihr nicht sonderlich ansah, daß der erste Lack schon ab war. Ich stierte wieder auf die Scheibe, und jetzt fixierte es mich schonungslos; das blasse Abbild von Dr. Mirko Rosental, einem nicht unattraktiven, aber unsportlichen Endzwanziger, mittelgroß, Typ akademischer Stadtmensch mit Rundrücken, leichtem Bauchansatz und zahlreichen Selbstzweifeln. Letzteres sah man ihm nicht sonderlich an, genausowenig das Alkoholproblem, das ihn seit kurzem wieder voll im Griff hatte. Der Typ in der Fensterscheibe sah ziemlich gebildet aus, schon allein wegen seiner goldgerahmten Brille, und eingebildet, weil er selbst in der Nachtbahn die passenden Socken zu seinem schwarzen Kaschmirsakko trug. Er hatte studiert, promoviert und schließlich doziert; über Sigmund Freud und alles, was so dazugehörte. Jüngster und erfolgreichster Psychologiedozent in der Geschichte der alma mater lipsensis, deren Hochhaus im Süden jetzt in sein Blickfeld ragte und von den Einheimischen »hohler Zahn« genannt wurde. Der letzte Rektor hatte den Namen Karl Marx diskret aus dem Titel verschwinden lassen; doch immer noch hing das klotzige Relief unter seinem Bürofenster und stierte auf die monströse Baustelle zwischen Gewandhaus und Oper, die sich seit einiger Zeit wieder Augustusplatz nannte.

Ich drehte mich um. Der Fahrer rauchte draußen mit seinen Kollegen und machte noch keine Anstalten, mit mir als einzigem Fahrgast durch die Nacht zu brettern. Die Tatra-Bahn stand weiter am selben Fleck, und der Typ in der Fensterscheibe wurde mir unsympathisch. Ich fand, er paßte nicht zu meinem Innern. Ich wandte mich ab und sah mir die frisch aufpolierte Fassade des Hauptbahnhofs an, in dem monatelang Myriaden von Bauarbeitern umhergeschwirrt waren. Als sie ihre Preßlufthämmer und Zementmaschinen wieder wegkarrten, hatten sie den Stolz der Stadt in ein gigantisches Einkaufszentrum mit Zuganschluß, Parkpalette und Zugverkehr verwandelt, eiskalt gegen den Willen der zum Äußersten entschlossenen »Bürgerinitiative Kopf-Bahnhof«.

Lisa, meine liebreizende Ex-Gattin, hatte die Initiative in ihrer Rundfunksendung unterstützt. In den letzten Monaten vor unserer Trennung glichen die zweihundert Quadratmeter Jugendstil in Gohlis mehr dem Materiallager einer Plakatfirma als der noblen Unterkunft, die ich einst großkotzig per Makler angemietet hatte. Eine Privatstiftung aus Koblenz zahlte damals noch Unsummen für meine Studien über die psychologische Beeinflußbarkeit des modernen Konsumenten, und auch wir konsumierten nicht schlecht: Essen und Möbel vom Feinsten, Haushaltshilfe, massenhaft elektronischen Schnickschnack, Flugreisen, Zweitwagen undsoweiter. In der Nachbarschaft galten wir als beneidenswertes Paar, er ganz der treusorgende Akademiker, sie die bildschöne Moderatorin von »Lisa Rosental wünscht Guten Morgen«. Und jetzt war das alles futsch, eingetauscht gegen eine miefige Plattenbauwohnung am Rande der Stadt, auf lehmgrauem Brachland in Sichtweite der Autobahn und inmitten herzerfrischender Zeitgenossen.

Trotzdem fühlte ich mich im Moment gar nicht so übel. Der Winter machte sich endlich aus dem Staub, und das erste Grün an den Büschen im Opernpark sah aus wie Feldsalat aus der Mayonnaisewerbung. Und ich mochte frischen Feldsalat.

Sammelanschlußzeit. Das obligatorische Häufchen von Frischverliebten, betrunkenen Pennern und umherschleichenden Ganoven. Auf den Bänken am Hauptbahnhof und an den Haltestelleninseln hingen bedauernswerte Existenzen rum. Sie kümmerten sich wahrscheinlich einen Scheißdreck um den Fruhlıng und verfluchten den Regen. Den rauchenden Jungs, die sich drüben am Opernpark wie zufällig ihre Jeans über die ausgestopften Slips zogen, ging es auch nicht besonders. Es sei denn, sie landeten bei Terrine. Und früher oder später würden sie das.

Terrine lebte tagsüber das öde Leben eines kleinen, handfesten Hausmeisters namens Joachim Fischbach; ein armer Trottel mit Bierbauch, mächtigem Haarwuchs, einem häßlichen Gesicht und einer schrulligen Hornbrille. Er war ein begnadeter Handwerker, und er besaß seit der Wende nichts weiter als einen schrottreifen Opel, der schon seit Jahren mit Motorschaden vor seiner Einraumwohnung vor sich hin rostete. In der finstersten Gegend der Stadt zwischen den Industrieruinen hinter dem Plagwitzer Kanal.

Nun könnte man sich – wenn Mäxchen, der jüngste Kellner vom »Vis-á-vis«, es nicht längst anders wüßte – alles mögliche und vielleicht auch alles Unmögliche zusammenphantasieren, wie in aller drei Teufels Namen ein Hausmeister mit einem schrottreifen Opel undsoweiter den Spitznamen Terrine trug. Dabei mußte es jedem logisch erscheinen, der sie kannte. Mit Einbruch der Dunkelheit warf sich Herr Fischbach nicht etwa mit einem Dosenbier in den Sessel vor seinen pervers großen Fernseher, obwohl ein Nichteingeweihter das vermuten konnte. Herr Fischbach setzte sich nach getaner Arbeit lieber vor seinen großen, mit hellen Glühbirnen umrahmten Theaterspiegel und trug routiniert – aber sorgfältig – Lidschatten und Wangenrouge auf. Natürlich verzichtete er auch nicht auf Bräunungspaste und Faltencreme, wovon letztere sich ihrer nachhaltigen Wirkung wegen in Insiderkreisen als Fugenspachtel oder Putzgrund bereits vor langer Zeit einen Namen gemacht hatte. Unter der blonden Perücke und eingehüllt in ein fliederfarbenes Kleid, das man ungeschneidert in jeder Haushaltswarenhandlung unter der Bezeichnung »abwaschbares Tischtuch – Lederoptik – lackiert« zum Vorzugspreis hätte erwerben können, sah Herr Fischbach aus wie ein entlaufenes Warzenschwein, das sich nach einer Odyssee durch verschiedene Behälter mit Lebensmittelfarbe endgültig in der Verpackungsanlage einer Bonbonfabrik verheddert hat. Er selbst nannte das Endprodukt liebevoll Terry.

So tippelte er in Stöckelschuhen von einer Bar zur anderen, lauerte dort dem jungen Gemüse auf, bis einer der pflastermüden Jungs schließlich seiner Ich-bin-die-beste-Mutter-aller-Zeiten-Show auf den Leim ging. Diese törichten kleinen Spritzer hatten den Kopf voller verquerer Gedanken und merkwürdiger Zukunftsphantasien, in denen Arbeit keine Rolle spielte. Wenn sie nicht gerade Dreck am Stecken hatten, flohen sie einfach vor sich selbst oder dem stinknormalen Leben ihres Elternhauses. Und alle waren sie auf der Suche nach der großen Liebe. Sie hatten glatte Haut und drahtige Körper, und in der Glimmerwelt der Schwulenbars behandelte man sie wie Stars, manchmal auch wie junge Götter. Aber nicht aus Selbstlosigkeit. Nach dem ersten bösen Erwachen kannten sie das Geschäft. Sie hingen tagsüber mit dem Handy am Gürtel im Opernpark rum und rauchten Kette. Abends, wenn die Mittelklasselimousinen vorfuhren, setzten sie sich in Pose, gestikulierten, lieferten sich gestellte Prügeleien. Und nur wenige der Freier waren sanft oder wenigstens attraktiv. Doch was machte das schon. Die Jungs waren geil aufs schnelle Geld, und Sex machte sie stark. Ob sie sich abends selbst einen runterholten oder andere das erledigen ließen, war ihnen egal. Anfangs sahen sie noch aus wie alle Bengels in ihrem Alter: Langgliedrige Schmusekater mit geschmeidigen Muskeln, wuscheligen Haaren und wilden Herzen, verpackt in labberige Jeansklamotten und viel zu große Turnschuhe. Doch schon nach kurzer Zeit ging es abwärts, nicht nur mit dem Körpergewicht. So mancher einstmals wilde Engel sehnte sich nach ein bißchen Wärme und Bemutterung, und von Terrine nach reichlich Martini und anderen Rauschmitteln einen geblasen zu bekommen, war tausendmal lustvoller als von einem aggressiven Freier übel zugerichtet zu werden. Zumal man danach nicht blutend im Park rumlag.

Terry liebte es, wenn die Jungs mehrmals hintereinander abspritzten, und zwar reichlich. Nur sagte er dazu nicht abspritzen, sondern Suppe geben. Wenn der Junge ausgiebig stöhnte und dann auch noch erzählte, er wäre zum ersten Mal in seinem Leben so geil gekommen, konnte er bis zum Morgengrauen garantiert mit weiteren Saugattacken rechnen. Für jeden erfolgreichen Nachschlag gewährte Terrine von ihrem bescheidenen Salär ein kleines Honorar und Essen, mit Liebe gekocht. Doch das wichtigste für die Jungs waren die Übernachtungen, vor allem im Winter, wenn bei schlechtem Wetter die Laufkundschaft wegblieb und das Geld knapp wurde. Manche der Jungs nahmen deshalb wochenlange Abstinenz auf sich, um unsere gierige Terrine in der entscheidenden Nacht zufriedenzustellen. Einer soll es mal auf neun Übernachtungen geschafft haben, behauptete jedenfalls besagter Kellner vom »Vis-á-vis« von sich, und so, wie Terrine ihn jedesmal sehnsüchtig mit ihren Kulleraugen begrüßte, konnte das durchaus hinkommen.

In der winzigen Wohnung des Herrn Fischbach lagerten zu jeder Jahreszeit halb und völlig erschöpfte Jungs auf Luftmatratzen, vor allem im Frühling, wenn die grüne Grenze im Osten für die ausländische Konkurrenz besser passierbar wurde. Spuren auf den Laken und auf den dunklen Kokosläufern kündeten von unruhigen Nächten. Ein aufregender und manchmal auch ziemlich übler Dunst stand in diesem düsteren muffigen Raum; eine fünfeckige Altbau-Wohnküche mit angeschlossener Duschkabine und Außen-WC. Daß Terrine von ihren Suppenstengeln außer einer deftigen Hepatitis noch nichts Bedrohlicheres eingeflößt wurde, grenzte an ein

Wunder. Auch schien die Sitte bisher nichts von diesem kleinen Sündenbabel im dritten Stock zu ahnen. Die Gegend war so leer wie Terrines Konto, so leer wie die runtergekommenen Mietskasernen, in denen einst Stahlarbeiter hausten.

Der Fahrer jagte die Tatra-Bahn mit Vollgas durch die Kurven des noch jungen Tages. Wir rumpelten, schaukelten und dröhnten nur so durch die leergefegten Straßen, die im rötlichen Laternenlicht fettig glänzten. Mir wurde von dem Geschaukel sogar ein wenig übel, und ich sehnte mich nach meinem großen alten Citroën, an dem ich so gehangen hatte. Doch zuletzt war ich gar nicht mehr so gern in der Stadt gefahren. Die Straßen sahen nach den letzten Wintern aus wie nach umfangreichem Granatbeschuß, und die Leute fuhren mir sowieso zu gefährlich; entweder alles Betrunkene, aggressive Geistesgestörte oder beides.

Daran mußte ich denken, als eine schwarze E-Klasse uns gewagt überholte. Auch noch kurz vor einer Baustelle, die außer den Gleisen nichts weiter als ein klaffendes Loch zwischen den Häusern hinterlassen hatte. Einfach zu groß und zu tief. Es krachte also ganz ordentlich, und die Bahn machte eine Vollbremsung. Ein Mathematikprofessor hätte noch vor Ort alles im Kopf ausrechnen können: Die Geschwindigkeit der Bahn beim Aufprall, wieviel Tonnen Schubkraft pro Quadratzentimeter wirkten undsoweiter. Für mich sah es jedenfalls so aus, als kochten die bei Daimler auch bloß mit Wasser. Und der Gerichtsmediziner würde bei der Identifizierung des Toten ein wenig Übelkeit verspüren. Dem Straßenbahnfahrer gelang es noch, einen Funkspruch abzusetzen, bevor er aus der Kanzel stürzte und sich übergab. Ich blieb erstmal ruhig. Nachdem ich mich anhand der Fensterscheibe von meiner äußerlichen Unversehrtheit überzeugt hatte, stieg ich aus. Ich klopfte dem geschockten Mann auf die Schulter und sagte: »Sie konnten nichts tun. Sie trifft keine Schuld.«

Aber er hörte mich gar nicht, sondern starrte apathisch auf einen dreckigen Fußball, der direkt vor der Bahn zwischen den Gleisen lag. Als plötzlich Blut aus dem Fußball sickerte, mußte ich auch kotzen.

Der Rettungstrupp trudelte ein. Nach einer kurzen Untersuchung wurde ich als unverletzt und ungeschockt entlassen. So leicht konnte man mich eben nicht mehr aus der Fassung bringen. Ich gab bei der Polizei eine Zeugenaussage ab. Der Typ ohne Kopf hatte eine halbe Stunde vorher in Reudnitz eine Radfahrerin überfahren. Sie war auf dem Weg ins Krankenhaus gestorben und mit neunzehn Jahren immerhin drei Jahre älter gewesen als dieses mehrmals auf Bewährung vorbestrafte Subjekt.

Als mich die Polizei endlich nach Hause fuhr, ging es bereits auf zwei Uhr morgens zu. Sofern in der friedlich vorbeirauschenden Nacht keine weiteren Katastrophen lauerten, würde ich umgehend meine Zweizimmerwohnung betreten und dort in einen tiefen Schlaf fallen, inmitten der Wüstenlandschaft von Neu-Paunsdorf. Vor meinem Block lag ein großer Parkplatz, dahinter die Straßenbahntrasse mit der Zufahrtsstraße zum Einkaufszentrum. Dann kam das Feld, hinter dem der Autobahnverkehr vorbeirauschte. Als Adresse gab man Heiterblickallee an, aber die Leute, die hier wohnten, blickten entweder gar nicht heiter oder einfach zu Boden.

Der Polizist brachte mich sogar noch zur Haustür. Er wollte sichergehen, daß mein Schlüssel auch wirklich paßte, und ging erst weg, als ich das Haus betrat. Ich winkte ihm zu, trampelte die engen Betontreppen hinauf zum fünften Stock und stellte zu meiner Verwunderung fest, daß das tranige Licht im Graffiti-Treppenhaus schon brannte. Außerdem schien jemand leise zu schluchzen. Ausgerechnet im Fünften. Bei mir. Das Blechgeländer dröhnte leise; je höher ich stieg. Und da saß sie nun, Terrine, angeschlagen, wenn nicht gar zerbrochen auf meinem alten Schuhschrank und heulte. Die ungleichmäßig aufgetragene Schminke zerfloß über der schlecht rasierten Visage und bekleckerte das eingerissene Kleid, aus dem die verschwitzten Brusthaare quollen. Die Perücke lag zusammengeknautscht über den hingeworfenen

Stöckelschuhen, die Strumpfhose bestand nur noch aus Querstreben, die lackierten Fingernägel platzten ab. Und bevor ich etwas sagen konnte, flüsterte Herr Fischbach unter Tränen: »Sascha ist weg.« Und das passierte nicht zum ersten Mal. Wie immer in solchen Situationen wuchtete ich Terrine auf meine Couch und suchte nach einem alkoholischen Getränk, mit dem sie ihre Trauer ertränken konnte.

Sascha. Ein Ausnahmebengel, so groß und geschmeidig, makellose Haut, schwarzes Haar, verträumte Augen. Ein verführerisches Lächeln in weichen Gesichtszügen, schlanke Glieder und schon eine ordentliche Beule in den Bluejeans. Sascha war geil, er war anbetungswürdig, und er wußte das. Eine aufreizende Mischung emotionaler Gegensätze, mal aufopferungsvoll zärtlich und verspielt, im nächsten Moment schon wieder launisch und kriegerisch gewalttätig. Jungs wie Sascha wichsten am liebsten im Neonlicht vor dem Spiegel und würden zusehen, wie ihnen der Samen in fetten Striemen auf den Waschbrettbauch spritzte. Mit diesem Körper und vor allem mit diesem Schwanz konnten Jungs wie er bei ihrer Zielgruppe alles erreichen. Einen Blauen bekam er allein schon fürs Wichsen auf der Klappe, genügend warme Bettchen für die Nacht jederzeit. Manchmal trieb er es mit mehreren Freiern gleichzeitig. Je mehr von ihnen zu seinen Füßen lagen, desto besser fühlte er sich. Er hielt sie bereit und warf sie weg wie seine Fünfzig-Pfennig-Gummis. Kein Geld für Sascha, kein Rumschmusen mit Sascha. Er liebte seinen Körper und sonst nichts.

Aber das ging eben nicht ewig so weiter. Das klappte nur, solange er fit blieb, solange er noch besser drauf war als all die anderen Jungs, die vor ihm und die nach ihm kamen. Zwei Wochen Grippe, kein Geld, Hunger, Einsamkeit. Die Freier, die er früher mit einer laxen Handbewegung abgelehnt hatte, kamen zurück und verlangten, daß er Ambrosia schrie, wenn sie ihn für nur noch fünfzig Mücken im Hinterhof-Hotel bumsten. Spätestens am nächsten Morgen landete er wieder auf der Straße. Bei jedem Wetter. Und dann blieb eben nur noch Terrine.

So lief das also zwischen ihr und Sascha. Und sobald der Junge wieder einen spendableren Freier aufreißen konnte, ließ er Terrine sitzen und kehrte nicht zurück, bevor das Geld ausgegeben war. Je länger das Geld reichte, desto mehr hinterließ dieses ständige Hoffen und Bangen seine Spuren im alltäglichen Leben des Herrn Fischbach, so daß er schon mal den Abend mit dem Tag verwechselte, tagsüber im Fummel mit irgendwelchen Straßenjungs auf der Uniklappe rummachte und nachts als echter Mann verkleidet in lächerlichen Anzügen die Cruisingtreffs und Bars nach seinem Sascha durchstreifte.

In solcher Verfassung hatte ich Terrine kennengelernt, als ich sie kurz vor Feierabend in Strapsen und Stöckelschuhen auf der Herrentoilette des Instituts für Psychologie mit, oder besser in einem Jungen erwischte, der bis auf das Büschel ölglänzender Haare über seinem vollsteifen Schwanz völlig unbekleidet war. Die beiden hatte wohl spontan die Geilheit überkommen, so daß sie ganz vergessen hatten, ihre Klappe abzuschließen. Der Junge stand vorn, mit dem Gesicht zur Tür, und so, wie er keuchte und seine Schwanzspitze pulsierte, taumelte er offensichtlich am Abgrund eines gewaltigen Orgasmus. Hilflos starrte er mich für einen Augenblick mit großen Augen an, die Hände abwehrend ausgestreckt, alle Muskeln angespannt, den schönen Mund weit aufgerissen, während Terrine sich nicht stören ließ. Erschrocken preßte der Junge sie von hinten an sich, damit sie aufhörte; aber genau dieser Stoß brach den Damm. Der Junge stöhnte, schloß die Augen, warf den Kopf in den Nacken und spritzte ab. Sein Gesicht lag in Ekstase, Schweißperlen standen auf seinem Brustkorb, Samenstriemen flogen aus seinem kolbenförmigen Schwanz und trafen mich. Es war früher Herbst, der Junge noch braun, und sein Samen sah aus wie schmelzender Schnee, als er auf meine Schuhspitzen klatschte. Und dieser betörende Geruch. Wer weiß, was ich getan hätte, wenn meine Hosen nicht so eng gewesen wären. Aber so drehte ich mich erschrocken um und rannte einfach davon.

Nach einer aggressiven Autofahrt riß ich Lisa noch im Korridor unserer Wohnung förmlich die Kleider vom Leib, warf sie auf einen Stapel ihrer dämlichen Protestplakate, drang in sie ein und kam dreimal innerhalb kürzester Zeit; Lisa einmal weniger. Aber so, wie sie unsere schönen Stuckdecken angekreischt und ihre Pamphlete dabei auf dem Parkett verteilt hatte, war sie noch nie gekommen. Da ahnte ich plötzlich, daß es zwischen uns ein für allemal aus war. Ich hatte alle belogen; am meisten mich selbst. Männerkörper und Männerherzen waren, was ich begehrte, nicht Lisa Rosental. Ich lebte mit einer Fremden und sehnte mich insgeheim nach einer echten, großen und hoffnungslos sentimentalen Liebe. Und nach handfestem Sex. Ich konnte also verstehen, wie Terrine sich fühlte. Eine amour fou kümmerte sich nun mal nicht um irgendwelche Konventionen; sie schmiß einfach alles über den Haufen.

Ich setzte mich neben Terrine und drückte ihr die Weinflasche in die Hand. Anstatt mit demjenigen zu schmusen, auf den ich eigentlich so sehnsüchtig gewartet hatte, saß ich mitten in der Nacht mit einem Glas Wasser in der Hand neben einem abgetakelten Frauenimitator, der nun schluchzend meinen 92er Baron Rothschild wie Wasser aus der Flasche soff und mir dabei im Zerfließen auch noch die Couch verschmierte.

»Also, ich an deiner Stelle würde mir keine allzu großen Sorgen machen«, sagte ich, während ich mich vergeblich nach einem sauberen Glas umsah. »Der Junge ist bestimmt bloß mal kurz aus der Stadt.«

Terrines Weinkrampf erreichte soeben einen neuen Höhepunkt. »Oh nein. Diesmal ist er wirklich weg. Ich fühle es. Er hat mich verlassen und liegt jetzt irgendwo tot im Straßengraben, ach, ach ...«

Vor Terrine lag ein zerknitterter Zeitungsausschnitt mit dem grobkörnigen Foto eines hübschen Jungen. Ich schnappte mir den bekleckerten Wisch und las, während neben mir Terrines falscher Busen von immer neuen Schluchzattacken geschüttelt wurde. Dieser Junge, gerade siebzehn, sah Sascha wirklich zum Verwechseln ähnlich. Er hieß Christian Turadot und wurde nun schon seit mehreren Tagen von seiner Großmutter vermißt. Auch nicht zum ersten Mal, wie es hieß. Es handelte sich ausgerechnet um den Sohn eines Prominenten, der einst als Anwalt für die kommunale Wohnungsverwaltung gearbeitet und in diesem Zusammenhang bereits für Schlagzeilen gesorgt hatte. Es ging damals wohl um ein paar unkoschere Rückübertragungen aus dem städtischen Immobilienfundus. An Turadot fielen dabei unter anderem mehrere Mietshäuser in besten Lagen sowie eine exklusive Jugendstilvilla. Vor der hatte er nach dem Auffliegen des Skandals zwei »Spiegel«-Reporter eigenhändig mit einer Taschenlampe krankenhausreif geprügelt, und jetzt saß er erstmal im Gefängnis.

Soweit alles klar. Pubertierender Sohn verabscheut arroganten Vater und haut aus Einsamkeit von Zuhause ab, um das Glück in der weiten Welt zu suchen. Eine typische Dreitagesromanze, die irgendwann auch im Jugendheim enden konnte. Aber es gab noch mehr schlechte Neuigkeiten, wie ich lesen mußte. Eine junge Frau aus der Dresdener Vorstadt hatte in ihrem Briefkasten ein blutverschmiertes Ohr gefunden, aufwendig verpackt in einem Glückwunschpäckchen zu ihrem jüngsten Geburtstag. Jemand schickte ihr das abgetrennte Ohr eines etwa siebzehnjährigen Jungen, des Bluters Christian Turadot, dessen Blutbild die Pathologie mit dem des Ohrs verglich. Die junge Dame namens Sylvia Schmidt hatte früher als Sekretärin bei der hiesigen Stadtverwaltung gearbeitet, bevor sie nach Dresden zog. Jetzt genoß sie dort Polizeischutz. Ich legte den Artikel beiseite.

»Hmmh. Sehr merkwürdig«, entgegnete ich auf Terrines erwartungsvollen Blick. Die Hintergründe solcher Fälle interessierten mich quasi von Berufs wegen immer; Terrine jedoch im Moment herzlich wenig. Sie weinte um ihren Sascha, dessen Ohr sie wohl auch demnächst in ihrer Post erwartete. Es verschwanden immer mal wieder Stricher aus allen erdenklichen Gründen spurlos aus der Stadt, und Terrine in ihrer panischen Verzweiflung befürchtete nun, ihrem Sascha sei dasselbe zugestoßen wie Christian Turadot. Ich rutschte noch näher zu Terrine und nahm sie in meinen Arm. Ihre Seele war einfach zu zart, um sich in unserer rauhen Realität von allein zurechtzufinden. Aber die Realität sah für Christian Turadot sicher um ein Vielfaches erschreckender aus, falls er noch lebte. Er war kein Stricher, nur ein Streuner. Und jemand hatte ihm sein linkes Ohr abgetrennt. Bei lebendigem Leibe, wie die Pathologen feststellen mußten.

2

Irgendwann, vor langer Zeit, hatte ich mit meiner Ex so etwas wie eine zeitgemäße Ehe vollzogen. Vorher waren wir ineinander verliebt, und zwar wahnsinnig. Wir hatten planlos Sex und genossen unser sorgloses Leben. Als wir uns dann immer weniger zu sagen hatten, bereiteten wir uns auf unsere Hochzeit vor und hatten endlich wieder ein Gesprächsthema. Wir planten unsere Tagesabläufe, unseren Sex, und nach ein paar Jahren hatten wir überhaupt keinen Sex mehr und warfen uns ständig Gemeinheiten an den Kopf. Wir gingen uns tagsüber aus dem Weg und führten wieder getrennte Konten. Ich verbrachte die Wochenenden bei alten Freunden, von denen viele nach ähnlichen Erlebnissen schon längst wieder solo lebten und sich deshalb nicht unbedingt schlechter fühlten. Lisa wohnte die meiste Zeit wieder bei ihrer Mutter im Muldentalkreis, und irgendwann in absehbarer Zukunft würde sie ganz dorthin zurückkehren, während ich die ganze Wohnung allein am Hals hatte.

So völlig auf mich allein gestellt und umgeben von der Lebenswelt Terrines, kamen schließlich die ganzen alten Erinnerungen wieder in mir hoch und machten mich zum maßlosen Vernichter hochwertiger Rotweine. Ich hatte immer geglaubt, daß alles vorbei sei, daß die akademische Laufbahn aus mir einen anderen Menschen machte, einen, der mit einer Frau zusammenleben würde und ganz anders war als der dreizehnjährige Mirko.

In der hintersten Ecke des Dachbodens lagerten im Lumpenschrank meines strenggläubigen Großvaters uralte FKK-Hefte aus Westdeutschland, tausendmal eingepackt und trickreich versteckt. Trotzdem kein sicheres Versteck vor Thomas, dem Sohn unserer Nachbarn. Obwohl er ein Jahr jünger war als ich, überragte er mich schon um ein paar Zentimeter, und als wir schließlich mit großen Augen durch die Seiten rauschten, auch an anderer Stelle. Wir alberten ein bißchen rum, klopften Sprüche und verglichen in Gedanken unsere Schwänze mit denen der Jungs auf den Fotos. Ich frotzelte über sein angebliches Miniorgan, und zur Klarstellung zog Thomas seinen Steifen raus und ließ ihn sich ehrfurchtheischend gegen den Bauch schnipsen. Das zylindrische, pralle Organ federte knackig zurück und zog einen Schleimfaden. Mein Schwanz war auch schon ganz feucht, und als Thomas siegessicher Blickkontakt verlangte, zog ich meine Jeans von den schmalen Hüften und stellte mich zum Größenvergleich vor Thomas. Aus Versehen berührten sich die Spitzen, aber anstatt zurückzuzucken, sahen wir uns erstaunt in die Augen. Eine lustvolle Sensation bahnte sich von unseren Schwanzspitzen den Weg zum Rückenmark, und dieses Gefühl war zu stark, um zu widerstehen. Wir kicherten jetzt nicht mehr, wir rückten ganz vorsichtig aufeinander zu, knieten uns hin, und an dem Punkt, an dem wir unsere Haut riechen konnten, fielen wir übereinander her. Nur ein paar Augenblicke des krampfhaften Umarmens, ein paar linkische Bewegungen der hohlen Hand, ungestümes, saftiges Schmatzen, gieriges Keuchen, staunendes Aufstöhnen, und klarer Samen spritzte nach oben und fiel zurück auf unsere zuckenden Knabenkörper und in den Staub, in dem wir knieten. Wir waren nahezu gleichzeitig gekommen.

Und wichsten fortan so manches Mal zusammen. Der Dachboden wurde für uns zum unbeschwerten und aufregenden Spielplatz ungekannter Lust. Es blieb unser Geheimnis, und zwischen uns taten wir so, als ob er nicht existierte, aber in unseren Phantasien feilten wir immer raffiniertere Techniken aus in der stillen Erwartung, sie selbst erleben zu dürfen. Welche Grausamkeit, Thomas kurz unter der Schwanzwurzel mit dem Zeigefinger lediglich zu streicheln. Und sein schöner

Schwanz spritzte trotzdem, nach einer unendlichen Stunde, in der er schon so oft beinahe losgegangen wäre. Thomas weidete sich während meiner Zuwendungen an den Brüsten und Mösen der Frauen, während ich unter seinen Händen verstohlen nach den Schwänzen der Männer schielte und sehnsüchtig auf den Augenblick lauerte, in dem Thomas sich an mir festkrallte, aufstöhnte und leidenschaftlich abspritzte. Und schließlich ließen wir die Fotos. Als ich Thomas zum ersten Mal einen blies, war er fünfzehn. Er kam so intensiv und stöhnte dabei so laut, daß die Krämern von untendrunter auf den Dachboden kam, um nach dem Rechten zu sehen. Wir versteckten uns im Kleiderschrank, und da Thomas nicht weg konnte, küßte ich ihn. Er stieß mich von sich, und nachdem die alte Vettel gegangen war, warf er mir einen wutentbrannten Blick zu, lief einfach weg und redete fortan kein Wort mehr mit mir. Wir gingen uns aus dem Weg und taten so, als ob die intime Verbindung zwischen uns nicht existiert hätte. Als Thomas ein halbes Jahr später mit seinen Eltern nach Bayern ausreiste, nahm ich mir vor zu sterben. Im gewissen Sinne tat ich das auch. Irgendwann in der zehnten Klasse verführte mich Anatol, ein rebellischer Bursche aus meiner Schule, während wir im letzten Sommer der DDR im Wehrerziehungslager gemeinsam Wache schoben. Er buhlte sogar um meine Liebe, aber es kursierten bereits Gerüchte an der Schule. Um mich von jeglichem Verdacht reinzuwaschen, warf ich mich Lisa, unserer Klassenbesten, an den Hals, und Anatol ging nach der zehnten Klasse ab.

Im Grunde genommen war Lisa bloß eine blöde Gans, die trotz ihres guten Aussehens keiner so richtig haben wollte. Aber sie wollte mich, und da mußte ich ja sagen. Anatol und ich, wir hatten uns gleich beim ersten Mal in den Mund gespritzt, und das war viel schöner als später mit Lisa im Dunkeln. Aber die anderen Jungs um mich herum mochten das unheimlich, was sich im Fachjargon der erste Geschlechtsverkehr nannte. Da war ich sechzehn und ertrug tapfer meine neue Liaison. Zum Zivildienst ließ ich mich freiwillig ins

Ruhrgebiet versetzen, wo ich alten Herrschaften das Mittagessen nach Hause brachte. Lisa sah ich nur einmal im Monat. Wir hatten eine ganz gute Zeit, und nach meiner Rückkehr heirateten wir. Ich begann, Psychologie zu studieren, während Lisa gerade beim Regionalsender von der einfachen Reporterin zur Moderatorin aufstieg. Ich wollte vergessen, und während ich so nach und nach mit dem Trinken begann, redete ich mir ein, daß meine erotischen Begegnungen mit Thomas und Anatol nichts weiter waren als pubertäre Spielereien.

Die unverhoffte Begegnung mit einem strapstragenden Hausmeister riß mich aus meiner saturierten Selbstgefälligkeit unversehens in einen abenteuerlichen Strudel voller Irrungen und Wirrungen, tief hinein in die Glitzerwelt der Schwulenszene. Lange Jahre hatte ich nicht mal geahnt, wer ich war, hatte mich vor meinen eigenen Gefühlen versteckt, und jetzt steckte ich nicht nur mitten in diesen Gefühlen, ich steckte mitten in der Szene. Dabei wollte ich wirklich nicht dazugehören. Doch es gefiel mir sofort. Keiner kümmerte sich hier um irgendwelche Konventionen, und die dummen Zwänge der Kleinbürger bekamen allenfalls ein herzhaftes Lachen oder eine bösartige Bemerkung. Man konnte zur Tür reinkommen und einen Gartenzwerg auf dem Kopf tragen; die Jungs hätten es originell gefunden und vor Lachen schreiend in die Hände geklatscht. Ich fühlte mich zu Hause. Und wenn ich nicht gerade in der »Kutsche« oder im »Black Horse« mit den Jungs schwatzte, hockte ich im »Stargayte« oder im »Phoenix« und schwitzte vor mich hin. Diese Situation war völlig neu für mich, aber allein die Tatsache, daß man in einer schwulen Sauna hockte, machte einen noch nicht zum Schwulen. Schwule saßen ja auch dauernd in anderen Saunen rum. Ich beobachtete schließlich alles nur aus der Distanz des liberalen Analytikers. So wie ein Soziologiestudent, der an der Kasse des Pornokinos einer Nachbarin über den Weg läuft und ihr schüchtern lächelnd gesteht, er betreibe lediglich rein wissenschaftliche Studien über die Verkommenheit des Abendlandes. Und der Abgabetermin der wissenschaftlichen Arbeit dränge mächtig. Karrieresorgen.

Auch Herr Fischbach trug sich nach unserem ersten Zusammentreffen mit großer Sorge um seinen Arbeitsplatz, aber die konnte ich zerstreuen. Sein Privatleben ging mich schließlich nichts an, und der Steuerzahler finanzierte seinen und meinen Arbeitsplatz gleichermaßen, ohne über dessen Effektivität informiert zu sein. Aber wenn er es schon im grotesken Aufzug während der Arbeitszeit mit seinen Lustknaben auf der Toilette trieb, sagte ich entgegen meinen Beobachtungen, dann hoffentlich mit Gummi. Er wurde knallrot, stammelte etwas von tausend Dank und lud mich am selben Abend zu einem Bier ins »Vis-á-vis« ein. Und so wurde ich vornüber, aber widerstandslos, in die prickelnde Szene geschubst, und jedesmal, wenn ich die Begrüßungsküßchen der Jungs mit einem hysterischen »Ich bin verheiratet« abwehrte, sagte Terrine lapidar: »Das sind hier viele, Kleines« und kraulte Saschas Köpfchen auf ihrem Schoß, während ein knackiger Boy sich gerade Feuer an ihrer Marlboro zog. Dabei genoß ich notorischer Stubenhocker dieses paradiesisch bunte Nightlife in vollen Zügen, ich liebte die Macken der Jungs, ihr taktloses Gequatsche, ihr hysterisches Gefuchtel, die Zigaretten, das schummrige Licht zu quälender Musik in einer Atmosphäre voller Zärtlichkeit und unterschwelligem Sex. Zu Hause gestattete ich meiner Phantasie und meinem Körper das, was ich mir in der Öffentlichkeit versagte, es sei denn, ich mußte es mir vor lauter Geilheit gleich auf der Klappe besorgen. So war es mir einmal nach einer aufregenden Tour durch den Verkehrsgarten am Zetkin-Park ergangen, als ich zu vorgerückter Stunde mit unserer Terrine im »Lady Liberty« einrückte. Es wimmelte dort nur so von frischem Gemüse, ausgerechnet in dieser schäbigen Bar am Hauptbahnhof, aber dafür war ein Früchtchen schöner als das andere.

»Herrgott, ich glaub die Dame neben mir will grad ihr Herz verschenken«, stichelte Terrine, als sie sah, wie mein Blick abschätzend einen attraktiven Jungen in enger Jeanskluft streifte, der gerade hereingekommen war und den Eingang gekonnt als Präsentierteller nutzte. Ein düsterer, monströser Suffkopp mit Geheimratsecken, einem diabolischen Habitus und einer unheimlichen Ausstrahlung erhob sich ruhig von seinem Platz, nicht ohne noch schnell seinen doppelten Whisky runterzukippen. Er warf einen schwarzen Mantel um seinen Wanst, tapste unheilvoll grinsend zum Ausgang und baute sich neben dem Jungen auf. Der Junge gab sich zutraulich und geschmeidig wie ein Schoßhund. Er schien viel Zeit mit Sport zu verbringen und besaß ein überaus schönes und verwegenes Gesicht. Sicher ein Neuer. Neben dem Fleischberg, in dessen Schädel zwei tief vernarbte Bohrungen auf einen erst kürzlich überstandenen Genickbruch hindeuteten, wirkte der arme Junge wie das zarte Kaninchen neben der bösartigen Würgeschlange. Und als sie gemeinsam die Bar verließen, wußte ich, was es wirklich bedeuten konnte, Perlen vor die Säue zu werfen.

»Ständig diese Frischlinge«, seufzte Terrine, während ein abgemagerter Junkie sie um einen Drink anschnorrte. Sie griff ihm grinsend an die Eier, und der Junge täuschte einen satirischen Orgasmus vor. Er bekam eine Margherita mit Schirmchen.

»Bestimmt 'n Ausreißer«, sagte ich. »Sieht so unverbraucht aus.«

Terrine schüttelte energisch ihre Perücke. »Nein Süßer, ich meine beide, das junge Gemüse und den Teufel.«

Herr Fischbach kannte die Szene wie seine Westentasche. Nicht, daß Terrine etwas mit Drogen zu tun hatte, aber wer an das sogenannte organisierte Verbrechen glaubte und dabei Prostitution und Drogenhandel verschiedenen Leuten zuschrieb, der irrte gewaltig. Zuhälter lieferten sich am hellichten Tage Messerstechereien wegen unbezahlter Drogenrechnungen. Immer wieder suchte die Polizei nach solchen Typen, aber im entscheidenden Moment verschwanden sie meistens, ohne eine Spur zu hinterlassen. Seitdem wimmelte es im und am Bahnhof von Zivilfahndern, und die Tarnnamen der Kontakter und ihre Handy-Nummern in den Annoncen änderten sich ständig. Man konnte die Monate schon längst in Jens-, Maik-, Kevin- und David-Wochen einteilen.

Als ich zwischendurch mal aufs Klo mußte, kam mir einer meiner unbegabtesten, aber nicht unattraktivsten Studenten mit einem stämmigen Typ entgegen und grinste mich an. Er schien gerade viel Spaß gehabt zu haben und freute sich, mich zu sehen. Neben den Pißbecken versuchten zwei britische Bauarbeiter gerade, sich mit halbsteifen Schwänzen gegen die Beine zu pinkeln. Sie trafen nicht besonders gut, und ich verzog mich in eine Kabine. Dort klebte der Wichs nicht nur an den Kacheln, er klebte auch auf der Klobrille, während sich neben mir schmatzende Geräusche und leises Stöhnen mit schneller werdenden Vibrationen der Kabinenwand zu einem Rhythmus leidenschaftlicher Lust vermischten. Der Geruch von Samen und Körperdünsten war überall, und er machte mich wahnsinnig geil. Nebenan stöhnten sie jetzt so herzzerreißend, daß ich nicht mehr anders konnte, als mich vom Druck auf meinem steifen Schwanz zu befreien. Er lag geschmeidig in meiner Hand, und ich akzeptierte ihn als Symbol meiner Männlichkeit, diesen kräftigen Schwanz, der gleich abspritzen würde. Ich erinnerte mich an Thomas und an den Jungen vom Uniklo und wichste so wüst, daß ich es noch schaffte, nahezu gleichzeitig mit meinen eifrigen Nachbarn zu kommen, und sicher war das einer der schönsten Dreifachorgasmen, den die Bar je erlebt hatte. Jetzt klebte auch von mir reichlich Samen an diesen grünen Kacheln, und ich fühlte mich beschissen. Wenn Lisa das rauskriegte, war ich geliefert. Ich hatte ihr beiläufig von meinem Abendkolloquium erzählt, und sicher argwöhnte sie wieder, daß ich hinter ihrem Rücken zu sehr mit den Kolleginnen anbandelte. Dabei saß ich doch nur mit einer plüschigen Tunte in einer Schwulenbar, schüttete mich mit Bier zu und holte mir vielleicht mal ab und zu auf dem Klo einen runter.

Das Abendkolloquium mit dem furchteinflößenden Titel »Komplexe kriminologische Triebpsychologie« war eine Beschäftigungstherapie für gelangweilte Psychologiedozenten, in deren Hörsälen es nicht nur nach ungepflegter Meute, sondern auch nach Trübsinn stank, so daß vor lauter wissenschaftlicher Trockenheit größere Putzbrocken von den Wänden zu stürzen drohten. Es ging um meine Fortbildung in angewandter Kriminalpsychologie, da ich damit rechnen mußte, daß mein lieber Dekan Werner Lahfeldt mich im nächsten Jahr mit der Errichtung eines gleichnamigen Lehrstuhls am Institut beauftragen würde. Diese Ehre sowie meine mir früh verliehene Doktorwürde verdankte ich der Zeit, als man den ehrenwerten Dekan wegen eines Stasi-Verdachts vorübergehend vom Lehrbetrieb befreit hatte. Der Verdacht erwies sich schließlich als unbegründet, lediglich seine schmächtige Frau hatte ein Jahr vor der Wende unter dem Decknamen »IM Veilchen« mehr oder weniger belanglose Details über ihre Kollegen am Institut für Germanistik ausgeplaudert. Sohn Michael hatte mit dreizehn Weinbrand aus dem Schreibtisch seines Vaters entwendet und auf der Klassenfahrt verteilt. Die Klassenlehrerin entdeckte mehrere Packungen Underberg bei dem Jungen, der als störrisch und schwer erziehbar galt. Schnaps trank er jedenfalls regelmäßig. Michael Lahfeldt war ein minderjähriger Alkoholiker und zeigte beim Schularzt Spuren körperlicher Mißhandlung. Es kursierten immer wieder Gerüchte, Lahfeldt würde seinen Sohn schlagen, aber der Junge gab bei verschiedenen Untersuchungen vor, betrunken vom Fahrrad gefallen zu sein. Das Disziplinarverfahren für seine Eltern endete mit Bewährung, aber Christa Lahfeldt konnte dennoch mit einer fristlosen Kündigung rechnen. Sie hatte dem Jungen, typisch dumme Gans, später deswegen Vorwürfe gemacht, und der war von zu Hause weggelaufen und verführte jetzt ältere Herren gegen Bares in Haus und/oder Hotel, nachdem eine Beziehung mit einem zwanzig Jahre älteren Theaterregisseur gescheitert war. Lisa, die im Regionalsender über Einluß verfügte, verhalf Christa Lahfeldt umgehend zu einem Job in der Verwaltung, und schon bald nach Lahfeldts Rehabilitierung wurde ich mit sechsundzwanzig Jahren mittels einer Habilitationsschrift über Freuds Traumdeutung zum jüngsten Dozenten in der Geschichte der Universität. Es entspann sich so eine regelrechte Freizeitfreundschaft zwischen den Lahfeldts und uns, in deren Verlauf es zu angestrengten Kaffeenachmittagen und erzwungenen gemeinsamen Urlaubsreisen kam. Lahfeldts fuhren jedes Jahr für vier Wochen in ein recht nobles Tudor-Ferienhaus am Strand von Brighton, und wir durften das Obergeschoß umsonst bewohnen. Lisa fand es toll, von den Lahfeldts ausgehalten zu werden und klatschte auch noch Beifall, wenn der ehrenwerte Dekan der zum Dumpingpreis angeheuerten indischen Putzfrau auf der Straße gönnerhaft zwanzig Pfund Trinkgeld in die Hand drückte. Toll fand sie es auch, frühmorgens gemeinsam mit Christa Lahfeldt auf einem überfüllten Luftkissenboot mal eben nach Frankreich und retour zu hetzen, um noch genügend Zeit für die Besichtigung eines Eisenbahntunnels am Nachmittag aufzusparen.

Bis auf viel unnütz vertrödelte Zeit blieb für mich von den Lahfeldts unterm Strich nichts übrig, wenn man vom Familientag in der Stadtbadsauna absah, der wöchentlich abgehalten wurde. Lahfeldt und Konsorten erschienen im Rudel, und unter all diesen aufgeblasenen Typen entdeckte ich schließlich doch noch eine Perle. Er hieß Jürgen, war Ende dreißig und machte nicht nur auf mich mit seinem stämmigen Körper und seinem gefaßten Wesen gewaltigen Eindruck. Nachdem ihn seine alte Baufirma entlassen hatte, vermarktete er sich als Fliesenleger und verdiente offenbar nicht schlecht dabei. Seine Stimme war ruhig und tief, er redete und gestikulierte wie einer, der schon viele Probleme gemeistert hatte, und bei dem muskulösen Körperbau und diesem prächtigen, fleischigen Schwanz schien mir unverständlich, wieso er immer noch solo lebte. Wir unterhielten uns über dies und das, trockneten uns in der Ruhekabine gegenseitig ab, und während Jürgen entspannt auf dem Rücken lag, schielte ich immer wieder wie hypnotisiert zwischen seine Beine und versuchte, meine Erektion zu verbergen. Obwohl er stämmig war, wirkte sein Körper straff und elastisch; er war der Typ, der eine starke Frau mit einem einzigen Blick um den Finger wickeln konnte. Jürgen war einer von denen, die nach einer Katastrophe die Nerven behielten, die andere auch mal handfest zur Vernunft brachten und die zupackten, wo man sie brauchte.

Lisa wunderte sich zusehends, warum ich entgegen meiner sonstigen Lustlosigkeit gerade nach der Sauna derartig scharf auf ehelichen Sex war. Wir machten wie immer das Licht aus, und ich stellte mir vor, wie Jürgen vor mir auf dem Rücken lag, wie sein ebenförmiger Phallus sich kerzengerade über seinen prallen Eiern aufrichtete, und ich würde in ihn eindringen, oh ja, ganz langsam, während er sich selbst befriedigte und schließlich auf uns abspritzte; ein Dammbruch von einem Orgasmus, machtvoll und klebrig, und ich würde unsere Lust vermehren, in dem ich meinen Schwanz bis zur Wurzel in seinen Schritt stieß und meinen Samen in ihn spritzte.

Jeden Mittwoch hätte ich nur die Hand ausstrecken zu brauchen. Aber die blieb, wo sie war.

3

Im Kolloquium saß jeden Abend der gleiche zusammengewürfelte Haufen promovierter Psychologen, denen mehrere Damen und Herren vom BKA Film- und Aktenmaterial des »Federal Bureau of Investigation«, besser bekannt als Äff-Bie-Ei, erläuterten und nahebrachten. Ziel der Weiterbildung war ein Abschluß, um in ausgewählten Fällen als Berater für die Kripo zu arbeiten, da deren Psychologen zeitweise in Arbeit erstickten. Die Zahl der Irren und Gewalttätigen auf der Welt schien tatsächlich unbegrenzt. Man sah zum Beispiel die Vernehmung eines harmlos wirkenden Taxifahrers, der dreizehn junge Frauen erdrosselt und vergewaltigt hatte, weil seine Mutter ihn in seiner Pubertät gedemütigt und geschlagen hatte. Sie zeigten uns manchmal nur die Indizien des Falles, und wir mußten über Nacht ein komplettes Täterprofil und ein mögliches Motiv liefern, das in der Gruppe ausgewertet wurde. Das alles, schlimm genug, lag für mich Hobby-Kriminologen stets sofort auf der Hand, aber die Realität mit ihren schockierend banalen Motiven sah oft noch viel schlimmer aus.

Als gefürchtetster Ausbilder profilierte sich zufällig ein Hauptkommissar mit Geheimratsecken und diabolischer Ausstrahlung. Die zwei tiefen Narben an seinen Schläfen kamen mir verdächtig bekannt vor. Er hieß Graustein und zeigte uns auf der Leinwand abgetrennte Köpfe, aufgeschlitzte Leiber, verstümmelte Gesichter, Lug und Trug, abgrundtiefe Boshaftigkeit und die vielen kleinen Spuren, die doch so viel über die Menschen sagten, die für all das Leid verantwortlich waren. Graustein ließ nichts aus, zeigte uns immer schockierenderes Material: Die schmerzverzerrten Gesichter der

Opfer schrien ihr Leid den Peinigern entgegen, Eltern identifizierten vor laufender Kamera ihre mißhandelten Kinder, FBI-Beamte hielten eine Mutter zurück, die sich im Leichenschauhaus neben dem aufgedeckten Leichnam ihrer Tochter mit dem Kopf gegen die Wand warf.

Und was übrigblieb, war oft nur ein einzelner Mensch, der Tatverdächtige, die potentielle Lösung des Falls, allein in einem Raum; sehr oft unscheinbare, hilflos wirkende Leute von nebenan. Graustein stand ungerührt neben der Leinwand und sagte: »Dieser Mann da hat seine Mutter und sechs Mädchen zu Tode gequält, das Täterprofil und die Spuren passen exakt auf ihn, die Zeugenaussagen decken sich, und glauben Sie ihm kein Wort, wenn er sagt, er sei unschuldig.« So lief das, und zu Hause und auch sonstwo analysierte ich schon pausenlos die Leute, allesamt potentielle Mörder und Triebtäter, was schlimmstenfalls stimmte. Meiner selbst war ich mir da jetzt auch nicht mehr sicher.

Dieser Graustein galt unter seinen Kollegen als irrer, aber knallharter Typ. Er gab sich unnahbar, neutral und bestialisch intelligent, obwohl sein gedunsenes und unbewegliches Gesicht irgendwie an Boris Jelzin erinnerte, der sich wohl auch dann und wann der Vernichtung hochprozentiger Flüssigkeiten widmete. Aber das taten viele andere auch. Wenn Graustein zwischendurch mal den Raum verließ, um sich eine goldene Dunhill anzuzünden, dann schmeckte die Luft nach Alkohol. Seit langem schon hatte der Ester in Grausteins Hormonhaushalt ordentlich gewütet und seinen Wanst anschwellen lassen, während sein Schwanz schrumpfte, ihm die Schamhaare ausfielen und kleine Brüste wuchsen. Eines Tages würde sich vielleicht ein Pathologe durch diese Fettmassen wühlen, im Gedärm nach dem Rest von Grausteins Leber fahnden, dabei bösartig grinsen und leise vor sich hin murmeln: »Das mußte ja so kommen.«

»Das mußte ja so kommen«, sagte Graustein, als er mir in einem Besucherraum von Santa Fu noch einmal die Akte Kolbmüller Null-Zwei vorlegte, die es nur gab, weil ein Psychologe geschlafen hatte. Die Akte Kolbmüller stand für Wolfgang Kolbmüller, jetzt 42 Jahre, bis vor fünf Jahren Gymnasiallehrer und elffacher Mädchen- und Jungenmörder. Da ich zu den fünf Besten des Abendkurses zählte, bestand Graustein darauf, daß ich ihn nach Hamburg begleitete, um den Fall zu studieren. Ausgerechnet ich in Santa Fu. Santa Fu, das stand für den sternförmig hingeklotzten Gefängnisbunker Hamburg-Fuhlsbüttel, bekannt für brutale Meutereien, Vergewaltigungen und unkontrollierbare Drogengeschäfte. Vierzig von hundert Gefangenen hier hatten Aids.

»Er hat schon in seiner Studienzeit kleinen Mädchen nachgestellt«, sagte Graustein und legte mir Familienfotos der späteren Opfer vor.

»Allesamt niedliche Wonneproppen, strohblond, blauäugig und von zutraulichem Äußeren«, sagte ich, und Graustein nickte.

»Dann hat er irgendwann ein Mädchen ins Gebüsch gelockt, es mit dem Messer bedroht, ihm die Kleider vom Körper gerissen und dann versucht, mit dem Finger in sie einzudringen. Die Zehnjährige kratzte aber und schrie, so daß Kolbmüller schließlich von ihr abließ und flüchtete. Das Mädchen hielt dicht, weil Kolbmüller ihr mit dem Tode drohte, falls sie etwas verraten würde. Erst im Zuge der Ermittlungen hat die inzwischen achtzehnjährige und als völlig kontaktarm geltende Frau zugegeben, sexuell mißbraucht worden zu sein. Ihre Psychiaterin sagt, daß sie wahrscheinlich nie darüber hinwegkommen wird.«

Wir erreichten den Hochsicherheitstrakt und mußten noch einmal unsere Ausweise zeigen. Graustein redete weiter, während wir das Labyrinth der Gänge durchliefen:

»Zwei Jahre nach seinem ersten Übergriff arbeitete Kolbmüller als Gruppenbetreuer in einem Ferienlager und verübte dort, wie es in der Akte heißt, unter Androhung von Schlägen wiederholten sexuellen Mißbrauch an Schutzbefohlenen. Dem Lagersanitäter waren im Schwimmbad bei einem noch nicht geschlechtsreifen Jungen wundgescheuerte Genitalien und Hämatome aufgefallen, deren Ursache er in einem geschickten Onkel-Doktor-Gespräch ergründete. Kolbmüller wurde unter Anklage gestellt und zu zehn Jahren auf Bewährung verurteilt mit der Maßgabe, sich in psychiatrische Behandlung zu begeben. Nach zweieinhalb Jahren ambulanter Therapie gab sich Kolbmüller äußerst vernünftig, so daß der Gerichtspsychologe ihm nach einem abschließenden Gespräch völlige Heilung attestierte. Der Mann galt von da ab als völlig harmlos, hilfsbereit und freundlich und arbeitete als Pförtner. Aber auch während der Therapie streifte er wieder nachmittags durch die Wohnviertel und sah den Kindern beim Spielen zu. Als er zum Abschlußgespräch in der Psychiatrie erschien, lag die Leiche eines Opfers im Kofferraum seines BMW, den er unter dem Fenster des Interviewzimmers parkte.«

Der Gerichtspsychologe sprach von völliger Heilung, und zwei Wochen später kidnappte Kolbmüller dessen elfjährige Tochter und tötete sie mit mehreren Messerstichen, nachdem er sie in seinem Wagen brutal vergewaltigt hatte. Stunden später wurde Kolbmüller geschnappt. Fünf der getöteten Mädchen standen kurz vor ihrer ersten Menstruation. Graustein erwischte Kolbmüller bei ihren Leichen. Ich sinnierte über Grausteins morbide Faszination an seinen Fällen. Seine Stimme unterbrach meine Gedanken:

»Das Motiv lag auf der Hand. Minderjährige Opfer als Surrogat für eine als tyrannisch empfundene Mutter, gegen die er seine zunehmend sexuell gefärbten Aggressionen nie auslebte. Kolbmüller suchte sich wehrlose Opfer, zerstörte deren Jungfräulichkeit, enthauptete sie und führte einen angespitzten Besenstiel in die Vagina ein. Er trieb ihn manchmal bis hinauf zum Brustkorb, während er dazu masturbierte. Die Köpfe nahm er als Trophäe mit nach Hause, fror sie ein oder warf sie, wenn sie verwest waren, in einem Plastiksack in den Elster-Saale-Kanal. Eine Schulklasse entdeckte die Mülltüte auf ihrem Badeausflug. Zwei Jungs hatten wohl versucht, sie als Matratze zu benutzen, als sie sich öffnete.«

Ich schluckte.

»Aha. Das klingt wahnsinnig aufregend, wie Sie das schildern.«

»Was?«

Graustein blieb stehen und sah mich verblüfft an. Der Vollzugsbeamte, der uns an unzähligen verschlossenen Zellentüren vorbeiführte, stand diskret abseits und tat so, als ob er taub wäre. Graustein hatte keine Ahnung, worauf ich hinauswollte. Er konnte schließlich nicht wissen, daß ich ihn im »Lady Liberty« beim Abschleppen eines minderjährigen Strichers beobachtet hatte.

»Ich hoffe, Sie können sich ebensogut in die Opfer hineinversetzen und den Schmerz nachvollziehen, den die Mädchen beim Eindringen des Besenstiels gespürt haben. Von den seelischen Qualen ganz zu schweigen. Oder würden Sie etwa auch über den Fall Dutroux mit leuchtenden Augen berichten und dabei die cleveren Geschäftsleute bewundern, die doch nur ein bißchen Spaß nach Feierabend haben wollten? Mit so vielen kleinen Kindern?«

»Also das ist doch ...«, japste Graustein mit nur mäßig aufgesetzter Empörung. Sein Gesicht war rot angelaufen, und in seinen Augenwinkeln zuckte es hektisch.

»Wollen Sie mir etwa unterstellen, ich hätte pädophile Neigungen?«

Jetzt hatte ich Graustein bei den Eiern, wie man so sagt.

»Das haben Sie jetzt gesagt. Mir gefällt bloß nicht die Art, wie Sie von den Opfern reden. Oder fasziniert Sie die ausgefeilte Taktik der Täter etwa wirklich mehr als alles andere? Sind Sie vielleicht einfach nur neidisch?«

Das saß. Hätte Graustein jetzt eine Zigarette im Mundwinkel gehalten, sie wäre ihm runtergefallen. Für einen Moment sah er aus, als ob er mich auf der Stelle erwürgen wollte, dann erinnerte er sich an die Gegenwart des inzwischen nervös herumzappelnden Vollzugsbeamten und brach in ein falsches Gelächter aus.

»Mensch Rosental, alter Junge«, rief er aus. »Sie werden

mir doch jetzt nicht so kurz vor der Prüfung durchdrehen. Paranoia ist eine ernstzunehmende Berufskrankheit unter uns Seelenforschern, also zwingen Sie mich nicht, Sie deshalb auszulachen.«

Damit schien für Graustein das Thema erledigt. Er wandte sich ab und ging raschen Schritts in Richtung Besuchertrakt. So, wie er vor mir davonlief, mußte ich ihn tief getroffen haben. Ich hatte recht, und das wußte er auch. Der erste Punkt ging also an mich.

Der Vollzugsbeamte führte uns in die Vernehmungszelle, einen kleinen, fensterlosen Raum mit einem Tisch und drei Stühlen. Ich bereitete mich innerlich auf das ungewöhnliche Treffen vor, und Graustein schwieg. Kolbmüller galt sofort als extrem tatverdächtig, auch als man kurze Zeit später die stark verwesten, kopflosen Körper der vermißten Mädchen im nahen Wald entdeckte. Graustein überführte ihn, weil er wußte, daß Kolbmüller regelmäßig zum Grab zurückkehren würde, um seine Phantasien beim Töten der Opfer nachzuerleben und sich dabei einen runterzuholen. Und er wußte, daß Leute wie Kolbmüller nicht therapierbar waren, daß sie einen für Außenstehende schwer erkennbaren inneren Auftrag ausführten, daß sie versuchten, ihre mächtigen Phantasien nachzuleben, denen sich alles übrige unterordnete. Wie es hieß, konnte Kolbmüller jeden beliebigen Geisteszustand auch gegenüber sich selbst vortäuschen, er bestand jeden Lügendetektortest, und unter Pentotal verriet er nur das Pflaumenmusrezept seiner Großmutter.

Ich wußte, daß es wegen des zu erwartenden Ego-Schubs nicht gut war, planvoll handelnde Mörder zu befragen. Wenn man etwas von ihnen wollte, dann mußte man ihnen auch unterschwellig den Tribut des Erstaunens, des Erschauerns und vielleicht sogar des Respekts zollen; und genau das war es schließlich, was sie mit ihren Taten erreichen wollten: Als respektiertes Monstrum in die Geschichte einzugehen, wenn sie es auch sonst zu nichts anderem hätten bringen können.

Kolbmüller wurde kurz nach unserer Ankunft in Handschellen hereingeführt. Er sah richtig nett aus, so etwa wie der Melitta-Kaffeefiltertütenmann, nicht unintelligent, ein bißchen klein und mopsig und von der Sorte Mensch, die einem auf der Straße begegnet, an die man sich aber später beim besten Willen nicht mehr erinnern kann. Er begrüßte mich nahezu unhörbar, aber korrekt, und machte keinerlei Anstalten, sich auffällig zu verhalten. Als er auf meine Fragen bescheiden über seine frühere Arbeit als Lehrer berichtete, wurde er mir sofort sympathisch. Als Direktor hätte ich ihn auf der Stelle genommen, so kreativ und begeistert sprach er über seine Arbeit mit Kindern. Hinter mir surrte eine kleine Kamera, draußen verfolgte Graustein alles am Monitor, und obwohl ich ihn nicht sah, fühlte ich doch sein böses Grinsen in meinem Nacken. Alles schien verdreht. Es mußte doch eine Möglichkeit zur Strafmilderung geben. Dieser harmlose Mann vor mir saß lebenslänglich, und je länger ich seiner leisen, ruhigen Stimme zuhörte, desto mehr fragte ich mich, ob das wirklich der Mensch sein sollte, der elf Mädchen grausam vom Leben in den Tod befördert hatte, der die absolute Kontrolle über Leben und Tod brauchte, um sexuelle Lust zu empfinden, der sie bewußtlos schlug, sich an ihnen verging, sie wieder ins Leben holte, sie erneut mißhandelte, bis zu ihrem letzten Atemzug, stundenlang und ohne Gnade. Ich verließ das Gefängnis, ohne einen klaren Gedanken fassen zu können.

»Netter Kerl eigentlich, nicht wahr?« wollte Graustein wissen, als er unseren Dienstwagen startete, einen abgehalfterten Passat mit Automatik. Ich zuckte mit den Schultern. Graustein lächelte und schob eine Kassette ins Radio. Eine Aufnahme von Grausteins Verhör kurz nach Kolbmüllers Festnahme. Ich kannte inzwischen auch Kolbmüllers übriges Vorstrafenregister und seine Kindheitsgeschichte, hauptsächlich harmlose Brandstiftung in zahllosen Fällen, Ladendiebstähle, Schulschwänzerei, Einprügeln auf gleichaltrige Schulkameraden bis zum Schädel-Hirn-Trauma; die Mutter dominant, behandelte ihn wie den letzten Dreck, Vater unbekannt, völlig orientierungslos nach dem Tod der Mutter, dann das Morden. Er blieb sanft und hart bis zum Schluß, als Graustein endlich vom Fall abwich und ihn nach seinem Vater fragte. Kolbmüller änderte seine Taktik und redete plötzlich in weinerlichem Tonfall von seiner Mutter, aber dann klopfte Graustein ihm hörbar auf die Schulter:

»Ach, hast du etwa Angst gehabt wegen deiner Mutter, als du es getan hast? Sie hat dir verboten, den Mädchen hinterherzugucken, nicht wahr? Sie hat dir gesagt, du seist zu häßlich, um auch nur eine davon kennenzulernen. Und sie hat dir verboten, dir heimlich im Badezimmer einen runterzuholen. Sie hat es gewußt, aber du konntest es nicht zurückhalten und fühltest dich danach so schuldig. Alle diese Mädchen waren fast im reifen Alter, und schon bald würden sie ohne Gewissensbisse tun, was fast alle Mädchen in ihrem Alter taten. Sie suchten sich einen Jungen, und sie hatten Sex mit ihm. Nur nicht mit dir. Noch nicht einmal heute. Also sollten sie es auch nicht, es sei denn, sie würden es sich von dir besorgen lassen, nicht wahr? Aber selbst dazu warst du zu feige. Du hast sie mit einem Besenstiel penetriert, weil du aus Angst keinen hoch gekriegt hast. Warst du in Panik, als die Mädchen tot vor dir lagen? Hast du dich davor gefürchtet, nach Hause zu gehen? Deiner Mutter davon zu erzählen? Die toten Augen der Opfer hätten es ihr erzählen können. Daher die abgeschnittenen Köpfe. Oder?« Gleichzeitig hielt er ihm die Fotos mit den verfaulten Köpfen hin, wie Graustein sagte.

Und Kolbmüller brach in Tränen aus und antwortete mit Ja. Er, der niemals eine ordentliche Beziehung zu einem anderen Menschen hatte aufbauen können, verging sich durch die Überschreitung des Verbots indirekt an seiner Mutter. Nachdem er seine Mutter getötet hatte, schnitt er ihr den Kehlkopf heraus und warf ihn in den Gartenhäcksler. Sie sollte nie wieder ein böses Wort zu ihm sagen können. Aber Kolbmüller konnte es nicht ertragen, in die Gesichter der toten Mädchen zu blicken. Er hatte Angst, die Augen der Toten könnten sein

Gesicht widerspiegeln. So klare Augen, die ihn immer noch sehen konnten. Deshalb enthauptete er sie, bevor er sich an ihnen verging. Und alles, was er Graustein mit tränenerstickter Stimme zuflüsterte, war: »Oh mein Gott, ich konnte nicht anders, ich hatte diesen Zwang, es zu tun. Verdammt noch mal, ich konnte nicht anders. Lassen Sie mich zufrieden, bitte.«

Dann auf einmal aufbrausend:

»Hau ab, du Arsch. Du sollst mich in Ruhe lassen!«

Auf dem Band hörte man, wie plötzlich Möbelstücke umherflogen, während Kolbmüller wirres Zeug brüllte. Graustein schnippte das Band aus dem Radio und sagte:

»Tja, so schnell kann es sich ändern. Menschen wie Kolbmüller sind es gewohnt, andere mit ihrer aufgesetzten Freundlichkeit und Offenheit zu manipulieren. Man glaubt, sie wären immer so, und vertraut ihnen. Aber aus irgendeinem Grund, meistens zu Recht, fühlen sie sich vom Rest der Welt schlecht behandelt, ihr ganzes Leben besteht für sie aus einer gewaltigen Leere, die sie ausfüllen wollen. Es gibt viel Leid auf dieser Welt, aber diese Leute tun alles, um es zu vermehren, wenn sie keinen Rückhalt finden. Oft suchen sie sich deshalb Berufe aus, in denen sie Macht, Kontrolle oder Dominanz über andere ausüben können. Nicht selten kommt es übrigens vor, daß sich Gewaltverbrecher im Laufe ihres Lebens für den Polizeidienst bewerben oder als Feuerwehrmann arbeiten wollen.«

»Ja«, sagte ich. »Man müßte verhaltenspsychologische Tests mit auffälligen Bewerbern durchführen, und man könnte Kinder an Schulen testen; ich meine, wenn man davon ausgeht, daß Menschen nicht als Mörder geboren werden. Später werden sie lernen, sich zu verstellen, aber in diesem Alter zeigen sie ihre eigenen Gefühle oftmals noch sehr offen.«

Graustein kurbelte das Fenster runter und zündete sich eine Zigarette an. Wir steckten im Stau an der Außenalster. Eine Möwe hatte uns auf die Frontscheibe geschissen. Graustein ließ es trocknen. Er war gerade beim Philosophieren.

»Das stimmt zwar so nicht ganz, ist aber trotzdem ein sehr interessanter Vorschlag. Aber welches Kind verhält sich heute schon unauffällig? Sehen Sie, wir alle haben irgendwann in unserem Leben Demütigungen erfahren, und wir alle sind potentielle Mörder. Es ist nur eine Frage der Lebensumstände, ob sich die pathologische Veranlagung durchsetzt. Viele dieser Leute haben mir gesagt, daß sie ihre Phantasien schon immer hatten, meistens um das zehnte Lebensjahr herum, manche sogar schon mit sieben oder acht. Es muß nicht immer ein traumatisches Erlebnis sein wie bei Kolbmüller. Viele dieser späteren Triebtäter zeigten überhaupt keine offenen Gefühle, so wie sie das vorhin sagten, sie lebten isoliert und experimentierten mit dem Eintritt in die Pubertät erstmals im Verborgenen mit sexueller Lustempfindung in Verbindung mit Gewaltphantasien. Kolbmüller hat mir mal gesagt, daß er sich beim Masturbieren oft mit dem Küchenmesser in den Unterleib geschnitten hat und daß er genau diesen Kick brauchte, um zum Orgasmus zu kommen. Zunächst sind die Betroffenen vielleicht nur über sich erschrocken; stehen sie zusätzlich unter psychischem Druck oder gibt es Traumata, entwickelt sich ihre Neurose oder ihre Schizophrenie immer mehr zum Lebensinhalt. Eine Art selbsterhaltende Hysterie, die sich quasi von allein aktiviert, wenn der Fluchtweg zur moralisch anerkannten Selbstverwirklichung versperrt ist. Und unsere bindungslose Konsumgesellschaft ist dafür ein idealer Nährboden.«

Ich nickte.

»Ja. Das Ich ist unrettbar.«

Er sah mich beeindruckt an.

»Sigmund Freud?«

»Nein, Mach. Ernst Mach. Der mit der Schallgeschwindigkeit.«

»Ja? Sehr interessant. Jedenfalls bräuchte man ein ganzes Heer von Psychologen, um die wirklich auffälligen Anzeichen aufzuspüren. Sie wissen schon, die sogenannte Gewalttriade, nämlich ungewöhnlich langes Bettnässen, Brandstifterei und kleinere Diebstähle gemischt mit exzessiver Gewalt gegenüber Schwächeren. Aber selbst dann würden wir auch wieder nur die Symptome bekämpfen. Das ist genauso, als ob Sie einen Fixer vom Bahnhof holen, ihn entziehen lassen und anschließend wieder in die Freiheit entlassen. Da sich seine Probleme in der Zwischenzeit wohl kaum gelöst haben, wird er innerhalb kürzester Zeit rückfällig. Noch nie gab es so viele Gewaltverbrechen wie in diesem Jahrzehnt, und dieser Trend wird sich fortsetzen. Wenn einer wie Kolbmüller erst einmal mit dem Morden beginnt, können wir nur versuchen, ihn zu stoppen und ihn dann für den Rest seines Lebens wegschließen. Mehr können wir eigentlich nicht tun.«

Wir erreichten die Autobahn, und Graustein versuchte, im Tempo mit den anderen Fahrzeugen mitzuhalten. Ich sah versonnen auf die vorüberfliegenden Felder, und zwischen uns entstand eine Art beschäftigtes Schweigen. Ich dachte mir, daß er die Gelegenheit nutzen würde, um mich für mein Verhalten ihm gegenüber zu tadeln Aber er tat es nicht. Offenbar gaben ihm meine Worte mehr zu denken, als mir lieb sein konnte. Vielleicht gab er mir sogar recht. Und wenn er jetzt Interesse oder Ärger zeigte, würde er schließlich widerlegen, daß er mich nicht ernst nahm.

Wir verbrachten den Rest der Fahrt weiter schweigend, und Graustein warf mich schließlich am Hauptbahnhof raus.

»Rufen Sie mich an, wenn Sie meinen Rat für Ihre Prüfung brauchen«, rief er mit aufgesetzter Freundlichkeit.

Ich winkte ihm kurz hinterher und sprintete dann nach meiner Straßenbahn, die gerade in die Haltestelle rollte. Am Abend würde Jürgen zu mir kommen, um meinen Einstand im Plattenbau zu feiern, und ich freute mich schon riesig darauf, ihn endlich wiederzusehen. Er hatte mir beim Umzug geholfen, und ich wollte mich einfach nur dankbar zeigen. Ganz sicher würde es keine große Einzugsparty in Paunsdorf geben. Für wen auch. Unsere sogenannten Freunde hielten seit meiner Scheidung großen Abstand und begründeten das mit Termindruck. Natürlich wollte sich keiner von diesen Feiglingen die Finger schmutzig machen und Partei ergreifen. Ich hatte auch nichts anderes erwartet.

4

Kurz vor acht. Ich saß in der Küche und sah nach draußen, um Jürgens Ankunft nicht zu verpassen. Er war schon zehn Minuten über der Zeit, und meine Gedanken schweiften ab, während ich die Betonwüste um mich herum betrachtete.

Wehmütig dachte ich an die alte Jugendstilwohnung, doch nach der Scheidung konnte ich die zweihundert Quadratmeter zu je fünfzehn Mark natürlich nicht mehr bezahlen. Also vermittelte mir Jürgen über fünfunddreißig Ecken einen Wohnberechtigungsschein für eine Zweizimmer-Plattenbauwohnung in Neu-Paunsdorf, Haustyp WB 70 K, was sicher Wohnblock mit 70 Kammern bedeutete. Nur eine vorübergehende Lösung, wie Jürgen meinte und ich mir selber einreden wollte. Er half mir mit einem geliehenen Kleintransporter beim Umzug, doch viel blieb nicht, bis auf das bißchen Möbelgerümpel von Ikea, das Gründerzeitvertiko meines Großvaters und die gesamte Multimedia-Strecke. Mein Herz blutete, als ich zusammen mit Jürgen die leergefegten Hallen an den Vermieter zurückgab. Lisa ließ sich von ihrem Anwalt vertreten. Sie wußte schon, warum. In meiner letzten Nacht in der alten Wohnung hatte mich die Polizei aus dem Bett geklingelt, um mir ungerührt mitzuteilen, daß mein Citroën gerade zwei Straßen weiter führerlos gegen einen Baum gekracht war. Gohlis lag etwas höher als das Stadtzentrum, und die Hauptstraßen im Viertel führten alle geradlinig und mit leichtem Gefälle nach Süden. Wenn man beim Parken ohne Gang die Handbremse nicht anzog, prallte das Auto entweder auf den Vordermann oder bahnte sich eben so seinen Weg. Niemand außer Lisa konnte gewußt haben, wo ich die Zweitschlüssel zum Wagen aufbewahrte, und niemand außer Lisa wußte, daß ich die Vollkasko erst unlängst abgemeldet hatte. Keine Einbruchsschäden sichtbar, also fahrlässiges Verhalten. Hätte das Auto auf seinem Crashkurs größere Schäden verursacht als bloß die Rinde einer alten Eiche anzuschrappen und ihr das letzte Laub abzurütteln, man hätte mir noch ein saftiges Bußgeldverfahren an den Hals gehängt. Jürgen kannte wie immer zufällig ein paar polnische Bauarbeiter, und gleich am nächsten Morgen wechselte das unästhetisch verbogene Wrack für schlappe siebentausend seinen Besitzer und wurde von zwei obskuren Gestalten umgehend gen Osten ins Schlepptau genommen.

Da Lisa sich nahezu den gesamten Hausrat gekrallt hatte, mußte ich erstmal jede Menge neue Sachen anschaffen, und für ein neues Auto blieb zwangsläufig kein Geld mehr übrig. Mit meinem derzeitigen Gehalt und der neuen Miete würde ich gut auskommen, aber die verbliebenen Rücklagen wollte ich mir lieber für eventuelle Engpässe aufsparen. Man konnte nie wissen.

Ich dachte an Jürgen. Im Herbst, gleich nach der Sauna, hatte ich ihn manchmal in seiner Wohnung besucht, während Lisa die Gesellschaft der Lahfeldts vorzog. Er bewohnte in der Südvorstadt, Ecke Shakespearestraße, eine kleine Dreiraumwohnung mit Parkett und Balkon nach Süden, ziemlich ruhig und ganz gut eingerichtet, wenn auch ein bißchen karg. Früher hatte ich über seine schlichten Rauhfaser-Wände hochnäsig die Nase gerümpft; im Vergleich mit meiner neuen Behausung sah ich das anders. Wir unterhielten uns damals recht oberflächlich und unernst über alles mögliche, während Jürgen in seiner schlauchförmigen Küche am Herd stand und aus einem Berg wild verstreuter Zutaten leckere Sachen zauberte. Ich deckte den Tisch auf dem verglasten Balkon, er zündete die Kerzen an und goß den Wein ein. Und natürlich bemerkte er keineswegs unbefriedigt, daß ich ihm ständig zwischen die Beine guckte. Er tat das auch manchmal bei mir. Nur, daß er keinerlei Anstalten machte, seinen Blick abzuwenden, wenn ich ihn danach ansah. Mit diesem verschmitzten Grinsen in seinem wettergegerbten, dreitagebärtigen Gesicht mußte man ihn einfach mögen. Jürgen war ein Typ, bei dem man sich sicher fühlte. Zumindest in einiger Hinsicht, denn daß er wohl vorwiegend auf Männer stand, zeigte mir ein vorsichtiger Blick auf seine Bücher- und Videosammlung. In seinem Bad und auch sonst in der Wohnung hingen kleine Bilderrahmen mit Duoton-Portraits schöner Männerleiber, die den Blick des Betrachters unwiderstehlich auf sich zogen. Jürgen hängte die Bilder jedesmal um, bevor ich kam, und um mich noch mehr zu quälen, brachte er sich von Zeit zu Zeit gezielt in Pose; ein joviales Zurücklehnen im Sessel, eine lässige Schräge im Türrahmen, willkürliche Unterschreitung des persönlichen Sicherheitsabstandes. Die Luft knisterte vor Erotik, sie duftete nach Leidenschaft und ungestillter Begierde, die unter viel zu engen Stoffschichten lauerte und von dem lustvollen Unheil kündete, das sie anrichten konnte. Und keiner tat den ersten Schritt. Anschließend fuhr ich dan immer völlig durcheinander nach Hause zu meiner Gattin. Wahrscheinlich hockte Jürgen sich dann einfach vor eines seiner Bilder und holte sich gepflegt einen runter. Ich stellte mir vor, wie er ganz lässig seinen mächtigen Schwanz streichelte, bis es ihm kam. Immer wieder. Und immer wieder nahm ich mir vor, auf Jürgens Annäherungsversuche einzugehen. Und jedesmal endete es abrupt mit einer übereilten Verabschiedung und ein paar schönen Phantasie-Momenten zu Hause allein unter der Dusche, während Lisa vorm Fernseher hockte und sich von der Harald-Schmidt-Show berieseln ließ.

Als Jürgens Renault in die Parklücke unter meinem Fenster glitt, wußte ich, ab heute würde alles ganz anders sein. Zum ersten Mal war Jürgen bei mir, in meinen eigenen vier Wänden, und er staunte nicht schlecht, wie wenig sich seit dem Umzug geändert hatte. Mit ihren fünfzig Quadratmetern wirkte die Wohnung sowieso nicht eben geräumig, und das quadratische Badezimmerkabuff mit dieser unanständig brummelnden Abzugsnoppe nannte sich aufrichtigerweise

Naßzelle. Die Abschaffung der Haushaltshilfe war wohl der gravierendste Einschnitt für mich, und da ich nur selten oder eher gar nicht putzte, sah es schon ein wenig verdreckt und durcheinander aus. Um mich vor Jürgen zumindest kulinarisch nicht zu blamieren, hatte ich rechtzeitig das Take-away vom Asia-Palast angesteuert, und als Jürgen das Wohnzimmer betrat, stand die Pekingente schon nett drapiert auf dem einzigen freien Tisch.

»Aha, Asia-Palast«, sagte Jürgen, als er auf seinem Essen herumkaute.

Ich sah ihn überrascht an.

»Wieso? Schmeckt's dir nicht?«

»Doch, doch. Es ist nur, ich hab bei denen drei Wochen lang das Klo gefliest und jeden Tag dort gegessen. Also, ich denke, sie haben sich an meinen Ratschlag gehalten, die Ente vorher mit warmer Salzlake einzupinseln, bevor sie sie in die Röhre schieben. Hmmh, schön knusprig, wie bei mir.«

Ich lachte.

»Du hast den Chinesen Chinesisch Kochen beigebracht?«

Jürgen prustete.

»Chinesen? Der Koch kommt aus Großkugel und hat früher bei der Stadtküche gearbeitet. Schulspeisung und Haftverpflegung. Du kannst dir gar nicht vorstellen, wie der mit den ganzen schönen Zutaten umgesprungen ist. Einfach zum Heulen.«

Ich goß noch etwas vom 89er Bordeaux Grand Cru nach, und Jürgen prostete mir zu.

»Schöner Tropfen, den du da ausgesucht hast. Auf dein Wohl.«

»Ja, nicht? Hübsche Erzeugerabfüllung. Auf dein Wohl.«

In Jürgens derben Pranken wirkten die zartstieligen WMF-Gläser schon ein wenig verloren, aber sie überstanden es. Ich nahm mir noch was vom Duftreis.

»Wie gerät jemand wie du eigentlich an die Lahfeldts?« fragte ich. Jürgen grinste.

»Na ja, du weißt ja, wie das früher war. Wer ein Haus bauen wollte, brauchte Baustoffe, bekam aber keine, und wer auf einer Baustelle arbeitete, kam an Baustoffe ran, hatte aber wenig Zeit zum Einkaufen. Wir haben damals im Zentrum an einer Straßenbahnhaltestelle gebastelt, und Werner kam mit seinem dreidreiundfünfziger Wartburg angeknattert, hat einfach so einen Kasten Sternburg Export aus dem Kofferraum gezaubert und mich gleich gefragt, ob er dafür ein paar Gehwegplatten haben könnte. Glaub bloß nicht, daß der für das ganze teure Zeug auf seiner Datsche auch nur einen Pfennig bezahlt hat. Gleich nach der Wende hat er das ganze Objekt für zweihunderttausend an einen Wessi verscheuert. Da steht jetzt ein Fitneßclub drauf. Und zwischen die Straßenbahngleise haben wir schrottigen Zement gekippt. Hat nicht mal ein Jahr gehalten.«

Ich seufzte. »Ja, ja. Die gute alte Volkswirtschaft.«

Jürgen lachte. »Genau.«

»Wie lange machst du das denn schon?« wollte ich wissen und schielte auf Jürgens Handwerkerhände.

»Knapp dreiundzwanzig Jahre«, mümmelte er zwischen ein paar Bissen. »Zuerst hab ich in Warnemünde auf der Werft gearbeitet, als Industrieschweißer, und später als Polier auf Großbaustellen. Du weißt schon, Berlin, Hauptstadt der DDR, und woanders gibt's nichts mehr.« Er lachte.

»Mann, waren das Zeiten. In dem einen Haus, da haben sie doch tatsächlich vergessen, das Fallrohr abzudichten, und wie dann dieser Fettkloß im fünften Stock zum ersten Mal ...«

Er sah mich grinsend an.

»Na ja, ich will dir ja dein Essen nicht verderben. Und geklaut haben sie wie die Raben und gesoffen wie die Löcher. Na ja, dann kam eben die Wende, und da blieb viel stehen und liegen. Mein Chef mußte mich vor drei Jahren entlassen, und seitdem lebe ich von meinen früheren Kontakten. Restaurants, Tankstellen, Hotels, Privatwohnungen. Für siebzig Mark die Stunde komm ich schon mal vorbei.«

Mir fiel beinahe das Glas aus der Hand.

»Wow! Siebzig Mark die Stunde? Wenn ich da an meine Honorare denke ...«

»Ja, aber du kriegst das Monat für Monat, und ich bin Einzelkämpfer und bring dann auch noch meine Geräte mit. Einen Monat geht's prima, dann geht's wieder runter. Aber das ist okay so; mein ganzes Leben ist bisher so gelaufen. Und bei dir?«

»Na ja, bei mir war das eher so eine gleichmäßig ansteigende Kurve.«

»Ja? Und du beschäftigst dich mit dem Dachschaden, den andere Leute abgekriegt haben? Analysierst ihre Macken?«

»So ungefähr.«

»Und das macht dir Spaß?«

»Nein.«

»Hab ich mir doch gleich gedacht.«

Wir lachten. Jürgen fragte:

»Isses wahr, daß du dabei bist, so eine Art Polizeipsychiater zu werden? Lahfeldt hat erzählt, wenn du mit dem Lehrgang fertig bist, kannst du irgendwo hingehen, wo grad 'ne Leiche liegt, und dann den Leuten von der Kripo erzählen, wer's getan hat. Ich hab über so was mal 'nen Krimi gesehen, aber ich kann mir absolut nicht vorstellen, wie das in Wirklichkeit gehen soll.«

»Na ja, du siehst dir den Tatort an und läßt die Spurensicherung alles überprüfen. Dann weiß man schon mal, woran man ist: Sexualmord, Raubmord, Rachemord, Selbstmord, inszenierte Morde undsoweiter. Raubmord und Rachemord sind meistens gewöhnliche und alltägliche Verbrechen, das kann im Grunde genommen jeder gewesen sein, aber beim Sexualmord findet man oft Spuren, mit deren Hilfe man den Täterkreis einengen kann, zum Beispiel nach dem Fundort der Leiche, ob sie verstümmelt ist undsoweiter. Je mehr man über einen Täter weiß, desto mehr kann man denken wie er und sich ausrechnen, was er als nächstes tun wird. Und ihn damit überführen.«

Jürgen sah mich mitleidig an und schüttelte den Kopf.

»Dann stecken also all diese kranken Typen in deinem Kopf drin?«

Ich zuckte ein wenig zusammen.

»Ich hoffe nicht. Aber ohne, daß man sich in sie hineinversetzt, kann man sie nun mal leider nicht zur Strecke bringen.«

Ich hob das Tranchiermesser und rammte es der Ente in den Brustkorb. »Noch'n Stück?«

Jürgen stierte mißtrauisch auf das Messer.

»Gern. Solange du damit nich' auf mich losgehst.«

»Vielleicht später. Das Essen wird sonst kalt.«

Wir aßen alles auf, öffneten noch eine Flasche und plauderten abwechselnd aus unseren Nähkästchen. Wie ich unter anderem erfahren mußte, waren die Heimtücken unebener Fußböden beim Verlegen von Marmorfliesen nicht zu unterschätzen, ebenso die Trockenzeiten verschiedener Fugenmörtel, und Jürgen erhielt schließlich Antwort auf die Frage, ob ich glaubte, auch er könne irgendwann zum Mörder werden.

»Ja, natürlich«, sagte ich, »jeder von uns«, und in diesem Moment rückte der kleine Zeiger meiner Armbanduhr auf Römisch zwei. Wir hatten gerade die zweite Flasche geleert, und ich fühlte mich angenehm leicht. Und benahm mich sicherlich etwas überkandidelt.

»Klar«, sagte ich, als Jürgen fragte, ob er bei mir schlafen könne. Er verschwand im Bad, und ich machte mich daran, das Sofa im Wohnzimmer für ihn auszuklappen. Jürgens Sicht auf die Dinge tat mir gut, sie hatte meine Probleme relativiert und sicher auch seine. Seine Anwesenheit beruhigte mich und sprengte sogar allmählich meinen akademischen Schutzpanzer, den ich gegenüber Lisa nie vollständig abgelegt hatte. Im Grunde genommen waren Lisa und ich all die Jahre Fremde unter einem Dach geblieben, was mit Jürgen schon jetzt ganz anders war.

»Kann ich mal ein Handtuch haben?«

Jürgen war in der Badewanne, und ich hatte ganz vergessen, ihm ein Handtuch zu geben. Ich zerrte mein grünes Saunatuch aus dem Kleiderschrank und lief ins Badezimmer. Mir stockte der Atem. Jürgen stand, halb zu mir gewandt, bis zu den Waden im Wasser. Aus seinen üppigen Lenden ragte sein vollständig erigierter Schwanz nach oben, ein Prachtexemplar, wie der Fruchtbarkeitsphallus einer griechischen Gottheit, mit einer fleischigen Spitze, einem dicken, zylindrischen Schaft und von aufregender Umgebung. Sein nasses Schamhaar bedeckte saftig seine Schwanzwurzel und auch den straffen Hautbeutel, in dem seine Eier hingen. Ein paar Wasserperlen liefen den Schaft hinab und ließen die glatte Haut glänzen.

»Gefall' ich dir?« fragte Jürgen und sah mich liebevoll an. In meinem Schritt begann es plötzlich zu glühen, ich fühlte mich unheimlich erregt von Jürgens Anblick, und ein paar Augenblicke später umfingen mich seine kräftigen Arme und zogen mich in die Wanne. Das Wasser war warm, und es drang sofort in meine Kleider. Jürgen riß mir das vollgesogene Hemd vom Oberkörper und streichelte meine Brust. Er preßte seinen Mund auf meine Brustwarzen und saugte daran, bevor seine Zunge den kürzesten Weg zu meinem Bauchnabel erkundete, um dort ausgiebig zu kreisen. Ich hätte mich wehren können, aber ich stöhnte bloß noch vor Lust und sehnte mich nach dem Augenblick, in dem er meinen knochenharten Schwanz aus der engen Hose ziehen würde. Aber er quälte mich, streichelte über die Innenseite meiner Schenkel, über meinen Schritt, und dann über meine Eier. Ich verlangte nach seinem Schwanz und bekam ihn zu fassen; heiße, schlüpfrige Haut, die sich mir entgegendrängte, während Jürgens Hände gerade die Innenseite meines Slips erkundeten. Wir keuchten jetzt, wir wanden uns aneinander, und ich brachte Jürgen zum Orgasmus. Sein Körper wurde steif wie ein Brett, er stöhnte auf, sein pulsierender Schwanz schoß dicke weiße Striemen auf mich ab, während ich den Schaft fest umklammert hielt und dabei seine Eier kraulte. Geruch von Camembert ließ meine Sinne schwinden, erregende Wärme klebte auf meinem Oberkörper und verlangte danach, enge Bekanntschaft mit meinem Schwanz zu schließen. Und

Jürgen befreite endlich mein erregtes Organ aus der engen Stoffhülle und cremte es von oben bis unten mit seinem warmen Samen ein. Ich bog meinen Oberkörper zurück und ließ mich durch seine unglaublich zartfühligen Hände dem gewaltigen Orgasmus entgegenflutschen, der sich jetzt unaufhaltsam in mir aufbaute. Als die lustvollen Konvulsionen in meinem Unterleib einsetzten, schloß ich die Augen, und mein Samen spritzte nach oben, um im schönen Bogen auf mich herabzuregnen. So geil, wie es sich anfühlte, schoß ich die dicke Milch literweise gen Himel, und als ich schließlich an Jürgens Seite auf dem früheren Ehebett der Rosentals lag, fühlte ich mich glücklich und geborgen.

Nun war es endlich passiert. Jürgen stützte sich auf den Ellenbogen, sah mich lächelnd an und wärmte mein Gesicht mit ein paar Küssen. Er atmete tief, und sein breiter Brustkorb hob und senkte sich gleichmäßig. Ganz klar, dieser Mann war ein Bild für die Götter.

»Ging ziemlich schnell« meinte er und spielte mit meinem feuchten Brusthaar.

Seine Stimme klang plötzlich ganz sanft und sonor.

»Oh ja«, sagte ich und kraulte seinen Rücken. Ich sah ihn nachdenklich an.

»Ich hab mich nie getraut.«

»Weil du verheiratet bist?«

»Ja.«

Jürgen lachte.

»Na und, Schwanz bleibt Schwanz, egal, in welche finsteren Gegenden er sich schon mal verirrt hat. Frag mich lieber, was ich jetzt vorhabe.«

»Was?«

»Ich hab vor, dich zu wärmen. Ganz langsam, und nur mit meinem Mund. Kannst du dir das vorstellen?«

Ich sah an mir herab, und stellte fest, daß sich zwischen meinen Schenkeln eine äußerst zustimmende Antwort aufbaute. Jürgen zauberte einen Gummi aus seiner linken Hand und hielt ihn mir vor die Nase.

»So richtig gründlich?«

»Klar. Am besten, ich fang irgendwo in der Mitte an oder geh einfach gleich zwischen deine Beine. Vorher muß ich da aber noch etwas abdecken. Was meinst du?«

»Ja. Ich glaub, da besteht im Moment der größte Wärmebedarf. Ja, genau da.«

Jürgen kümmerte sich nicht weiter um meine Worte. Seine Hände und sein Mund sprachen für sich, und ich staunte, wohin uns das führte.

5

Im Gegensatz zu mir hörte Jürgen den Wecker, der den Tag meiner Abschlußprüfung einläutete. Er stand auf, um in meinem Kühlschrank nach etwas Brauchbarem fürs Frühstück zu suchen, und würfelte schließlich eine Art Obstmüsli zusammen. Die Sonne des hereinbrechenden Tages und der Duft von Jürgens viel zu starkem Kaffee weckten mich. Wir zogen ein unbekümmertes Frühstück im Bett durch, an diesem klaren Morgen im April, nackt und ausführlich schmusend. Man roch es nicht nur, man sah es uns an, daß wir uns gegenseitig sattgewichst und sattgeblasen hatten, wir fühlten uns seidenweich und voller Energie und Wärme. Diesen Eindruck mußte auch Lisa bekommen, die völlig unverhofft im Türrahmen auftauchte, als Jürgen mir gerade mit einem Marmeladebrötchen in der Hand den Nacken küßte. Ihr fiel der Schlüssel aus der Hand, mir mein Salamibrötchen, das viel zu laut aufgedrehte Radio plärrte in das hereingebrochene, eisige Schweigen. Jürgen zerquetschte beinahe sein Brötchen und erstarrte. Sein steifer Schwanz war unter der Bettdecke hervorgeschnipst und hatte mit einem klatschenden Geräusch beiläufig den Kaffeebecher in seiner Hand berührt, wo er einen klaren Faden zog. Auf dem Becher stand, in Schnörkelschrift und eingerahmt von einem roten Herzchen, »Guten Morgen Lisa«. Mich durchfuhr es heiß und kalt. Lisa musterte uns kurz abfällig, dann stöckelte sie ins Nebenzimmer. Ich hatte das teure Sicherheitsschloß aus Gohlis in die neue Wohnung mitgenommen, und offenbar hatte sich das Luder von den beiden Schlüsseln noch rechtzeitig vor dem Umzug ein Duplikat anfertigen lassen. Die Überraschung war ihr jedenfalls gelungen.

Während ich ihr mit offenem Mund hinterherstarrte, fing Jürgen albern an zu kichern und ließ noch mal begeistert seinen Schwanz schnipsen. Er traf mitten ins Herz. Ich verbot es ihm, weil das Gekicher mich ansteckte, schließlich knuffte ich ihn, bis wir uns beide kichernd im Frühstück wälzten.

Die Musik verstummte, und wir ließen voneinander ab. Lisa stand stocksteif mit dem silbernen Panasonic-Recorder im Türrahmen und sah auf uns herab: Hochnäsig und arrogant. Sie war einfach so hereingeplatzt, bloß um ihr blödes Aerobic-Radio abzuholen. Ich sah mir ihr Gesicht an, und in diesem Moment haßte ich sie leidenschaftlich. Graustein hätte mir sofort pathologische Frauenfeindlichkeit bescheinigt, aber ich konnte einfach nicht widerstehen, ihr beidhändig den ausgestreckten Mittelfinger zu präsentieren. Ich hob meine Linke:

»Der hier ist für das Auto, du Miststück. Und der andere, den kannst du dir in den Arsch schieben.«

Nach einer kurzen Überraschungssekunde brüllte Jürgen lachend los und klopfte mir auf die Schulter. Lisa wurde blaß:

»Das Lachen wird dir schon noch vergehen«, schrie sie. »Alles hätte ich erwartet, aber daß du dich mit diesem Baurülps in unserem Bett rumwälzt, ist wirklich das letzte. Das wird ein Nachspiel haben!«

Immerhin war Jürgen für sie kein Unbekannter. Bevor Lisa mit dem Radio davonstöckelte und die Wohnungstür hinter sich zuknallte, hörte ich sie wütend vor sich hinbrabbeln:

»Wenn ich will, dann krieg' ich auch noch den ganzen Rest von diesem Sperrmüll hier.«

»Ach du Scheiße«, sagte Jürgen scherzhaft, nachdem Lisa verschwunden war, und schlimmstenfalls würde er damit recht behalten. Nun wußte Lisa endgültig Bescheid. Sie wußte vielleicht inzwischen von diesem oder jenem Kollegen, daß ich mich von Zeit zu Zeit in gewissen Lokalitäten herumtrieb, daß ich mit einem gewissen Herrn Fischbach verkehrte und mit zahlreichen anderen Männern, die Frauen relativ unerotisch fanden. Sie hatte mich zuletzt eine Flasche Wein pro Tag trinken gesehen und immer noch geglaubt, unsere Ehe wäre zu retten. Und nun war es endgültig vorbei, innerhalb weniger Minuten, bei einem Frühstück im Bett.

»Mein Gott«, sagte ich hilflos, denn nun hing alles von Lisas Rachegelüsten ab, und die konnten mich nicht nur um meine Nerven, sondern auch um mein Gehalt bringen. Sie würde garantiert Lahfeldt anrufen, und dann sah es nicht besonders gut für mich aus. Seit den Eskapaden seines Sohnes haßte Lahfeldt Männer, die mit anderen Männern zusammenlebten und dabei Dinge taten, die er sich vielleicht heimlich selber wünschte.

»Sieh's locker«, sagte Jürgen und wischte sich den Kaffee vom Bauch. »Ich bleibe bei dir.« Er sah mich unverwandt an, und ich schaute zur Seite.

»Wie meinst du das? Heute, morgen, übermorgen?«

»Also meinetwegen, wenn wir uns vertragen, auch noch länger.

Ich setzte mich auf.

»Ach. Ist das nicht ein bißchen schnell? Ich meine, nur, weil wir letzte Nacht zusammen geschlafen haben, heißt das noch lange nicht, daß ich, na ja, homosexuell bin.«

Jürgen sah mich halb mitleidig, halb ärgerlich an. Dann tippte er mir mit dem Zeigefinger auf die Brust. Es tat richtig weh.

»Du bist nicht nur homosexuell, Mann, du bist schwul. Ich weiß es, und du weißt es. Du stehst auf Kerle. Daß du bis jetzt diese miese Show mit dieser albernen Kuh abgezogen hast, ist schlimm genug. Ich hab' schon mit zwölf das erste Mal so richtig fett mit einem Jungen rumgemacht und erst mit fünfzehn mein erstes Mädchen gehabt. Ich sag' dir, einmal und nie wieder, und seitdem mach ich's nur noch mit Kerlen, weil das eben nicht andersrum funktioniert. Ich hab's mir nicht ausgesucht, ein Schwuler zu sein, aber ich bin schon immer einer gewesen und bin glücklich damit. Ich tue das, was zu mir gehört und spiele dabei niemandem was vor. Oder willst du mir etwa erzählen, du als Seelenklempner kannst dich in die

Gedanken von allen Beknackten dieser Welt hineinversetzen, nur bei dir selbst, da hapert's? Na ja, vielleicht bist du auch einfach nur ein Feigling, der sich lieber mit den Problemen der anderen beschäftigt als mit den eigenen.«

Ich suchte krampfhaft nach einem Ausweg aus Jürgens Verhör und spielte den Unentschlossenen: »Na ja, vielleicht bin ich im Moment auch nur ein bißchen durcheinander, und vielleicht ist die letzte Nacht auch gar nicht so wichtig. Vielleicht stehe ich ja auf beides.«

Jürgen lachte höhnisch.

»Vielleicht, vielleicht. Ich hoffe, das soll ein Scherz sein. Du hattest vier Orgasmen innerhalb von zweieinhalb Stunden, du hast Laute von dir gegeben wie ein geiler Grizzlybär, und für mich war das eine der tollsten Nächte, die ich je mit einem Kerl verbracht habe. Und es ist verdammt mies von dir zu sagen, es wäre dir nicht wichtig gewesen. Als ich so alt war wie du, habe ich fast jede Nacht mit 'nem andern Kerl rumgemacht und mich nicht weiter drum gekümmert, wenn er vor Morgengrauen auf Nimmerwiedersehen Leine gezogen hat. Aber jetzt steh' ich nicht mehr auf diese ewigen One-Night-Stands, weil es nämlich mit der Zeit 'ne tierisch öde Sache wird. Weißt du, seitdem ich dich kenne, bist du mir wichtig. Ich verlange ja noch nicht mal, daß du mir das gleiche sagst, aber hör endlich damit auf, solchen Müll zu quatschen. Das kann ich auf den Tod nicht ausstehen.«

Da hatte ich wieder mal was angerichtet. Eine schreckliche Pause entstand, mir schlug das Herz bis zum Halse, und neben mir lag Jürgen mit verschränkten Armen auf dem Rücken und sah halb traurig, halb wütend zur Decke. Ich drehte mich zur Seite und sah ihn an.

»Entschuldige. Ich hab's nicht so gemeint. Das ist im Moment alles ein bißchen viel für mich, und jetzt brauch' ich erstmal etwas Zeit zur Besinnung. Ich habe nicht gesagt, daß die letzte Nacht nicht wichtig für mich war oder daß sie nicht schön war, und du bist lieb und siehst gut aus, und ich hab mir immer gewünscht, daß so was wie letzte Nacht mit uns beiden passiert. Aber mit einem Mann zu schlafen und schwul zu sein, das ist irgendwie noch was anderes. Ach, ich weiß nicht ...«

»Ich seh' schon«, sagte Jürgen, inzwischen wieder milde gestimmt, »bei dem Schrott, den du zusammenfaselst, bist du im Moment im Oberstübchen nicht ganz auf der Höhe. Gar nicht gut für deine Prüfung. Aber das wird sich bald geben. Dank meiner Therapie.«

»Welche Therapie?«

»Ha. Wart's ab.«

Bevor ich mich rühren konnte, stürzte sich Jürgen auf mich, und obwohl mir die Zeit davonlief, empfand ich seine anstrengende Therapie als äußerst angemessen und entspannend. Bei meinem letzten Besuch hatte ich in Jürgens Videostapel eine blaue Hülle mit der Aufschrift »The 69ers« entdeckt, und als wir uns keuchend voneinander lösten und uns erschöpft die Gummis von den Schwänzen zogen, wurde mir klar, daß es sich dabei höchstwahrscheinlich um alles andere als den Spielmitschnitt einer Baseballmannschaft handelte.

Schließlich stand ich vorm Kleiderschrank und zog mich an. Jürgen probierte gerade hinter meinem Rücken eins von Lisas zurückgelassenen Kleidern an und watschelte zu mir rüber. Er sah aus wie ein Braunbär im Miniröckchen. Ich mußte lachen. Jürgen fuchtelte mit seinen stark behaarten Armen vor seiner Brust und imitierte andeutungsweise den sterbenden Schwan. Ich hielt mir zwei meiner besten Sakkos vor die Brust und drehte mich vor dem Spiegel.

»Was meinst du, soll ich zur Prüfung das schwarze oder das grüne anziehen?«

Jürgen strich sich aufreizend über den Bauch.

»Na ja, vielleicht steht ihnen ja dieses Kleid, Herr Doktor. Aber nein, das schwarze, das Sie soeben tragen, sieht irgendwie besser aus.«

»Wie, besser?«

»Selbstbewußter.«

»Genau. Hätte ich sowieso genommen.« Ich drehte mich zu Jürgen um. »Sehen wir uns heute abend?«

»Nein, ich muß in zwei Stunden nach Chemnitz. Freunde von mir bauen sich da einen Whirlpool ein, und ich soll fliesen. Könnte durchaus zwei, drei Tage dauern.«

Ich zuckte zusammen.

»Was? Du läßt mich einfach hier sitzen?«

Jürgen grinste.

»Nein, mein Süßer. Ich vergeß' dich natürlich nicht. Aber die Arbeit ruft. Ich verspreche, daß ich den ganzen Tag nur an dich denken werde, und sobald ich wieder im Lande bin, gehör' ich nur dir allein. Du weißt schon, die Fliesen in deinem Bad, die wollen erledigt sein. Vielleicht kleb ich dir auch ein paar verspiegelte ...«

Er tänzelte um mich herum und kniff mir dabei in den Hintern.

Dann küßten wir uns, und ich schnappte mir meine abgewetzte Aktentasche.

»Also, ich muß jetzt los. Laß einfach die Tür ins Schloß fallen.«

Ich sah vorsichtig auf das Ehebett.

»Vielleicht kannst du ja das Frühstück wegräumen. Und was sonst noch so, na ja ...«

»Na klar.« Jürgen stand jetzt ganz nah bei mir, zog mich an sich und flüsterte mir etwas ins Ohr.

Ich küßte ihn und sagte »Ich dich auch.«

6

Ich ging in bester Stimmung und gelassenen Schritts zur Straßenbahn und richtete meine Gedanken allmählich auf die bevorstehende Prüfung. Gerade noch rechtzeitig erreichte ich das Zentrum und hastete rüber zur Dimitroffstraße.

Im Polizeipräsidium, diesem häßlichen Monster aus Stahlbeton, blauen Fassadenelementen und getönten Fensterscheiben, hallten meine Schritte in den Gängen. Irgendwo im Halbdunkel schrillten Telefone und klapperten Schreibmaschinen. Das kalte Neonlicht spiegelte sich dumpf in den graugestrichenen Betonböden. Die Klimaanlage rauschte gedämpft, der neue Lift aus Edelstahl glitt in den dritten Stock. Mit frischem Schwung schritt ich zum Prüfungsraum. Die Tür stand offen. Sie hatten alle Tische zur Seite geräumt, bis auf einen einzelnen in der Mitte und drei für die Kommission. Ich trat ein und blieb für einen Moment geblendet stehen, weil mich die Sonne durchs geöffnete Fenster anblitzte. Straßenlärm drang herein. Meine Schuhe quietschten auf dem Fußbodenbelag, und ich dachte schon daran, den uralten Witz mit den unbezahlten Schuhen zu reißen, überlegte es mir aber im Angesicht der Prüfungskommisssion anders. Wie bei einem Verhör stand ein einziger Stuhl hinter meinem Tisch. Sie saßen nahe beim Fenster: In der Mitte Graustein, links daneben Kommissar Uhde. Sie war ungefähr in meinem Alter, sympathisch, energisch, sportlich, blond und arbeitete für das Morddezernat. Rechts neben Graustein saß ein unauffälliger Kripobeamter, ein Beisitzer, auch genannt Quotenheini, der Terrine ohne Drag verblüffend ähnlich sah. Es war mir zu Ohren gekommen, daß sie solche Jobs in der Kantine auswürfelten.

Ich begrüßte alle drei höflich und setzte mich, zunehmend nervös. Mit einem Mal kroch die Aufregung in mir hoch, und ich wußte, daß zumindest Graustein es bemerken würde. Ich kam mir plötzlich vor wie ein Achtkläßler, der wegen einer Bagatelle vor die Lehrerkommission zitiert wird. Graustein musterte mich kurz und blätterte gutmütig lächelnd in einem Manuskript.

»Sie haben gute Arbeit geleistet, Herr Doktor Rosental«, eröffnete er die Prüfung. »Es besteht also überhaupt kein Grund, aufgeregt zu sein. Fühlen Sie sich gesundheitlich in der Lage, unsere Fragen zu beantworten?«

Ich nickte und schlug die Beine übereinander, um das Zittern meiner Knie zu verbergen.

»Ich darf wohl sagen«, fuhr Graustein mit einem Seitenblick auf Uhde fort, »daß Ihre Abschlußarbeit bei weitem die beste ist, die mir in Ihrer Gruppe untergekommen ist, was natürlich nicht heißen soll, daß Sie ohne Fehler wäre. Aber Sie analysieren präzise und profilieren exakt. Leute wie Sie können wir gut gebrauchen. Wieso möchten Sie eigentlich in der Kriminalpsychologie arbeiten?«

»Nun, ich liebe Herausforderungen. Vielleicht werde ich hier gebraucht und kann mich endlich in der Praxis nützlich machen. Gerade jetzt, nach der Scheidung von meiner Frau ...«

Graustein tat so, als ob er stutzte: »Ihre Psychologievorlesungen an der Universität wurden nicht mehr besucht? Gab es persönliche Konflikte?«

»Nein, äh ...« Ich sah kurz zur Seite. »Ich hatte nur das Gefühl, allmählich im theoretischen Brei zu ersticken. Und die Studenten von heute sind auch nicht mehr das Wahre.«

»Da könnten Sie recht haben. Sie wollen also sozusagen Ihr Können in der Praxis erproben, richtig?«

»Ja.«

»Dann beginnen wir jetzt mit der Prüfung. Kommissar Uhde wird Ihnen einen Fall schildern, den Sie analysieren sollen.«

Uhde stand auf, trat mit ein paar Dokumenten vor den Tisch und begann:

»Die örtliche Mordkommission ersucht dringend Ihre Hilfe. Ich referiere die vorliegenden Fakten, wenn Sie aufnahmebereit sind.«

Ich nickte ihr aufmunternd zu. Graustein beobachtete mich ruhig. Der Quotenheini interessierte sich offenbar mehr für Uhdes Hintern als für ihre Worte. Sie fuhr fort:

»Im Keller eines modernen Appartementhauses wird eine männliche Leiche gefunden. Bei dem Toten handelt es sich um einen Rechtsanwalt. Er wurde noch lebend mit einer Schlinge um den Hals an den Boden des Lifts gebunden. Zuvor wurde der Wachmann niedergeschlagen und auf die Herrentoilette geschleift. Ein maskierter Mann ist in das Büro des Anwalts eingedrungen, hat dessen Sekretärin gefesselt, anschließend vergewaltigt und sich danach Zugang zum Tresor im Hinterzimmer verschafft. Zu dieser Zeit befand sich außer dem Anwalt, seiner Sekretärin sowie dem Wachbeamten niemand anderes im Haus. Hier sind die Baupläne.«

Sie reichte mir einen schlecht kopierten Grundriß über den Tisch. Die Zugänge zum Fahrstuhlschacht sowie das Büro des Anwalts waren rot nachgezeichnet. Ich sah ihn mir kurz an und nickte Uhde zu. Sie sagte: »Ein Mitarbeiter des Aufzugsdienstes hat kurz nach sechs Uhr die Leiche des Anwalts gefunden. Der Hausmeister betritt gewöhnlich morgens gegen fünf Uhr das kaum vermietete Haus. Er fährt zuerst mit dem Lift in seinen Arbeitsraum in der zweiten Etage, holt sich von dort seine Gerätetasche und fährt anschließend in den Keller, um die Armaturen der Klimaanlage zu überprüfen. An diesem Morgen blockierte der Lift kurz über dem Keller. Nach Angaben der Pathologie lebte der Anwalt noch, als der Lift ihn zerquetschte. Seine Sekretärin war an einen Pfeiler gefesselt, mit Blickrichtung auf den Boden des Lifts. Sie hat alles gesehen. Der schon erwähnte Mitarbeiter des Aufzugsdienstes mußte sich wegen eines Schocks in stationäre Behandlung begeben. Die Sekretärin gilt seitdem als suizidgefährdet und befindet sich in ambulanter psychiatrischer Behandlung.«

Uhde setzte sich auf die Tischkante und lehnte sich mit ausdruckslosem Gesicht zurück. Es entstand eine unangenehme Pause. Der Plan raschelte und knisterte auf meinen Knien. Das Geräusch war plötzlich überall. Graustein sah mich an und erklärte:

»Ein ähnlicher Fall hat sich tatsächlich ereignet. Sie haben fünf Minuten Zeit, Ihre Fragen und Gedanken zu ordnen. Auch wenn es hart ist, bedenken Sie, daß die Opfer vorerst nicht wesentlich sind. Versuchen Sie, sich in den Täter hineinzuversetzen, denn solange er frei herumläuft, könnte er weitere Opfer töten. Sie wissen, unsere Aufgabe besteht darin, den Täter auszuschalten und einzusperren. Die Opfer weisen die Spuren auf, die uns zum Täter führen können. Sobald Sie sich mehr mit den Qualen der Opfer beschäftigen als mit den Motiven der Täter, werden Sie dieser Arbeit nicht gewachsen sein. Ich spreche aus eigener Erfahrung.«

Er schluckte. Ich sah, wie die Sonne von der Seite sein verlebtes Gesicht beschien. Sein Blick ging ins Leere. Ich fühlte mich unwohl. Aber Graustein hatte recht.

Uhde stellte einen Kurzzeitwecker auf den Tisch und sagte: »Die Uhr läuft, Kollege.«

Dieses Ticken war jetzt das Maß aller Dinge. Auch wenn es nur um eine theoretische Prüfung ging, konnte es für völlig Ahnungslose draußen Leben oder Tod bedeuten, eine Entscheidung zu fällen. Mir schlug das Herz bis zum Hals. Der Quotenheini blätterte gelangweilt in einem Hefter. Graustein stand langsam auf und stellte sich seitwärts ans Fenster. Ein Krankenwagen fuhr vorbei, sein Martinshorn dröhnte durch den Raum. Dann war da wieder der Kurzzeitwecker, ticktack, tick-tack, tick-tack, ein verdammenswertes Ding in diesem kahlen Raum. Ich sah mir den Bauplan genau an, zeichnete mit dem Finger die markierten Zugänge nach. Keine Frage: Sie wollten mich auf eine harte Probe stellen. Als der Wecker klingelte, drehte Graustein sich um. Er blieb am Fenster stehen und sagte:

»Also, Herr Rosental, begeistern Sie uns mit Ihrem Scharfsinn. Wie gehen Sie vor, wenn die örtliche Kripo Sie um Hilfe bittet?«

»Ich stelle zunächst sicher, daß alle Spuren gesichert sind, eine Vollzeitwache eingerichtet wird und daß die Personalien derjenigen notiert werden, die sich unmittelbar am Tatort aufhalten, da das vorliegende Verbrechen auf eine große Öffentlichkeitswirkung hin durchgeführt wurde. Erfahrungsgemäß kehrt dieser Tätertyp regelmäßig an den Tatort zurück, um alles über den Fortgang der Ermittlungen zu erfahren oder sich den Ablauf seiner Tat aufs neue ins Gedächtnis zu rufen. Jeder, der Informationen zum Fall anfordert, muß überprüft werden, vor allem wenn er in freundschaftlichem Kontakt zur Polizei steht. Das heißt, daß ich die mit dem Fall betrauten Kriminalbeamten für Personenkontakte jeglicher Art sensibilisieren muß, die auf Informationen über den Fall hinzielen. Dies schließt Journalisten ein.«

»In Ordnung. Wieso *der* Täter?«

»Mein Täterprofil geht von einem männlichen Einzeltäter aus. Ist es mir erlaubt, einige Fragen zu stellen, bevor ich mein Profil erkläre?«

»Selbstverständlich«, erwiderte Uhde. »Fragen Sie mich.«

»Welche Täterbeschreibung des maskierten Mannes gab die Sekretärin?«

»Er war kräftig, mittelgroß, stark behaart und roch intensiv nach Nikotin. Er sprach mit ausländischem Akzent. Das Alter schätzte sie auf vierzig bis fünfzig.«

»Gibt es noch weitere Zeugen?«

»Nein. Niemand sonst hat etwas gesehen oder gehört, nicht einmal der Wachmann, der im Erdgeschoß seinen Dienst tat. Er wurde einfach bewußtlos geschlagen.«

»Was hat die Spurensicherung zu vermelden?«

»Keine Fingerabdrücke, nur Schweißabdrücke von Füßen, wahrscheinlich Größe 42. Der Täter muß auf Socken gegangen sein. DNS-Analyse anhand des vorgefundenen Spermas. Diverse Fusseln und ein paar Schamhaare. Ansonsten nur Spuren der Opfer.«

»Hat das Haus einen Hintereingang?«

»Ja. Aber der war ordnungsgemäß verschlossen.«

»Aha.«

Ich dachte angestrengt nach und ging die verschiedenen Möglichkeiten durch. Graustein sah mich gespannt an. Dann sagte ich:

»Nun, ich würde von zwei Möglichkeiten ausgehen. Entweder stand der Täter in direkter Beziehung zum Haus und besaß einen Schlüssel, mit dem er durch den Hintereingang unbemerkt eindringen konnte, um den Wachmann niederzuschlagen. Oder es ist der Wachmann selbst. Die Maske und der wahrscheinlich vorgetäuschte Akzent sprechen außerdem dafür, daß die Sekretärin sein Gesicht kannte, er aber nicht die Absicht hatte, sie zu töten, sonst hätte er sich ihr gezeigt. Das Verbrechen wurde gezielt und geplant durchgeführt, das heißt, der Täter kennt die interne Struktur des Tatorts. Die Zeugenaussage der Sekretärin bekräftigt die Tatausführung durch einen männlichen Einzeltäter, vierzig bis fünfzig Jahre alt, alleinstehend, unauffällig, intelligent. Als Motiv ist Rache wegen nicht erwiderter Liebe sowie Bestrafung des Nebenbuhlers aus krankhaftem Eifersuchtstrieb zu vermuten. Der Zugriff auf den Tresor ist demnach nur ein Vertuschungsversuch, einen Raubmord oder eine vorsätzliche Sexualstraftat schließe ich ebenfalls aus.«

»Wieso?« Graustein sah beinahe fasziniert aus.

»Bei einem Raubmord hätte sich der Täter nicht die Mühe gemacht, ein solches Szenario aufzubauen. Er hätte sich zuerst um den Tresor gekümmert und vielleicht eine Zeit gewählt, zu der er niemanden im Büro vermutete. Außerdem sind Zielort und Zielpersonen untypisch. Ich vermute, der Anwalt lagerte keine größeren Summen in seinem Tresor.«

»Richtig«, entgegnete Graustein.

»Ein reines Sexualverbrechen scheidet aber ebenso aus. Der Täter hätte die Sekretärin draußen abgefangen und nicht im Büro vor einem Zeugen vergewaltigt. Die Entdeckungsgefahr wäre einfach zu groß. Dieser Täter wollte Öffentlichkeit.«

»Und was führte Ihrer Meinung nach zu diesem Gewaltausbruch?«

»Es handelt sich um die Reaktion eines gedemütigten Mannes, der das Opfer begehrte, jedoch von ihm abgewiesen oder überhaupt nicht beachtet wurde. Ein durch starke Eifersucht hervorgerufener Minderwertigkeitskomplex mit triebhaftem Hintergrund. Der Täter liebte sein Opfer, deshalb tötete er es nicht. Die Vergewaltigung selbst war für den Täter nur deshalb lustvoll, weil sein Rivale, der Anwalt, dabei zusehen mußte. Der Täter hat sich ein Verhältnis zwischen den beiden ausgemalt oder sich über dessen Existenz Gewißheit verschafft. In den Augen des Täters haben sich beide Opfer gegen ihn gewandt. Sie, weil sie seine Liebe nicht erwiderte, und er, weil er das tun durfte, was der Täter für sich in Anspruch nehmen wollte. Deshalb hat er die Opfer nach seiner ersten Machtdemonstration hilflos im Keller sich selbst überlassen, jeden in Angst um den anderen. Der Tod des Anwalts ist eine Machtdemonstration, die als Belehrung und Bestrafung für die Sekretärin gedacht ist. Keine Frage, daß er erneut versuchen würde, sich an sie heranzumachen. Vielleicht rechnet er sich jetzt bessere Chancen aus. Er wird sie töten, wenn sie seine Liebe diesmal nicht erwidert. Er macht sozusagen kaputt, was ihn kaputtmacht.«

Dem Quotenheini war der Unterkiefer nach unten geklappt.

Graustein nickte zufrieden. Er sagte: »Soweit zum Täterprofil, aber wo suchen Sie Ihren Verdächtigen?«

»Ich würde das gesamte Wach- und Servicepersonal des Hauses überprüfen, besonders den Aufzugsservice. Der Täter muß häufigen Kontakt zum Opfer gehabt haben, wenn vielleicht auch nur Blickkontakt. Er steht in enger Beziehung zum Haus. Die Auswahl des Opfers, das heißt der Opfer, erfolgte nicht zufällig und bedurfte sorgfältiger Planung.«

Ich überlegte einen Augenblick. Graustein hatte sich auf die Tischkante gesetzt und die Arme verschränkt. Uhde machte Notizen. Ich lotete alle Möglichkeiten aus:

»Die Spurensicherung hat nur Spuren der Opfer und Schweißabdrücke von Socken gefunden?«

»Ja«, erwiderte Uhde.

»Wie steht es mit dem Eingangsbereich?«

»Der Eingangsbereich wurde wie jeden Abend maschinell gereinigt. Der gesamte Boden ist mit Granitfliesen ausgelegt.«

»Dann würde ich auch den Wachmann überprüfen lassen und ihn umgehend einer DNS-Analyse zuführen. Man kann niemals vollkommen sicher sein.«

»Wieso gerade der Wachmann?« fragte Graustein verwundert. »Man fand ihn doch mit einer großen Platzwunde am Kopf auf der Herrentoilette. Sie erinnern sich doch?«

»Die kann er sich auch selbst beigebracht haben, um den Verdacht von sich abzulenken. Denn irgendwie muß der Täter den Anwalt und die Sekretärin in Schach gehalten haben, als er sie zwang, in den Keller hinabzusteigen. Nach Spurenkenntnis sind die Opfer aus eigener Kraft in den Keller gelaufen. Um das zu erzwingen, braucht man zum Beispiel eine Waffe. Wie hat der Täter nach Aussage der Sekretärin das gemeinsame Herabsteigen in den Keller erzwungen?«

»Er hatte eine Pistole bei sich.«

»Dachte ich mir. Trägt das Wachpersonal in diesem Haus scharfe Waffen?«

»Ja.«

»Na also.«

»Wenn die DNS-Analysen Ihre Vermutungen nicht bestätigen, was würden Sie dann tun?«

»Wenn der Zustand der Sekretärin es zuließe, würde ich sie in Begleitung eines hübschen jungen Mannes auf der Straße herumlaufen lassen. Wenn das nicht möglich wäre, müßte ich das gesamte Servicepersonal der Firmen überprüfen lassen, die in irgendeiner Beziehung zum Haus stehen, was jedoch die Fluchtgefahr ungemein vergrößern würde. Man kann keine Belegschaft von dreißig, vierzig Leuten überprüfen, ohne daß es sich herumspricht. Die Ködervariante wäre wohl die bessere.«

Eine kleine Pause entstand. Graustein kam zurück zum Tisch. Er und Uhde tauschten einen kurzen Seitenblick aus. Graustein fragte:

»Haben Sie noch weitere Fragen oder Ideen?«

»Nein.«

»Dann danken wir Ihnen, Herr Rosental. Bitte warten Sie einen Moment draußen, damit wir uns beraten können. Wir werden Sie nicht lange warten lassen.«

Als ich die Tür hinter mir zuzog, schlotterten meine Knie. Das Gespräch hatte mich völlig erschöpft. Graustein gefiel sich in der Rolle des allwissenden Monsters, das zufällig für die Guten arbeitete. Soweit man das sagen konnte. Ich setzte mich auf die Bank neben der Tür. Weiter hinten im Gang lief schon der nächste Prüfling, eine rothaarige Mittvierzigerin im blauen Kostüm, aufgeregt auf und ab. Sie wollte erst etwas sagen, hielt aber dann inne, als sie mein rotes Gesicht sah. Hinter der Tür wurde gedämpft geredet. Dann Stille, Schritte, die sich der Tür näherten. Der Quotenheini öffnete die Tür und bat mich herein.

Graustein stand diesmal vor dem Tisch. Er kam auf mich zu und schüttelte mir die Hand.

»Kollege Rosental, Sie haben das Prädikat Ihrer Abschlußarbeit bestätigt und mit ›sehr gut‹ bestanden. Ihr Dienst hier in der Direktion beginnt zum nächsten Monatsersten. Ich wünsche Ihnen viel Erfolg bei der Arbeit und würde mich freuen, Sie wiederzusehen.«

Ich bedankte mich und wollte noch etwas sagen, doch Graustein fiel mir ins Wort:

»Sie wollen sich sicherlich nach dem Ausgang des Falls erkundigen. Nun, Sie haben natürlich ein Recht darauf. Der Täter war der Mitarbeiter des Aufzugsdienstes, der den Anwalt fand. Er hatte sich im Fahrstuhlschacht versteckt, den Wachhabenden niedergeschlagen, ihm die Waffe abgenommen und dann die Tat ausgeführt. Man fand ein Medikament für Herzkranke bei ihm, das bei gesunden Menschen in entsprechender Menge die Symptome eines schweren Schocks auslösen kann. Bei seiner Alarmierung war er außerdem entgegen der Vorschrift nicht zuerst ins Dachgeschoß gelaufen, wo sich die mechanische Winde für den Aufzug befindet, sondern direkt in den Keller gegangen. Er arbeitete noch nicht lange für die Aufzugsfirma. Davor arbeitete er zeitweise bei derselben Wachgesellschaft, die das Objekt bewachte. Man hatte ihn entlassen, weil er in einem anderen Haus wiederholt in die Damentoilette eingedrungen war und dort Frauen angepöbelt hatte. Die DNS-Analyse brachte schließlich die Gewißheit. Er legte ein umfassendes Geständnis ab und wurde zu lebenslanger Haft verurteilt.«

»Man hat ihn nicht in eine Klinik eingewiesen?«

»Nein. Das psychiatrische Gutachten bescheinigte ihm volle Zurechnungsfähigkeit.«

Ich freute mich sehr über das Ergebnis und verabschiedete mich mit der Bemerkung:

»Sie haben mich einem harten Test unterzogen.«

»Ja, für Sie gerade richtig. Sie haben ein großes Talent in sich. Verschenken Sie es nicht. Auf Wiedersehen.«

Ich schüttelte seine Hand. Uhde begleitete mich nach draußen und bat den Nächsten herein. Ich fühlte mich hervorragend, als ich zur Straßenbahn lief und dort auf die Sechs wartete. Endlich hatte ich bestanden.

Zu Hause beschloß ich, mich mit dem Rest einer angebrochenen Flasche 91er Bordeaux Grand Cru zu belohnen, während ich im Fernsehen die Sendung »Je t'aime – wer mit wem« verfolgte. Zuerst lachte ich über die ungelenken Heiratsannoncen per Bildschirm, dann verflog meine Sorglosigkeit. Lisa würde so lange mit Lahfeldt reden, bis er mich endgültig rausschmiß. Sie wollte mir wenigstens ordentlich die Karriere versauen, wenn ich sie schon wegen eines Fliesenlegers sitzenließ. Aber was wußte Lisa schon von Jürgen.

Er rief nicht an. Ich schaltete von einem Programm zum nächsten, trank die Flasche leer und ging schließlich raus in die Küche, um mir Nachschub zu holen. Der Mond schien zum Fenster herein. Ich hockte mich auf die Sitzbank am Küchenfenster und sah hinaus auf das Feld, hinter dem der Autobahnverkehr unaufhörlich dahinrauschte und lauschte den anderen Geräuschen der Nacht. Alles hier war sehr hellhörig. Eine Straßenbahn rumpelte unten vorbei. Drüben auf der anderen Straßenseite standen drei Jungs um einen feuerroten, aufgemotzten VW. Ein dumpfer Schlag, Glas splitterte, ein paar Handgriffe, der Motor heulte auf, Reifen quietschten, dann waren sie verschwunden. Ich stand nicht auf, um zu telefonieren. Ich war wahrscheinlich ein wenig betrunken. Die leere Flasche fiel mir aus der Hand und rollte auf dem buckligen Linoleum unter die Spüle. Ich ging zum Schrank, knipste das Licht an und suchte fieberhaft nach einer angebrochenen Flasche. Ich wurde schnell fündig, denn Dr. Rosental hatte mal wieder jede Menge offene Weine zu bieten. Wahllos griff ich zu und ging zurück zum Fenster. Alles schien mir auf einmal so sinnlos, und ich fühlte mich einsam. Ich stierte in die Glasscheibe und erblickte einen widerwärtigen Kerl im Jogginganzug, der einen 95er Chianti krampfhaft im Anschlag hielt. Erschrocken setzte ich die Flasche ab. Ausgerechnet jetzt hatte ich eine dieser grausam klaren Denkphasen, in denen mir alles egal war. Schwarz und weiß, gut und schlecht gab es plötzlich nicht mehr, nur noch ein einziges Grau. Das Chaos in meinem bisherigen Leben schien mir auf einmal so logisch. Gerade hatte ich eine Prüfung bestanden und damit eine weitere Sprosse der Karriereleiter erklommen. Aber das bedeutete letztendlich auch nichts weiter als einen hart erkämpften Meilenstein auf der Flucht vor mir selbst. Psychologe war ich doch nur deshalb geworden, weil ich insgeheim gehofft hatte, über die Probleme der anderen zu mir selbst zu finden. Und damit niemand meinen eigenen Problemen zu nahe kam, hatte ich mich zu einem weinsaufenden Zyniker entwickelt, zu einem ignoranten und ekelhaften Feigling, der sich auch noch die Frechheit herausnahm, über andere hart zu urteilen. Insgeheim verachtete ich ausgerechnet die Frauen dafür, daß ich als Hetero nicht funktionierte, und ich hatte die Schwulen verachtet, weil ich mich selbst nicht leiden konnte. Nicht einmal meinen eigenen Anblick ertrug ich jetzt. Ich stand auf, machte schnell das Licht aus und setzte erneut die Flasche an. Nicht zum letzten Mal in dieser Nacht. Doch so sehr ich mich auch bemühte, diesmal schaffte ich es nicht, meine innere Stimme zu betäuben.

7

Terrine sah gar nicht gut aus, als ich sie aus Langeweile am darauffolgenden Nachmittag in ihrer Räuberhöhle besuchte. Vor lauter Kummer um ihren Sascha vernachlässigte sie ihre Lustknaben, von denen der letzte schon vor einigen Tagen mangels Zuwendung das Weite gesucht hatte. Der Schwimmring im tragikomisch wirkenden Kleid des Herrn Fischbach schien enorm geschrumpft zu sein, sein stoppliges Gesicht erinnerte an einen Grubenarbeiter im Hungerstreik, und die klobigen Sandalen paßten nun gleich gar nicht zum Outfit der dicken Trulla. Irgend etwas in meinem traurigen Blick schien ihr aber zu verraten, daß ich ähnliche Sorgen hatte wie sie.

»Ich hab mich in einen Mann verliebt«, erwiderte ich auf ihren fragenden Blick. Über Terrines verheultes Gesicht huschte so etwas wie ein kleines Lächeln.

»Echt? Besteht denn noch Hoffnung?«

Ich erzählte ihr von meiner ersten Begegnung mit Jürgen, und Terrine hörte mir verzückt zu. Dann kam ich zu der Stelle, an der ich Jürgen durch mein verklemmtes Schweigen verletzt hatte, und ihr mopsiges Gesicht wurde wieder traurig. Terrine seufzte inbrünstig:

»Ja, ja, so sind sie eben, die kleinen Schnuckelchen. Erst spielen sie den großen Helden und wollen sich nicht mal in die Augen gucken. Dann machen sie plötzlich in aller Stille ernst, kriegen natürlich ein schlechtes Gewissen, tun sich gegenseitig weh, und der ganze Zirkus geht von vorne los. Oder es ist endgültig aus. Wie mit meinem Sascha. Ich fühle es.«

Also heulten wir ein bißchen und trieben unser Selbstmitleid auf die Spitze.

»Ich weiß, was da hilft«, sagte Terrine plötzlich und schmierte sich mit dem Handrücken ihren Lidschatten breit. »Wir werfen uns in Schale, mischen uns unters Volk und machen einen drauf. Schöne Jungs gibt's schließlich wie Sand am Meer.«

Vielleicht hockte Jürgen im Moment auch bloß in irgendeiner Chemnitzer Sauna und machte dort tüchtig einen drauf, während ich zu Hause auf ihn wartete. Er hatte schließlich nicht mal am Abend meiner Prüfung angerufen, und mein hervorragendes Ergebnis mußte eigentlich begossen werden.

Gesagt, getan. Frisch aufgemotzt stöckelte Terrine mit mir ins »Phoenix«, pikanterweise die bunkerartig umgebaute Sauna der ehemaligen Staatssicherheitszentrale, deren Gebäude jetzt tagsüber als Arbeitsamt diente. An der kleinen Saunabar warf Herr Fischbach zu »Domino Dancing« von den Pet Shop Boys mit den Drinks nur so um sich, und die Jungs ließen ihn hochleben. Ganz so, wie er es brauchte, um seinen Kummer zu vergessen. Ich trank ziemlich viel und erzählte ungereimtes Zeug über meine Vergangenheit, weshalb mir bald keiner mehr zuhörte. Es herrschte starker Pendelverkehr zwischen Sauna und Darkarea, und wenn ich schon einmal bezahlt hatte und dafür mein Ausgehsakko gegen einen rosaroten Handtuch-Lendenschurz tauschte, wollte ich auch was erleben. Ich erhob mich also, um mich zu amüsieren und begann mit dem Umherstreunen. Es war recht voll in der Sauna, und ich verdrückte mich schließlich in das schwüle Videokabuff. Natürlich sah ich mich mit spöttischem Gesichtsausdruck um, bevor ich mich auf eine der mit Filzteppich beklebten Holzbänke setzte. Das Publikum glotzte von mir unbeeindruckt weiter gebannt auf die Mattscheibe, wo sich im schummrigen Umkleideraum einer Eishockeyhalle zwei schwarze Fitneßstudio-Muskelboys gegenseitig ihrer hautengen Jeans entledigten und dann ohne größere Umschweife übereinander herfielen. Genauso, wie diese sexistischen Langweiler um mich herum es sich wohl so vorstellten. Leider war es zu dunkel, um zu erkennen, wie ihnen der Speichel aus dem offenstehenden Mund troff. Die beiden sichtlich nervösen Jungs taten jetzt so, als ob sie vor lauter Wollust herzerweichend stöhnen müßten, während sie sich unter der dampfenden Dusche ihre schlabberigen T-Shirts vom Leib fetzten. Erwartungsgemäß zog jeder von ihnen einen XXL-Monsterschwanz aus seinen Jocks, die als Makro in sechzehn zu neun ausgiebig präsentiert wurden, während sie sich vollends aufrichteten. Zwangsläufig kam nun das intensive Keuchen und Fummeln, und unter den Zuschauern war inzwischen keiner mehr ohne Steifen. Ohnmächtig fühlte ich, wie sich auch bei mir das Handtuch im Schritt opulent vorwölbte und benutzte erschrocken meine Hände als Tarnung. Der größere der beiden Jungs ließ sich nun im Stehen einen blasen, und wie er so übertrieben den Hals nach hinten warf und dabei theatralisch stöhnte, da fand ich schon, daß ich gern an seiner Stelle ... Aber nein, jetzt kam schon das rasante Bumsen ohne Gummi, so rabiat, daß der Gerammte vor lauter Schmerzen mit dem Stöhnen im Takt nicht mehr nachkam. Schnitt. Nun stand der Hockeytrainer vor der Kamera, natürlich ein weißer California-Sunnyboy-Typ, der die beiden heimlich durchs Schlüsselloch beobachtete und sich dabei mit verbissenem Gesicht einen runterholte. Er rubbelte wie besessen, so daß sie ihn später am Set sicher wegen Verbrennung zweiten Grades behandeln mußten. Zu seinem Glück litt er auch bei dieser Einstellung an Ejaculatio praecox und kam zu einem lächerlichen Orgasmus, während die beiden Jungs inzwischen wieder nebeneinander lagen und sich ganz langsam gen Höhepunkt wichsten. Sie stöhnten jetzt durchgehend, die Kamera fuhr von ihren langen Beinen auf ihre Schwänze zu, wo man schließlich in dreifacher Wiederholung sah, wie sie beinahe simultan abspritzten, so fett und mächtig, daß ich einfach nicht wegschauen konnte. Sogar mir stand jetzt der Mund offen. Als der Nachspann die beiden Jungs als Joe & Mark Riley titulierte, kam es zu einem allgemeinen Aufbruch in Richtung Klos mit vorgehaltenen Handtüchern. Mein Gewissen verachtete sie dafür, aber mein Schwanz sagte mir, daß ich jetzt auch umgehend Erleichterung brauchte. Daher nahm ich das zögerlich dargebotene Ruhekämmerchen, welches mein Pritschennachbar vom Typ amüsierfreudiger Bankkaufmann ohne Tagesfreizeit schon in weiser Voraussicht für derartige Notfälle gebucht hatte, dankbar an.

Natürlich war der Typ passiv anal fixiert; unter Verzicht auf jeden unnützen Blick- oder Körperkontakt rollten wir uns wortlos ein Pfefferminz-Kondom über. Er nahm Poppers und bot mir auch welches an. Ich stellte es erstmal beiseite. Nach einigem linkischen Gewichse und Rumblasen enterte ich seinen unsportlichen Arsch von hinten, und er spritzte schon bald unter tüchtigem Schnaufen in meine Hand, ohne daß ich Gelegenheit zu größerer Bewegung finden konnte. Außerdem war ihm das Kondom von seinem merkwürdig verbogenen Schwanz gerutscht, so daß er sich erst ein neues überziehen mußte, bevor ich auf ihm reiten konnte. Zunächst fühlte ich nur einen unangenehmen Druck, dann leichten Schmerz, der sich mit tiefgreifender Lust mischte, als ich von ihm gewichst wurde und dabei an Jürgen und die beiden schwarzen Jungs dachte. Dann nahm ich das Poppers. In meiner Phantasie machten Jürgen und ich mit den Jungs einen Vierer. Es war irrsinnig geil. Dieses Zeug und die intensive Stimulation meines Schwanzes brachten mich zu einem äußerst ergiebigen Orgasmus, und er mußte zumindest als der erste überhaupt gelten, bei dem ich schon im Vorfeld hemmungslos stöhnte.

Der Typ zog seinen Gummi ab und hielt ihn prüfend gegen das rote Schummerlicht, bevor er ihn zufrieden wegwarf. Wir tauschten blind einen flüchtigen Anstandskuß und trollten uns nach dem Duschen zurück in die Sauna, wo neidische Blicke unsere noch halbsteifen Schwänze taxierten. Sie würden wahrscheinlich noch tagelang nach Zahnpasta riechen, was jedoch immer noch besser war als Erdbeer- oder Bananenaroma.

Als ich wieder zu mir kam, erschrak ich ein wenig über den ausbleibenden Schuldkomplex. Um jetzt nicht an Jürgen denken zu müssen, lenkte ich mich weiter ab und analysierte meine halbnackten Mitschwitzer. Vom verklemmten Abiturienten bis hin zum uniformgeilen Opa war alles vertreten. Vor der Glastür am Pool schielte ein pickeliger Typ auf einen Jungen, der betont genießerisch auf einem Liegestuhl ausruhte und dabei von Zeit zu Zeit sein Handtuch lüftete. Er schien längst bemerkt zu haben, daß sein Gegenüber auf die verschämte Schuljungentour stand, während sein im Fitneßstudio geformter und gebräunter Körper und die Art, wie er seinen Schwanz auf dem Bauchnabel ablegte, eher dem Werbeverhalten eines Strichers entsprach. Dieser Junge war niemand anderes als Michael Lahfeldt, zwanzig Jahre alt, seiner Mutter beinahe wie aus dem Gesicht geschnitten, und er hatte soeben mit der Erfahrung des Profis erkannt, daß sein Gegenüber keinen Sinn für Humor besaß und beim Sex gern dominierte. Ich sah, daß dieser allenfalls dreißigjährige Mann trotz seines nicht unansehnlichen Körpers unter einem tiefsitzenden Minderwertigkeitskomplex litt, was vielleicht vor allem an der Akne lag. Typen wie der waren meist emotional gehemmt und fanden außerhalb eines gewissen familiären Rahmens keinen Kontakt zu fremden Menschen, die ihn womöglich gar nicht wahrnahmen, ihn ausschlossen oder verspotteten. Deshalb lebte er spätestens seit der Pubertät in seiner eigenen Welt voller tagträumerischer Phantasien, und seine sexuelle Erfahrung beschränkte sich wahrscheinlich auf häufiges Wichsen. Ganz sicher war er hier, um endlich das Erfolgserlebnis zu haben, nach dem er schon seit langem suchte. Da lag er bei Michael natürlich genau richtig. Als der schließlich ganz kurz seinen Schwanz wichste und danach den Preis mit zwei ausgestreckten Fingern andeutete, lief der Typ rot an, sprang auf und ging wütend zu seinem Spind. Dabei rannte er beinahe Terrine über den Haufen, die gerade volltrunken versuchte, aus eigener Kraft aufs Klo zu gelangen und nur mit großer Mühe kollisionsfrei an mir vorbeitorkelte. Das schien mir ein guter Zeitpunkt, um endlich zu verschwinden, auch weil ich mich bei Michaels Anblick ständig an meinen Treuebruch mit diesem nicht unattraktiven, dafür aber stinklangweiligen Bänkertyp erinnert hatte. Zum Glück erkannte mich Michael ohne meine übliche Staffur nicht und lüpfte nur kurz sein Handtuch. Was dieses Körperteil betraf, hatten die Gene bei Lahfeldts ein glückliches Händchen gezeigt.

Ich kam eher aus dem Bunker als der enttäuschte, pickelige Typ, dessen Körpersignale und Gesicht keine Spur von größerer Erregung zeigten. Aber tief in seiner Seele, da war ich mir ganz sicher, tobte ein Krieg. Der Typ wollte der Illusion erliegen, ein so knackiger und durchtrainierter Junge wie Michael würde sich von ihm bedingungslos verführen lassen und seinen Job mit einer Art hingebungsvoller Haßliebe ausüben. Michael hatte diese Sag-mir-wie-ich's-mir-machen-soll-Nummer perfekt drauf, auch da war ich mir sicher, aber für ein bis zwei Blaue war es eben nicht echt und er als löhnender Freier nur eine Nummer unter anderen. Dieser junge Kerl, der mit ausdruckslosem Gesicht in einen blauen Barkas stieg und danach ruhig davonrollte, träumte sicher davon, einen schönen, unschuldigen Typ zu verführen, der ihn dafür bewunderte. Aber die Dinge liefen heutzutage eben ein bißchen anders. Michael war schließlich kein Spielzeug, bei dem man eine Taste drückte, er hatte nur diesen Körper, und im Alter würde er schlimmstenfalls nichts weiter haben als ein zerfurchtes Gesicht und bösartige Hämorrhoiden.

Was Terrine anging, so amüsierte sie sich gemäß ihrer Fasson prächtig, und eines Tages, so dachte ich mir, würde sie in einer pulsierenden Schwulenbar an einem durch Liebesschmerz, Fett und Alkohol endgültig zugrundegerichteten Herzen innerhalb weniger Augenblicke tödlich getroffen darniedersinken. Die Jungs würden sie heulend zu Grabe tragen und dabei im Chor schluchzen: ›Seht her, Terrine paßt kaum mit ihren Stöckelschuhen in diesen beschissenen Sarg, sie ist häßlich und hat uns nichts hinterlassen, aber sie war gut zu uns, und deshalb tragen wir sie in unseren Herzen.‹

Wogegen vermutlich nach dem abservierten Typ im Barkas kein Hahn krähen würde, wenn er den Löffel abgeben mußte. Da er so aussah, als ob er das wußte, blieb zu hoffen, daß er nichts unternahm, um sich in unangenehme Erinnerung zu bringen.

hen. Er würde sich sauberwischen, und oh, da war es wieder, dieses prickelnde Gefühl. Der Junge sah an sich herab, auf seinen aufgerichteten Schwanz, und das Gefühl seiner langsam an der Spitze auf und ab gleitenden Hand erregte ihn. Er wußte jetzt, was passieren würde, wenn er nicht rechtzeitig aufhörte, wie an den letzten drei Abenden, wo eine merkwürdiger Schauder ihn vorm Überschreiten der Grenze abgehalten hate. Aber jetzt wußte der Junge, was hinter der Grenze lag, er hatte gefühlt, daß es gut war, und er würde die Grenze noch mal übertreten; ganz vorsichtig und abwartend, aber diesmal ohne Scheu.

Aber bevor der Junge sich selbst beflecken kann, berühren plötzlich unsichtbare Finger seinen Bauch, seine gestreckte Brust, seine gespreizten Schenkel, während seine schmalen Hände erst voller Panik, dann voll wollüstiger Erregung nach dem unsichtbaren Fremdling tasten. Er beruhigt sich, nimmt Seidels Hände und führt sie ganz vorsichtig zwischen seine Beine, wo sein schlanker Schwanz senkrecht zur Decke ragt, zwölfeinhalb Zentimeter zylindrisches, glühendes Fleisch, das wollüstig zuckt und einen klaren Schleim absondert, als Seidel die Spitze berührt. Oh, wie er es genießt. Ganz vorsichtig streichelt Seidel über die Schenkel, den Unterleib, über das Säckchen, die Schwanzwurzel, den Schaft, die fleischige Eichel. Der Junge atmet tief. Sein Kopf liegt weit im Nacken, seine Brust biegt sich weit nach oben, sein straffer Bauch senkt sich tief und flach, er stützt seine Fußsohlen vor Erregung aneinander. Er könnte jetzt stundenlang liegen und so aufregend gestreichelt werden.

Seine Hände krallen sich ins saubere Laken, als Seidel schließlich beginnt, ihn unendlich langsam zu wichsen, es ist jetzt viel intensiver als vorher im Traum, regelrecht markerschütternd, und nur wenige Bewegungen genügen, damit der Junge zum Orgasmus kommt, diesmal richtig, oh, der Junge pumpt Luft wie ein Marathonläufer, er wirft den Kopf hin und her, rüttelt mit den Beinen, keucht, zischelt und stöhnt wie unter unerträglichen Schmerzen. Er bäumt sich auf; ein erster zarter Samenstrahl spritzt weit aus seinem pulsierenden Schwanz wie Blut aus einer frisch geöffneten Arterie, dann schießt es nur so heraus, mit hohem Druck, heiß, immer mehr. Oh, und Seidel würde sich leidenschaftlich an diesen ejakulierenden Körper pressen, ihn beißen, ihn stechen, würgen und schlagen. Um sich tretend, schreiend und vor Wollust stöhnend würde der Junge sterben, während Jörg Seidel ihn wichste, bis zum letzten Tropfen und bis zum letzten Atemzug. Der Junge war allein für ihn gestorben, er hatte nur für Seidel sein sündiges Wesen offenbart, denn von Grund auf verdorben, das waren sie alle. Wie Timmy, sein bester Freund, der sich damals von ihm für eine Schachtel Lucky Strike auf dem Schulklo das Wichsen zeigen ließ, dabei hemmungslos grunzte und zwei Tage später drei Schachteln allein schon fürs Zusehen verlangte. So waren sie alle, erst unschuldige Paradiesvögel, danach maßlose Lüstlinge.

Eine solche Phantasie konnte länger als eine halbe Nacht dauern und die ganzen Jungs der Nachbarschaft mit einbeziehen. Seidel kam immer wieder, und für ihn war es wie ein heiliges Ritual. Seidel fühlte sich dabei stark und mächtig. Eines Tages würden sie alle zu seinen Füßen liegen und ihm dankbar sein, denn er nahm all ihre Sünde auf sich, er hatte die Hand erhoben und würde dafür harte Buße tun, denn zu denen, die ein langes Kerbholz hatten, zählte er schon längst.

Kurz nach seinem neunten Geburtstag hatte Seidel seine Katze in einen Drahtkäfig gesperrt, mit einem Stock auf sie eingestochen und dann den Käfig in den kleinen Teich hinter dem Schafstall geworfen. Die Katze hatte aus den ausgestochenen Augenhöhlen geblutet, aus dem After und aus dem aufgerissenen Bauch. Sie hatte geschrien, als das kalte Wasser ihr herausquellendes Gedärm umspülte, und Seidel erlebte dabei seinen ersten Orgasmus. So überwältigend war dieses neue Gefühl für ihn, daß er jeden Tag zum Teich lief, um die Katze zu suchen. Während er in ihrem verwesenden Körper herumstocherte, durchlebte er seine Phantasien aufs neue, und wenn er mit der Hand nachhalf, war das Gefühl besonders intensiv.

Eines Tages fand Seidel im Wald ein angeschossenes Reh. Der Forster hatte es noch nicht entdeckt, und es lebte noch, obwohl die Kopfwunde stark blutete. Seidel zog sich aus, nahm sein Taschenmesser und rammte es dem verängstigten Tier in die Halsschlagader. Warmes Blut pulste heraus und bespritzte Seidels Körper. Er nahm es mit beiden Händen auf, verteilte es, kam, und diesmal pulste zum ersten Mal Samen aus seinem kleinen Schwanz, spritzte auf seinen Unterleib und sah aus, verschmiert mit dem Tierblut, wie blutiger Tapetenleim. Seidel fühlte sich mächtig. Nachdem es unter ihm verendet war, schlitzte er dem Tier die Seite auf, preßte sich in die blutende Öffnung und penetrierte sie verbissen. Sein ganzer Körper wurde steif wie ein Brett, und als er auf dem Kadaver das Bewußtsein wiedererlangte, war alles, woran er sich erinnern konnte, der langgezogene Schrei, der seinen Höhepunkt begleitete.

Was spielte es jetzt noch für eine Rolle, wenn er wieder sündigte, nach all den Dingen, die bereits auf sein Konto gingen? Er würde sich einen neuen Körper bauen, aus den Körpern vieler unschuldiger, reiner Jungen, die ihre lüsternen Seelen verloren hatten. Eines Tages würde auch er einen unschuldigen Körper besitzen, er würde verführt werden und sterben, bevor er eine Sünde begehen konnte, deren verderblicher Anziehungskraft er nicht widerstand. Er hatte sich auf seine Art in Timmy verliebt, aber der hatte ihn ausgelacht und verstoßen. Nach all den gestellten Fotos, den unehrlichen Videos und den Enttäuschungen in der Szene hatte Seidel immer wieder versucht, echte Bewunderung und Liebe zu finden. Doch als einzige Reaktion nannten die Jungs ihren Preis. Sie verkauften etwas, das ihnen gar nicht gehörte. Er würde diesen Jungs eine Lektion erteilen, eine Lektion für diese Welt voller Ignoranten, die viel zu einfältig waren, um seine Mission auch nur ansatzweise zu verstehen.

Und der Strichjunge im Opernpark trug ein Gesicht so sanft wie ein Mädchen, mit zarter Haut, gebogenen Wimpern und üppigem Schmollmund. Es fiel im fahlen Laternenlicht nicht weiter auf, daß seine Haare ursprünglich nicht blond waren, daß seine grüne Bomberjacke vor Dreck strotzte, daß zwei der Einstichstellen auf seinem Handrücken eiterten. Trotzdem würden sie diesen Straßenjungen einen heißen Typ nennen, weil er gerade, lange Glieder besaß, in den Hüften schmal und im Brustkorb athletisch wirkte, der, wenn's drauf ankam, Autofenster mit der Faust zerdrosch und trotzdem mit geschlossenen Augen wie ein Kater schnurrte, sobald man seinen knackigen Schritt auch nur berührte.

»Ist'n bißchen kalt heut' nacht«, sagte Seidel und sah zu dem Jungen auf, der ihn zutraulich anlächelte.

»Hmmh. Hauptsache, es regnet nicht.«

Der Junge blieb vorsichtig. Die Bullen schlichen überall rum in letzter Zeit.

»Bei mir isses jedenfalls schön warm«, sagte Seidel. »Ist zwar ein Stück draußen im Osten, aber da drüben steht mein Barkas.«

Der Junge sah argwöhnisch auf den blauen Kleinlaster vom Typ B 1000.

»Kann mir leider kein anderes Auto leisten, weil ich so viele Freunde hab. Die kriegen bei mir nämlich immer umsonst was zu essen, Bier, Wein, wasduwillst, 'nen geilen Film, ein Bett, hundert Mark, du weißt schon ...«

Er sah den Jungen auffordernd an, und der lächelte so rein wie ein Chorknabe an Weihnachten. Das Lächeln machte Seidel schwach, obwohl er wußte, daß der Junge nur Beute witterte und für ihn das unerfahrene Unschuldslamm spielte.

»Also gut, hundertfünfzig. Willst du mein Freund sein?«

Er stellte sich neben Seidel und berührte mit leichtem Druck seinen Körper. Der Junge war ideal, voller Spannkraft und Geschmeidigkeit. Seidel spürte, wie in ihm das Begehren hochloderte. Der Junge nahm seine Hand und streichelte sie.

»Du bist sehr nett. Ja, ich will gerne dein Freund sein.«

»Was machst du so?« fragte der Junge, als sie mit dem Barkas über die Eisenbahnstraße holperten.

»Hmmh?« Seidel war nicht auf Konversation dieser Art eingestellt. Der Junge konnte wenigstens Angst vortäuschen, lüsterne Angst, aber offensichtlich hielt er ihn auch bloß für einen harmlosen perversen Trottel wie die meisten anderen Freier.

»Als was arbeitest du?«

»Ist nicht wichtig.«

»Ach so. Klar.«

Seidel versuchte, betont streng zu klingen, und der Junge kapierte. Schweigend fuhren sie weiter in Richtung Torgau. Der Junge langweilte sich. Seidel zeigte auf das Handschuhfach.

»Dort ist Bier, wenn du magst.«

Der Junge gehorchte und beugte sich vor. Sein schlanker Bauch fiel nach innen und drückte den Slip nach oben gegen die Jeans.

»Es ist ein wenig zu warm«, sagte er entschuldigend und sah mit einem gönnerhaften Lächeln zu, wie sich der Junge die Brühe in den Mund kippte.

Seidel sagte natürlich nicht, ›Paß auf, mein Kleiner, in dieser Flasche ist außer Bier noch ein kleiner Schuß von diesem wahnsinnig teuren Narkotikum. Das Zeug ist so heimtückisch, daß ich dir nicht mal sagen kann, wie es vollständig heißt, aber es macht dir garantiert Laune.‹

Genug gescherzt. Jörg Seidel parkte den Barkas rückwärts am Kohlenschacht seiner Werkstatt. Dann zog er die Seilwinde aus dem Laderaum nach vorn zu den Sitzen, wo der Junge bewußtlos an der Tür lehnte, und band sie ihm um den Brustkorb. Ganz vorsichtig schleifte er den kostbaren Körper über den Sitz durch den Laderaum zum Kohleschacht, drehte ihn um und ließ ihn mit den Füßen voran die Schräge hinabrutschen. Da lag er nun ausgestreckt auf dem Tisch, und ganz sicher hätte er diesen Raum nicht freiwillig betreten, weil Seidel mit dem vorherigen Jungen noch nicht ganz fertig war.

Sicher, die wichtigsten Organe und der Samen befanden sich schon in der Tiefkühltruhe, aber den Rest zu sezieren und dann zu vernichten gestaltete sich eben sehr schwierig. Er mußte sich unbedingt angewöhnen, die Werkstatt vor jedem Ausflug besser aufzuräumen, wie sonst sollte er die Jungs zum Reinkommen überreden. Er konnte doch unmöglich sagen ›Hilf mir doch bitte mal, dieses Bein hier wegzuräumen.‹ Der Junge würde abhauen und ihm die Polizei auf den Hals hetzen. Seidel grinste in sich hinein. Denn der Junge aus dem Opernpark hing schon längst an zwei Stricken am Querbalken, als er allmählich zu sich kam, ein gespannter Strick unter den Schultern, ein längerer um den Hals. Sein Schwanz hing wie ein schöner, ebenmäßiger Riemen über seinen Eiern, der rasierte Unterleib glänzte unschuldig im Neonlicht, als Seidel den Tisch unter ihn schob und sich hinter ihn stellte. Dann schnitt er den Schulterstrick durch und begann, den Körper zu streicheln. Der Junge erwachte jetzt vollends, begriff instinktiv, als er die Instrumente auf der Fensterbank sah, die Fotos an der Wand, als er die Tischkante an seinen Fußsohlen spürte und den Abgrund darunter. Trotz des Schreckens wurde sein Schwanz knochenhart, als Seidels Hand ihn berührte. Was immer auch geschah, er würde das Spiel mitspielen müssen. Das Spiel eines gefährlichen Wahnsinnigen.

»Es gefällt dir also, wenn ich deinen Willy streichle«, flüsterte Seidel und drückte sich an ihn.

»Oh, es kribbelt so schön«, stöhnte der Junge.

»Kennst du das denn noch nicht?«

»Na ja, in letzter Zeit, da ist er oft hart, und wenn ich an die Mädchen denke, kribbelt es auch so. Und dann sind immer so kleine Schleimtropfen da. Das ist besonders schön, wenn die rauskommen.«

»Und dann?«

»Dann kann ich immer nicht einschlafen.«

»Du faßt ihn nicht an?«

»Nur ein bißchen. Ich hab' schon von meinem Freund

gehört, daß da irgendwann so'n weißes Zeug rauskommt, wenn man weiter dran rumreibt, so wie Tapetenkleister. Aber ich hab Angst davor.«

»Unsinn. Alle Jungs in deinem Alter müssen das machen. Außerdem ist es sehr, sehr schön; als ob du fliegst.«

»Tut es denn weh, wenn es rauskommt?«

»Ach, überhaupt nicht.«

Seidel fühlte sich großartig. Er vergoß all seinen Charme.

»Sieh mal, dieses weiße Zeug, das ist dein Samen, und der wächst ständig nach. Wenn man ihn nicht rausholt, verfault er oder es passiert noch was viel Schlimmeres. Stell dir nur vor, was passieren würde, wenn du nicht pinkeln gehst. Deine Blase platzt, und du gehst drauf. Dabei ist es so schön, wenn man es rausholt.«

»Ja? Wie denn?«

»Ich zeig's dir. Halt schön still und entspann dich. Merkst du, wie es kribbelt?«

»Oh ... ja ... es ist so ... merkwürdig.«

Seidel ließ seine Hände arbeiten und spielte Phantasie. Anfangs lief alles nach Plan, der Junge zitterte und keuchte vor Angst, aber dann fing er an, sein Stricherprogramm abzuspulen, stöhnte viel zu heftig, rief »Oh ja besorg's mir« und kam schließlich zu einem manierierten und flachen Orgasmus, bei dem nur ein paar zähe Tropfen in die von Seidel bereitgestellte Emailleschüssel klatschten.

Seidel sprang runter, nahm die Schüssel, warf einen geringschätzigen Blick hinein und stellte sie wieder unter den Tisch.

»Du hast mich angelogen«, sagte er. »Du weißt genau, wie es geht. Du machst es dir bestimmt jeden Tag mindestens dreimal. Hab ich recht?«

Seidel hatte sich jetzt vor dem Jungen aufgebaut und musterte dessen erschlaffenden Schwanz. In der Hoffnung, die Phantasien seines Peinigers zu erfüllen, nickte der Junge. Seidel grinste.

»Ha. Wußte ich's doch. Du bist schön, du bist jung, und du bist genauso verdorben wie ich. Nicht mehr lange, und du wirst einem dieser Mädchen zwischen die Beine ficken. Und das gefällt dir? Gibst du wenigstens da alles, was du hast; bis zum letzten Tropfen?«

Der Junge weinte jetzt und wußte nicht mehr, was er sagen sollte. Seidel stieg hinter den Jungen auf den Tisch und beugte sich dicht an seinen Hals.

»Weißt du, was passiert, wenn man jemanden hängt?«

Der Junge schüttelte leise den Kopf und schluchzte.

»Er spritzt ab wie noch nie. Sein zweiter Nackenwirbel bricht, er ist sofort vom Unterkiefer an gelähmt, aber das Zeug brettert nur so raus, als ob es um sein Leben ginge. Vielleicht leihst du mir jetzt dein Ohr.«

Seidel lachte auf und ahmte das Geräusch berstender Knochen täuschend ähnlich nach. Dabei wichste er und griff hinter sich in das Instrumentenregal. Nahezu geräuschlos durchtrennte das große Skalpell den Knorpel an der Kopfhaut des Jungen; dort wo sich gerade noch sein linkes Ohr befunden hatte, war nun nichts weiter als ein brennender Schmerz und ein blutiges Loch. Der Junge schrie auf, er zappelte, bettelte heulend um sein Leben und pißte zuletzt sogar einen verzweifelt schönen Bogen aus seinem halbsteifen Schwanz. Doch das alles machte Seidel nur rasend vor Begierde. Er vergewaltigte den Jungen. Er klammerte sich an diesen keuchenden, blutenden, schwitzenden, zitternden Körper, dessen Herz raste. Er begann ihn zu beißen, zu würgen, zu schlagen, zu kratzen. Das Blut preschte durch diese saftigen Lenden, durch diese kräftige Brust, durch diese prächtigen Schenkel, in denen die Todesangst hauste. Seidel legte sein Ohr an den blutigen Hals des Jungen und stieß sich von der Tischplatte ab. Der Junge schrie, ein kurzer Ruck, ein martialisches Knirschen, dann ging dem plötzlich regungslos hin- und herpendelnden Körper der Schwanz hoch und verspritzte Samen in sieben kräftigen Schüben. Seidel schrie bei jeder Konvulsion seines gewaltigen, schier unendlichen Orgasmus und biß dabei dem Jungen ein Stück Fleisch aus der Schulter.

Als er seinen Schwanz aus der Leiche zog, spritzte Kot auf seine Füße. Seidel übergab sich auf seinen plötzlich tauben Schwanz, an dem Scheiße klebte. Aus dem offenstehenden Mund des Jungen lief ein kleines rotes Rinnsal zum linken Ohr und vermischte sich dort mit dem Blut aus der Wunde. Seine glasigen Augen starrten wie erschrocken ins Leere.

9

Als ich gegen zwei Uhr aus der Sauna zurückkehrte, wartete auf mich vor der Haustür ein aufgeregter Jürgen samt Reisetasche. Er hatte offensichtlich kaum gegessen in den letzten 36 Stunden und noch weniger geschlafen, wie man an seinen Augenringen erkennen konnte. Er zog mich in die Wohnung, drückte mich an sich und küßte mich. Ich blieb steif wie ein Stock. Was sollte ich jetzt bloß tun, mit diesem verdammt schlechten Gewissen. Schließlich legte ich meinen Arm um Jürgen und drückte ihn. Es war so schön, seine Wange an meinem Gesicht zu spüren, und ganz plötzlich, ohne daß ich es verhindern konnte, lief etwas Nasses aus meinen Augen.

»Wo kommst du denn her?«

Jürgen sah mich liebevoll an. »Das mit dem Whirlpool kann warten. Du hast mir gefehlt.«

Da hatten wir den Salat. Jürgen hatte holterdipolter alles stehengelassen, nur, damit ich jetzt vor ihm die Hosen runterließ. Ich seufzte und wich errötend seinem Blick aus. Ich fühlte mich in die Enge getrieben. Vielleicht versuchte ich es gleich auf die coole Art, so nach dem Motto ›Weißt du, ich steh wahrscheinlich doch nicht auf Männer. Also gut, vor ein paar Stunden, da hab ich's noch mit diesem Typen in der Sauna getrieben, aber ansonsten, na ja du weißt schon, so was passiert eben.‹

Ich drehte mich weg und sagte gar nichts. Als ich Jürgens traurigem Blick im Flurspiegel begegnete, fühlte ich die Anspannung, die zwischen uns stand. Ich flüchtete ins Wohnzimmer und setzte mich auf die Couch. Jürgen folgte mir zögerlich. Er lehnte im Türrahmen und sah auf mich herab.

»Hab' ich dir denn nicht gefehlt?« fragte er leise, und ich fühlte, wie Tränen in mir aufstiegen. Es dauerte ein paar Augenblicke, bis ich merkte, daß ich auf mich selbst furchtbar wütend war. Warum mußte ich nur so ein Feigling sein.

»Ja, okay, du hast mir gefehlt«, sagte ich zögernd.

Jürgen machte eine wegwerfende Handbewegung.

»Nur okay?« sagte er und versuchte, seine Enttäuschung herunterzuschlucken. Noch ein paar Augenblicke, dann hatte ich es mir mit ihm gründlich vermasselt. Jürgen würde gehen, damit ich endlich wieder mein bequemes Selbstmitleid pflegen konnte. Vielleicht bei ein paar Gläschen Wein. Doch Jürgen kam zu mir. Er setzte sich neben mich, küßte mich zaghaft auf die linke Wange und musterte traurig mein blasses Gesicht.

»Du hast dich wieder betrunken.«

Ich sah betreten auf meine Schuhspitzen. »Ja. Lahfeldt will mich loswerden.«

Noch immer redete ich um den heißen Brei herum.

»Und das ist so schlimm? Hast du die Prüfung nicht geschafft?«

»Doch. Ziemlich gut.« Zum ersten Mal blickte ich Jürgen wieder in die Augen. Er sah sehr ernst aus.

»Und wovor hast du dann Angst. Etwa vor mir?«

Ich schüttelte heftig den Kopf. »Eher vor mir. Und vor dem, was die anderen sagen werden.«

Jürgen legte behutsam seinen Arm um mich. Er atmete tief durch.

»Mein Lieber, was geht uns das denn an, was die anderen über uns sagen? Jeder kann nun mal nicht dein Freund sein.«

»Ja. Ich weiß.« Ich legte meinen Kopf an Jürgens verschwitzten Hemdkragen. Er streichelte mich geduldig mit seiner rauhen Hand.

»Bist du dir denn auch sicher, daß du es länger mit mir aushalten kannst?«, fragte ich. »Ich meine, in zehn Jahren bin ich beinahe vierzig!«

Jürgen brummte versöhnlich: »Na, und ich fast fünfzig. Na

und? Wir werden auf jeden Fall schlauer, und wenn du nicht mehr in deine Jeans paßt, setz ich dich eben auf Halbmast. Erzwingen kann man sowieso nichts, oder?«

Jürgen lächelte jetzt glücklich, denn es sah ganz danach aus, als ob er mich endlich rumgekriegt hatte. Ich gab ihm zur Belohnung einen flüchtigen Kuß.

»Und wie stellst du dir das alles so vor? So die Woche über, meine ich.«

Jürgen grinste. »Na, ganz einfach. Ich fahre tagsüber durch die Gegend, pflastere alles voller Fliesen, und du jagst inzwischen deine Bekloppten. Am Abend mach' ich uns dann zum Beispiel ein schönes Steak; für dich natürlich blutig. Und du hörst endlich auf, dir jeden Abend diesen Fusel hinter die Binde zu kippen. Klaro?«

»Also, das ist Bordeaux Superieur und kein Fusel!« erhob ich frech Einspruch, doch Jürgen wies ihn zurück.

»Völlig Wurscht, ob Super Bordeaux oder Extra Korn, ab jetzt ist Schluß mit diesem Zeug. Oder willst du etwa deine Leber kaputtmachen? Ich hör dafür sogar mit dem Rauchen auf.«

»Ach was.«

»Ja. Sonst kommst du doch nicht mit in die Wohnung.«

Ich sah Jürgen verblüfft an. »Welche Wohnung?«

»Na meine, Dummerchen. Oder willst du etwa ewig auf dieser Müllkippe hocken?«

Er zeigte auf die vielen mit Geschirr und Dreckwäsche vollgeladenen Pappkartons, die noch immer unausgepackt herumstanden.

»Sieh dich doch bloß um, wie das hier aussieht. Der reinste Saustall. Glaub mir, mein Kleiner, du brauchst eine starke Hand in deinem Leben, und für mich bist du wie ein offenes Buch.«

Ich sah ihn lächelnd an. »Okay, okay, ich geb' auf. Du hast gewonnen.«

Ohne ein weiteres Wort zog Jürgen mich an sich. Wir umarmten uns für eine Ewigkeit. Bevor ich ihn küßte, flüsterte ich ihm etwas ins Ohr, das ihn sehr glücklich machte.

Frau Brunner, die Institutssekretärin, reichte mir wortlos einen zerknitterten Wisch und einen Brief, der Lahfeldts Stempel trug. Wie ich schon ahnte, stand mein Posten bereits zur Disposition, und wer wußte, ob Lisa nicht schon seit längerer Zeit ein Verhältnis mit Lahfeldt hatte, so erregt, wie er auf unsere bevorstehende Scheidung reagierte. Natürlich konnte er mir nicht schreiben: ›Hau ab von der Uni, ich treib's jetzt nämlich mit deiner Frau und kann dich dabei überhaupt nicht gebrauchen. Meine Frau muß schließlich nicht alles wissen.‹ Und so hieß es eben lapidar maschinegeschrieben, daß bedauerlicherweise aufgrund diverser Sparmaßnahmen die Zuschußverknappung im universitären Bereich auch für meine Stelle schon im nächsten Semester drastische Veränderungen, wenn nicht gar bis auf weiteres die völlige Streichung bedeuten könnte, mit dem größten Bedauern, undsoweiter. Ich warf das Schreiben achtlos zur Seite und sah mir den zerknitterten Wisch an, ein Fax von Graustein, gerade mal zwei Stunden alt:

> Lieber Herr Dr. Rosental,
> Brauche Ihre Hilfe. Treffen im Café am Brühl heute 22 Uhr? Bei Verhinderung erreichen Sie mich über Funktel.
> Graustein

Graustein hatte das Präsidium sofort nach dem Ende unseres Lehrgangs verlassen, um sich einer Bombenlegersache im Zusammenhang mit der Erpressung diverser Aldi-Supermärkte anzunehmen. Seit wir uns vor zwei Tagen zum letzten Mal begegnet waren, gab es bis auf die üblichen Pressemeldungen nichts Neues von ihm, und nun brauchte er auf einmal meine Hilfe. Ich hatte eine Verpflichtungserklärung unterzeichnet, laut der ich mich im Ernstfall als Berater der Kripo bereithalten mußte. Ein Ernstfall, das konnte alles mögliche sein. Vielleicht endlich der spektakuläre Fall, auf den ich insgeheim lauerte. Aber warum löste Graustein ihn dann nicht selbst? Demnach war es also etwas Zweitklassiges, was er bei mir abladen wollte, quasi zum Ausprobieren. Aber das war mir egal. Das nächste Semester begann in drei Wochen. Ohne mich. Ich fühlte keinerlei Groll deswegen. Sollten sie doch vertrocknen hinter ihren Schreibtischen, wenn sie in ihren verödeten Hirnen in der Vergangenheit anderer Leute rumstöberten, um mit ihrer Erkenntnis nutzlose Bücher zu füllen. Ich hatte die Schnauze gestrichen voll von diesem Affenzirkus und also mal wieder nichts zu verlieren.

Bis zum Treffen blieben mir noch gut fünf Stunden. Ich packte meinen Kram zusammen und ging runter zur Straßenbahn. Ich wollte noch schnell im Hausmeisterbüro vorbeischauen. Aber Terrine, das heißt Herr Fischbach, war nicht da und ließ sich durch einen jüngeren Kollegen vertreten. Herr Fischbach sei plötzlich erkrankt, hieß es, weshalb ich sogleich bei Karstadt ein paar Vitamintabletten kaufte, nebst Kuchen und Blumen für ein gemeinsames Kaffeetrinken in Jürgens Wohnung. Er kam gerade vom Supermarkt, und wir hatten saftigen Apfelkuchen, frischen Kaffee und Sherry, medium dry. Ich schwärmte von meinem bevorstehenden Rendezvous mit Graustein und sah mich schon umgeben von Pressekameras bei der abenteuerlichen Jagd nach dem schlimmsten Abschaum dieser Welt.

»Der umgibt dich sowieso jeden Tag«, meinte Jürgen dazu. »Man sieht ihm das bloß nicht gleich an.«

Ich konnte dem nicht widersprechen. Wir schmusten noch eine Weile, dann mußte ich gehen, um Graustein in der Stadt zu treffen.

10

Das »Café am Brühl« war eines dieser Wiener Kaffeehausimitate, in dem abends der aufstrebende Mittelständler mit dem Handy am Ohr sein Weizenbier trank. Ich hatte Grausteins Silhouette schon von draußen lokalisiert. Er saß an einem Zweiertisch am Fenster und rauchte. Drinnen hing der Geruch von kaltem Rauch in der Luft, die Stereoanlage gab synthetische Walzerklänge von sich, zu denen die Kellner eifrig von einem Tisch zum anderen huschten.

Als Graustein mich erkannte, erhob er sich und sagte: »Es ist schön, daß Sie kommen. Guten Abend. Möchten Sie ein Bier?«

Er wirkte aufgeräumt, schien aber ein wenig bekümmert und aufgekratzt, ganz und gar nicht so ruhig und behäbig, wie ich ihn kannte.

»Oh ja, gern. Erst mal Guten Abend.« Ich drückte seine Hand. Der Kellner war sofort zur Stelle.

»Zwei große Pils noch, bitte.«

Der Kellner notierte und ging. Graustein wartete, bis er sich weit genug entfernt hatte.

»Wie gefällt Ihnen das Café?«

Zwei Tische weiter ging gerade ein Handy los. Ein fetter Blondzopf-Yuppie in den Vierzigern mit einem viel zu engen Geschäftsanzug nahm das Gespräch an seinem linken Ohr lässig entgegen.

»Ja grüß dich, Werner ...«, dröhnte er durch den Saal und wurde erst nach strafenden Blicken leiser.

»Es ist ein wenig ungemütlich hier, um ehrlich zu sein«, sagte ich mit einem vorsichtigen Seitenblick auf die anderen Tische.

»Ja, Sie haben recht. Aber man kann die Menschen vor und hinter der Glasscheibe beobachten. Man erfährt viel Interessantes über sich und die anderen.«

Aha, dachte ich, der alte Knacker sucht mal wieder eine Ansprechpuppe für seine Philosophie. Aber er spendierte das Bier, und deshalb spielte ich mit:

»Zum Beispiel?«

»Daß es immer wieder Dinge gibt, die rätselhaft sind und uns chaotisch erscheinen, weil wir sie nicht beeinflussen können.«

»Ach. Wie meinen Sie das?«

Ich musterte Graustein unauffällig, während der Kellner unser Bier brachte. Das ging jetzt über das bekannte Maß hinaus. Vielleicht hatte Graustein inzwischen schon ein paar über den Durst getrunken, oder er stand unter irgendwelchen Medikamenten. Ich hatte eigentlich keine Lust, in einen abendlichen Gedankenaustausch über das Wesen des Menschen verwickelt zu werden. Also versuchte ich abzulenken und prostete ihm zu. Das Bier war ganz in Ordnung, nur ein bißchen zu kalt.

Graustein sah gedankenverloren nach draußen und sagte:

»Sehen Sie, wenn man noch jung ist, so wie Sie, dann ist das Leben noch voller Geheimnisse. Man glaubt noch an Dinge wie Hoffnung oder Glück. Manche glauben auch an das Schicksal oder an übernatürliche Mächte. Aber das ist falsch. Die Menschheit wurde nicht geschaffen. Sie ist entstanden. Sehen Sie all die Leute da draußen, wie sie stur durch den letzten Schnee des vergehenden Winters stapfen? Wir würden schockiert sein zu erfahren, was in den Köpfen einiger dieser so harmlos und unbedarft wirkenden Geschöpfe vorgeht. Der Mensch ist auch in der sogenannten Zivilisation immer noch ein Tier, und mit seiner Willenskraft gestaltet er seine Umwelt, geleitet von seinen Instinkten.«

Ich besah mir Graustein sorgfältig aus der Nähe, seinen wuchtigen Schädel mit den vernarbten Bohrungen, der aufgeblähte Wanst, die fetten Schenkel. Irgend etwas Seltsames ging in diesem sonst so abgeklärten Mann vor, daß er derart trübseliges Zeug von sich gab. Ich verstand nicht, worauf er hinauswollte. Schließlich hatte er mich bereits sechs Monate doziert und mir eine bestandene Prüfung bescheinigt. Ich versuchte, ihn in ein Gespräch über übernatürliche Kräfte zu verwickeln. Darin kannte ich mich ziemlich gut aus.

»Sie glauben demnach nicht an übernatürliche Kräfte?«

»Nein.«

»Und was sagen Sie dann zu diesen tibetischen Mönchen, die ganze Ziegelhaufen, ja sogar Eisblöcke in Stücke hauen, und das mit der bloßen Hand?«

Graustein grinste und sah mir in die Augen.

»Diese schmächtigen Kerle beweisen meine Theorien. So etwas zeigt uns, wozu der menschliche Körper fähig ist, wenn ein bestimmter innerer Geist ihn lenkt. Sie kennen sicherlich die Geschichte von der Mutter, die einen Bus hochhebt, um ihr darunter eingeklemmtes Kind zu befreien. Die Wissenschaftler sind leider noch nicht reif genug, den Mensch in seiner ganzen Dimension zu begreifen. Was wir nicht beweisen können, erklären wir zum Kokolores, was wir nicht sehen können, zur übernatürlichen Macht. Die Menschen haben schon immer an Götter oder Heilige geglaubt, die für ein bestimmtes Wetter sorgten, die ihr Schicksal leiteten, die sie bestraften, und manche glauben noch heute daran. Je älter ich werde, desto weniger Gewißheit habe ich über mich und den Rest der Welt. Meine Angst wächst zusehends, aber auch meine Kraft. Wenn ich jetzt auf die Toilette gehe, dort in einer Pißlache ausrutsche und mir dabei nochmal das Genick breche, dann ist das eben passiert, so wie in der letzten halben Stunde irgendwo in der Welt Menschen gezeugt wurden, geboren wurden, geliebt oder mißhandelt wurden, verhungerten, Selbstmord begingen, arbeiteten, zweifelten, glücklich waren, einen Mord planten oder einen ausführten. Da draußen gibt es fast sechs Milliarden Exemplare dieser Spezies, und alle damit verbundenen Probleme relativieren sich zu einem lächerlichen Furz aus dem Hintern einer Kuh, wenn man bedenkt, wie lange es uns gibt und wie klein unser Planet im Vergleich zum Rest des Universums erscheint. Aber dann könnten wir uns auch gleich erschießen. Der moderne Mensch ist ein gespaltenes Wesen, voller Verklemmtheit und einsamer Zurückgezogenheit in der technokratischen Konsumgesellschaft, während in ihm das natürliche Verlangen glüht nach Wollust, Macht und Selbstbehauptung. Ein Narr, wer sich nicht dazu bekennt.«

Die Geschäftstypen an den umliegenden Tischen starrten Graustein bereits verständnislos an, und ich fühlte mich ein wenig unwohl. Ein paar Gespräche um uns herum waren inzwischen verebbt. Ich spielte im Geiste die verschiedenen Möglichkeiten für einen vorteilhaften Abgang durch. Aber es gab keine. Also diskutierte ich weiter:

»Sie halten demnach die Zivilisation für gescheitert?«

Graustein lächelte. »Oh nein, sie funktioniert wunderbar als Folterinstrument und Knebel unsere Urtriebe.«

Er drückte seine Dunhill aus und griff sofort nach der nächsten.

»Stellen Sie sich doch einmal vor, was passieren würde, wenn ich nackt in diesem Café säße. Man würde mich meiden, mich vielleicht sogar verhaften oder untersuchen, und das nicht nur aus ästhetischen Gründen. Aber alle lechzen sie nach Wollust. Sie verabscheuen Sex mit Kindern, Gewalt, Krieg. Und doch sind sie so fasziniert von den Bildern dieser Taten. Was glauben Sie, wie viele von denen hier an den Tischen nachher zu Hause einen sogenannten Hardcore-Porno zur Hand nehmen und sich dabei einen runterholen? Irgendwo auf der Welt gibt es brutalen Menschenhandel für diese netten Streifen, aber hier tut das doch keinem wirklich weh, solange sie nur ihre unterdrückten Phantasien ausleben können. Schon morgen tätigen sie wieder Geschäfte, fahren blitzsaubere Wagen, tragen ihr frisches Lächeln und wahren die freundliche Fassade. Wir haben uns über die Tiere erhoben, aber manchmal glaube ich, die Tiere lachen über uns. Der Mensch ist der beste Beweis dafür, daß Intelligenz einen

Organismus zu grotesken Verhaltensmustern wider seine Natur veranlassen kann. Wir sind alle nur lächerliche Kreaturen, voll von Zwängen, die wir auch noch als Tugend bezeichnen. Ich weiß, daß ich nur wenige Tugenden besitze, und das interessiert mich einen Scheißdreck. Das ist meine Art, mit mir und mit dem, was mit mir passiert, fertig zu werden.«

Allmählich regte sich in mir der Verdacht, Graustein wollte mich als Seelenklempner seines Vertrauens mißbrauchen, ganz nach dem Motto ›Der beste Psychologe braucht den besten Psychiater‹. Eine weitverbreitete Berufskrankheit, nur bei Fremden, jedoch nicht bei sich selbst analysieren zu wollen. Ich provozierte Graustein:

»Und sind Sie denn glücklich mit Ihrer Situation?«

Das traf ihn sichtlich, also meinte er es ernst.

»Nein, das bin ich nicht«, sagte er. »Ich bin allein, depressiv. Ich bräuchte einen Menschen, der mich liebt. Ich hatte ihn gefunden, aber nicht die Kraft, ihm meine Liebe zu geben. Es kostet nämlich jeden Tag aufs neue Mühe und Aufopferung, Liebe zu erhalten. Ich habe diese Chance vergeben und bin zu Recht verlassen worden. Der Alkohol und mein Glaube daran, daß ich noch gebraucht werde, bringen mich von den schlimmsten Gedanken ab. Ich brauche den Exzeß, um mich in meine Täter hineinzuversetzen. Jeden Mord, den sie begehen, vollziehe ich nach in einer Mischung aus Ohnmacht und Bewunderung.«

Jetzt schnappte Graustein über. Er gestikulierte unkontrolliert und sprach außerdem viel zu laut. Gleich würde uns ein Kellner diskret zum Gehen nötigen.

»Sie bewundern diese Mörder?«

»Ja. Man muß sich für eine Sache begeistern, um sich in sie vertiefen zu können. Man kann nicht kochen, ohne das fertige Gericht bereits auf der Zunge zu schmecken. In meinem Leben gibt es nur meine Arbeit. Sie lenkt mich ab. Jeder lenkt sich irgendwie von seiner Bedeutungslosigkeit ab, nicht wahr?«

Ich richtete mich in Gedanken auf eine lange Nacht ein und antwortete fast schon mürrisch:

»Da haben Sie sicherlich recht.«

Graustein bemerkte es und grinste.

»Dann sollten wir keine Zeit vergeuden und endlich auf den Punkt kommen. Kellner, die Rechnung bitte.«

Jetzt war ich völlig verblüfft. Ich sah Graustein an und wußte nicht, ob ich belustigt sein sollte oder wütend. Er erwiderte kurz meinen Blick und klopfte mir besänftigend auf die Schulter.

»Keine Angst, Doktor Rosental, ich alternder Mann habe Sie nicht nur an diesen aufschlußreichen Ort gebeten, um Ihnen leicht angetrunken die Ohren über mein Elend und das der restlichen Welt vollzujammern. Es gibt gewisse Vorfälle, die ich gern mit Ihnen besprochen hätte; aber nicht hier. Was ist, begleiten Sie mich in meine Wohnung? In meinem Kühlschrank ist noch reichlich Bier. Ist außerdem eine bessere Marke.«

Mit seiner Geheimniskrämerei hatte Graustein mich neugierig gemacht. Ich ließ mir das Telefon geben, rief Jürgen an und sagte ihm, daß es ein wenig später würde. Er war gerade damit beschäftigt, mein neues Fahrrad herzurichten, damit wir am Wochenende gemeinsam in die Dübener Heide fahren konnten. Er wußte, wie wichtig dieser Auftrag für mich sein konnte und würde nicht böse sein. Ich hatte also Zeit, und ich brauchte eine Aufgabe. Meinetwegen konnte mir Graustein die ganze Nacht stehlen.

11

Graustein besaß privat ein grünes S-Klasse-Coupé mit Lederausstattung. Der Wagen war entsprechend komfortabel und fuhr so leise, daß ich mich ständig davon überzeugen mußte, daß wir auch tatsächlich rollten. Ich gedachte wehmütig der Zeit, als ich noch nicht mit dröhnenden Straßenbahnen durch die Stadt rumpeln mußte. Natürlich war ich neidisch auf Graustein und dachte deshalb über das Größenverhältnis zwischen den äußeren Genitalien und dem Wagen eines Mannes in seinem Alter nach, aber abgesehen davon fragte ich mich, wie er sich solchen Luxus überhaupt leisten konnte. Vielleicht hatte er den Wagen als Dienstkarosse gemietet und setzte ihn obendrein noch von der Steuer ab.

Grausteins Wohnung widersprach dieser Theorie. Er wohnte am Nordplatz, im besten Viertel von Gohlis, ganz in der Nähe meiner alten Wohnung. Er bevorzugte Stilaltbau, eine Art Historismus, mit reichlich Stuck und Parkett. Das Haus machte einen gediegenen Eindruck und beherbergte auf zwei Etagen Anwälte und Notare. Das Treppenhaus protzte mit viel Edelholz, Messing, Marmor. Sogar der Lift war mit Wurzelholz furniert und natürlich klimatisiert.

Grausteins Wohnung lag im dritten Stock. Sie verfügte über mindestens sechs klimatisierte Zimmer. Obwohl überall wertvolle Möbel herumstanden und Aktenordner wahllos herumlagen, wirkte die Wohnung dennoch unbelebt. Es roch nach Kneipe. Graustein öffnete eine Tür auf der linken Seite des Korridors und machte eine einladende Handbewegung.

»Kommen Sie, lassen Sie uns hier hineingehen. Mein Arbeitszimmer. Ich hole uns noch schnell was zu trinken.«

Graustein verschwand in der Küche, und ich sah mir das Zimmer an. Der Raum war sechseckig und hatte ein Blumenfenster und eine Loggia, ebenfalls parkettiert, prächtigen Stuck, weiße Wände, zwei purpurne Perserteppiche an der Wand, Messingleuchter, Büromöbel aus kirschfarbenem Holz, kleine Couch, Edelstahlregale, und einen Computer mit allerlei Zubehör. Und Graustein liebte Pflanzen. Nicht nur das Blumenfenster war voll davon; sie standen überall im Raum verteilt. Im Fenster versuchte er sich sogar an einer kleinen Orchideenzucht, die sich durchaus sehen lassen konnte. Es überraschte mich, daß ein rauher Klotz wie er in der Lage war, sich zu derart zarten Gebilden hingezogen zu fühlen.

Graustein stand in der Tür, in der einen Hand zwei Bierflaschen, in der anderen zwei Gläser. Er schien sichtlich gerührt über mein offenkundiges Interesse.

»Sie mögen auch Blumen?«

»Sicher, aber ich hätte nicht die Zeit, mich um so viele zu kümmern. Sie sind schön.«

Graustein stellte die Flaschen auf den kleinen Glastisch neben der Couch. Dann trat er ans Blumenfenster, nahm eine Sprühflasche und benetzte die Blütenkelche.

»Danke. Sie brauchen viel Pflege.«

Ich wagte einen Vorstoß.

»Ganz nette Wohnung.«

Graustein setzte sich und goß uns Bier ein.

»Meine Mutter hat mir einen Großmarkt für Grünpflanzen hinterlassen. Schon, als ich noch ganz klein war, mußte ich ihr bei den Lieferungen für die Blumenhändler in Hamburg helfen. Aber vor ein paar Jahren habe ich den Markt an die Holländer verkauft. Ich bin kein Geschäftsmann.«

Er winkte mich zu sich auf die Couch. Ich setzte mich, goß mir ein Bier ein und wartete, bis er sich eine Dunhill angezündet hatte. Er nahm einen roten Aktenordner vom Fußboden und legte ihn auf seinen Schoß.

»Was ich jetzt tue, verstößt gegen mein ureigenstes Prinzip.

Ich möchte Sie bitten, mich bei der Aufklärung eines schwierigen Falls zu unterstützen.«

Nun war es an der Zeit, zum alten Graustein Stellung zu beziehen. Einerseits fürchtete ich mich ein wenig vor seinen düsteren Gedanken, andererseits faszinierte mich der pathologische Scharfblick, mit dem er seine Umwelt analysierte. Und mir winkte vielleicht endlich der ersehnte große Fall. Graustein war mir dabei völlig egal. Hier ging es allein um meine Karriere. Ich nickte und sah ihn lächelnd an.

»Ich hatte mir so etwas schon gedacht. Worum geht's?«

Graustein holte tief Luft. »Also, Sie haben doch sicherlich von dem Immobilienskandal bei der Stadtverwaltung gehört? Der Schaden für die Kommune beträgt immerhin fast eine halbe Milliarde Mark.«

»Ja. Turadot und Co. Ist aber nicht mein Gebiet.«

Graustein wiegte bedächtig den Kopf.

»Wie man's nimmt. Turadots Sohn ist wahrscheinlich tot. Er hat sein linkes Ohr eingebüßt. Eine ehemalige Sekretärin der Stadtverwaltung hat es vor ein paar Tagen als Geschenksendung verpackt in ihrem Briefkasten gefunden. Und jetzt gibt es eine weitere Vermißtensache, die damit in engem Zusammenhang zu stehen scheint. Seit heute morgen wird der dreizehnjährige Stefan Brandt vermißt. Er ist der Sohn von Peter Brandt, ehemals hochrangiger Abteilungsleiter bei der Wohnungsverwaltung. Er und Turadot kannten sich gut.«

»Aha. Das wäre dann also die zweite Entführung mit dem gleichen Hintergrund. Vielleicht eine Wirtschaftsstrafsache, die in einen privaten Rachefeldzug mündet. Gibt es schon Erpresserschreiben?«

Graustein nickte.

»Für Turadot reichlich. Natürlich alle erstunken und erlogen, die üblichen Trittbrettfahrer und Spinner, die gern mal im Mittelpunkt stehen wollen. Die Presse weiß bisher noch nichts von der neuen Entführung, deshalb gibt es auch noch keine Erpresserschreiben. Wird sich spätestens morgen ändern.«

Ich musterte Graustein eindringlich. So, wie ich ihn kannte, hatte sich der Alte inzwischen seine eigene Theorie über den Fall zusammengesponnen.

»Glauben Sie, da steckt mehr dahinter?«

»Allerdings. Wie immer glaubt mir mal wieder keiner. Die halten mich längst alle für verrückt. Deshalb brauche ich Ihre Hilfe in der Angelegenheit.«

Ich lehnte mich zurück. »Ach. Ausgerechnet mich.«

Wenn seine berühmten Verbindungen zum LKA und bis hinauf zum BKA ihm nicht helfen konnten, war bestimmt etwas faul. Graustein wich vom Thema ab: »Kennen Sie schon die Fotos der beiden Vermißten?«

»Die von dem Dreizehnjährigen noch nicht. Aber eine, äh, ein Bekannter hat mir den Zeitungsartikel über Turadot gezeigt.«

»Gut. Dann lassen wir ihn erstmal raus.« Graustein reichte mir den Aktenordner.

»In diesem Ordner finden Sie zehn Fotos von vermißten Kindern und Jugendlichen aus anderen Bundesländern, alle vermißt gemeldet im letzten halben Jahr. Vier wurden trotz intensiver Fahndung noch nicht aufgefunden, und drei der Fotos passen irgendwie zusammen, glaube ich jedenfalls. Die Fotos sind auf der Rückseite numeriert. Schauen Sie sich das mal in aller Ruhe an.«

Es handelte sich um typische Schnappschüsse aus Familienalben. Jungen und Mädchen auf Polaroids, im Schwimmbad, vor Weihnachtsbäumen, auf Fußballplätzen, im Garten, vor einer rustikalen Schrankwand, auf dem Mountainbike. Die meisten von ihnen lachten, waren mit Freunden zusammen. Ich sah mir die Fotos gründlich an, suchte nach Gemeinsamkeiten, die die Aufmerksamkeit eines potentiellen Täters wecken konnten. Ich wußte, daß diese Leute intuitiv in der Lage waren, aus einer Masse potentieller Opfer innerhalb weniger Augenblicke das verwundbarste und schwächste herauszufinden. Das konnte ich mit einigem Geschick nachvollziehen. Nur wählte der Täter den Opferkreis nach seinen speziellen Vorlieben, während ich diese erst rekonstruieren mußte.

Graustein hatte die Beine übereinandergeschlagen und trank sein Bier. Vor ihm qualmte die wer weiß wievielte Zigarette im Aschenbecher. Dann stand er auf, ging zum Fenster und schaute, halb zu mir gewandt, zwischen den Blumen hindurch nach draußen in die Nacht. Der Alte wollte mich wieder einmal auf die Probe stellen.

»Nummer drei, sieben und sechs, würde ich sagen.«

Graustein fuhr herum und sah mich beeindruckt an. »Genau die Fotos, die ich meine. Und wieso?«

»Die Jungen sind in etwa gleichaltrig, und vor allem sind sie diesem Turadot äußerlich verdammt ähnlich. Und wenn ich sie mir so anschaue, wirken sie auf mich auch ziemlich androgyn.«

Graustein nickte.

»Exakt. Keiner dieser drei Jungen ist älter als vierzehn, fünfzehn. Sie sind blond, haben den gleichen schlanken, zierlichen, aber muskulösen Körperbau, eine hocherotische Mischung aus femininen und maskulinen Reizen. Der Wunschtraum eines jeden Pädophilen.«

»Okay, das könnte hinkommen. Woher kommen die Jungs?«

Graustein tippte mit dem Zeigefinger auf den Jungen vor der Schrankwand. Foto Nummer sieben.

»Marco Richter, fünfzehn Jahre alt, Sohn einer arbeitslosen Mathematiklehrerin. Ein Ausreißer, zuletzt vergangenen Monat als fixender Stricher am Hauptbahnhof gesichtet. Hier in Leipzig. Er stammt ursprünglich aus dem Kreis Arnstadt und wird dort wegen Autodiebstahls schon längere Zeit gesucht. Die beiden anderen Jungen kommen aus Sachsen-Anhalt. Die Jungs gehören zu denen, die man noch nicht wiedergefunden hat. Ich überprüfe gerade noch andere Fälle. Glauben Sie mir, das ist ein ganz großes Ding.«

»Aha.«

Ich klappte den Ordner zu und kombinierte, sozusagen.

Deshalb war Graustein wohl wirklich in die Stadt gekommen. Er wollte einfach ein bißchen herumschnüffeln und dabei die örtliche Kripo für sich benutzen. Ich ließ mir jedoch nichts anmerken.

»Demnach müßten wir also davon ausgehen, daß kein unmittelbarer Zusammenhang zwischen der Wirtschaftsstrafsache und den Entführungen besteht und das Motiv wahrscheinlich ganz woanders liegt.«

»Genau. Alle vier Jungen, Turadot eingeschlossen, ähneln sich äußerlich sehr. Aber das allein ist es nicht. Was meinen Sie?«

»Die Jungs haben einen Körper, der den Täter wahrscheinlich augenblicklich erregt hat. Ein Opfer perfekt nach seinem Geschmack sozusagen.«

Die Luft schien plötzlich schwer geworden zu sein. Schweißperlen standen auf meiner Stirn. Der Lüfter von Grausteins Computer summte penetrant im Leerlauf. Er schaltete ihn offenbar nie aus. Jetzt war das Geräusch überall. Graustein hakte nach:

»Sie meinen, diese Jungs übten ausschließlich sexuelle Anziehungskraft auf den Täter aus? Eine typische Triebtat im Affekt, also unorganisiert?«

»Vorausgesetzt, wir haben einen Einzeltäter. Aber ich würde zum jetzigen Zeitpunkt von einem männlichen Einzeltäter ausgehen, zwanzig bis fünfundzwanzig Jahre alt, kontaktarm und sexuell unerfahren.«

»Einverstanden. Aber ich glaube, ihn interessieren vor allem die unbewußten Körpersignale, die die Jungen aussenden. Nehmen Sie zum Beispiel Stefan Brandt. Der Junge ist schlank, aber nicht dürr. Seine Beine sind gerade und zierlich wie bei einem jungen Mädchen. Seine Hüften sind schmal, sein Bauch flach, der Oberkörper jedoch kräftig und die Arme muskulös, fast wie bei einem Mann. Sein Gesicht ist glatt und wirkt unschuldig, aber aus den Augen sprechen Stolz und Verwegenheit. Er ist stolz auf den kleinen Milchbart auf seiner Oberlippe, der zeigen soll, daß er schon ein Mann ist. Es erregt ihn, fotografiert zu werden, denn er kennt die erotische Ausstrahlung seines Körpers, der jedem Fremden signalisiert, verführ mich, wenn du kannst. Er spielt das unschuldige Kind und weiß doch, daß diese Zeit allmählich vorbeigeht. Den Sexualtrieb, der zunehmend sein Leben bestimmt, begreift er als lustvolle Selbstbestätigung. Er ist ein Siegertyp, der seinen Kopf durchsetzt.«

Da hatte Graustein recht. In den Augen des Täters mußte jede Bewegung der Jungen als erotische Pose wirken, jede Abweisung als Aufforderung zur sexuellen Nötigung. Genau diese Herausforderung machte einen Jungen wie Christian Turadot für den Täter so verführerisch.

»Wow. Man könnte fast meinen, Sie wären der Täter.«

Ich gab Graustein die Fotos zurück. Er lächelte überlegen.

»Bin ich natürlich nicht. Aber um den Täter zu fassen, muß man sich in ihn hineinversetzen. Was glauben Sie, warum hat sich der Täter ausgerechnet diese Jungen gegriffen?«

»Nun ja, er war wie üblich erregt, auf der Suche an Sportplätzen, an Schulen, in Discos, und irgendwo dort hat er den Jungen dann zufällig gefunden und einfach mitgenommen.«

Graustein sah mich mitleidig an.

»Herrjeh, Rosental, doch nicht einfach und auch nicht zufällig. Alle Jungs sind spurlos verschwunden, und keiner hat etwas bemerkt.«

Ich zuckte mit den Schultern. Für einen Moment wirkte Graustein ratlos. Dann kam ein Flackern in seine Augen.

»Lassen Sie uns ein kleines Spiel spielen, ja? Was haben Sie sich zuletzt Größeres gekauft?«

Er schien mit Genugtuung zu bemerken, wie meine Augen zu leuchten begannen.

»Das war noch in der alten Wohnung. Ein neues Fahrrad.«

»Aha. Und wieviel hat es gekostet?«

»Reichlich fünftausend, aber es ist ein ganz besonderes Rad, eine französische Edelmarke, aus Aluminium und mit hydraulischen Bremsen.«

»Wieso haben Sie gerade dieses Rad gekauft? Hätte nicht ein einfaches genügt?«

»Schon, aber es stand im Schaufenster dieses Ladens in der Nähe der Uni. Ich bin dort jeden Tag vorbeigelaufen, fast ein halbes Jahr lang. Dann habe ich es nicht mehr ausgehalten.«

»Eines Tages gingen Sie also rein und sagten, ich will jetzt endlich dieses Fahrrad.«

»Richtig.«

»Und vorher, sind Sie da durch andere Geschäften gestromert und haben sich ähnliche Modelle angesehen, den Preis verglichen?«

»Natürlich.«

»Aber keines dieser anderen Räder konnte Ihr Rad werden, nur dieses eine in dem kleinen Laden an der Uni. Sie haben Ihre Wahl getroffen, und, da bin ich mir sicher, eine sehr geschmackvolle nach Ihren Kriterien. Dieses Rad ist für Sie doch nicht nur ein Gebrauchsgegenstand. Es ist ein Stück von Ihnen, nicht wahr?«

»In gewisser Hinsicht, ja.«

»Sie sind ein typischer Konsument relativ unnützer Luxusgegenstände, Rosental, wie wir alle. Verstehen Sie, worauf ich hinaus will?«

»Nicht so richtig, aber ...«

»Wenn Sie Reklame im Kino sehen, für teure Autos zum Beispiel, was suggeriert die Ihnen?«

»Vervollkommnung. Man wird aufgewertet oder bekommt Ersatz für fehlende Eigenschaften wie Kraft, Schönheit und Ausdauer. Oder die Maschine soll einen Menschen ersetzen.«

»Genau. Sie tun das nicht mit Ihrem Fahrrad, für Sie ist das Rad nur so eine Art Symbol gegen die fortschreitende Zeit, um die Tatsache Ihrer dahinschwindenden Jugend ignorieren zu können. Sie glauben, solange Sie auf Ihrem Rad durch die Straßen rollen, sind Sie frei und unabhängig und vor allem jung. Und für alte Männer, die sich ein Auto für mehr als einhunderttausend kaufen, wird eben dieses Objekt zum Trost für ihr eintöniges Leben. Sie erstarren zu einer Art Wohlstandsfassade, voller selbstgesetzter Zwänge und Regeln und lassen ihr Auto für sich sprechen. Man ersetzt einen Teil seiner Seele durch eine zwei Tonnen schwere Maschine mit einem Stern aus Blech. Aber das ist nicht wesentlich. Wesentlich ist, was man mit dem Kauf dieser Maschine insgeheim bezweckt. Wieso haben Sie sich gerade dieses nicht eben billige Fahrrad gekauft? War Ihr altes unbrauchbar? Sie hätten zehn einfache Fahrräder für das Geld bekommen.«

»Okay, es ist natürlich nicht viel anders als ein einfaches Rad, aber ich mußte es eben unbedingt haben.«

»Ja ja, Begierde«, sagte Graustein zufrieden und lehnte sich zurück.

»Wie?«

»Das Motiv lautet Befriedigung unerfüllter Wünsche und Begierden. Die Autoreklame verspricht es Ihnen. Nicht das Auto als Nutzgegenstand ist wichtig, sondern die ungestillten Bedürfnisse, die damit angeblich befriedigt werden: Versagte Anerkennung, mangelnde Selbstachtung, ausgebliebener Erfolg, unbefriedigendes Sexualleben. Wie ich Ihnen vorhin im Café schon sagte: Der Mensch ist immer noch ein Tier, das von seinen Trieben und Begierden gelenkt wird. Doch jeder Trieb und jede Begierde will ausreichend stimuliert sein, braucht ein Objekt, an das wir unsere Begierde binden können. So funktioniert das ganze System. Gib mir Geld, und ich befriedige deine Begierden. Es gibt keine realen Werte mehr, alles basiert nur noch auf Einbildung und künstlich geschaffenen Zwängen. Wenn sich der menschliche Geist nicht um die lebensnotwendigsten Dinge kümmern muß, schafft er sich andere Begierden, um sich selbst nicht aufzugeben. Oder können Sie mir sagen, wieso ein sechsundfünfzigjähriger, einsamer, nahezu impotenter, häßlicher, gieriger Fettwanst sonst ein Auto für mehr als einhunderttausend kauft, mit über 200 PS, 280 Höchstgeschwindigkeit, von Null auf hundert in sieben Sekunden, und das alles für sechs Kilometer Arbeitsweg im Innenstadtstau und drei Urlaubsreisen im Jahr?«

Ich sah ihn verständnislos an.

»Ich will es Ihnen erklären. Morgen ist Sonnabend. Begleiten Sie mich morgen früh zu dem Ort, wo Stefan Brandt zum letzten Mal gesehen wurde? Ich hole Sie auch ab. Meinen Wagen kennen Sie ja bereits. «

Ich zögerte einen Moment, dann stimmte ich zu.

»Vielleicht so gegen elf?«

»Ja, das paßt mir gut. Ich komme ins Präsidium. Wir, ich meine Sie, haben dort übrigens ab morgen ein Büro. Zimmer zweifünfzehn. Hier ist der Schlüssel.«

Ich nahm ihn verblüfft entgegen.

»Wie bitte?«

»Lassen Sie uns morgen drüber reden. Ich muß jetzt noch ein wenig nachdenken.«

Wir verabschiedeten uns flüchtig, und Graustein entließ mich mit seinen wirren Gedanken in meinem Kopf in die klare Nacht. Ich nahm kein Taxi nach Hause, sondern lief zum Bahnhof, um die Nachtbahn zu erreichen. Graustein war wie ein Hammer auf der Seele eines Menschen, der sich selbst noch für halbwegs gesund hielt.

Der fast leere Waggon raste mit offenen Fenstern durch die verlassenen Straßen. Ich ließ mir den Fahrtwind ins Gesicht blasen und dachte darüber nach, ob ich den Dingen gewachsen sein würde, die auf mich warteten. Ich kam zu keinem endgültigen Schluß.

12

Jürgen war wieder in Sachen Swimmingpool unterwegs und hatte mir ein paar liebe Worte auf dem Anrufbeantworter hinterlassen. Er vermied es, Fragen zu stellen. Nach der letzten gemeinsamen Nacht kannten wir uns besser und wußten auch, wo die empfindlichen Stellen lagen. Mir war klar, daß ich bis zu Jürgens Rückkehr eine wichtige Entscheidung treffen mußte. Er wollte, daß ich so schnell wie möglich bei ihm einzog, als hätte er Angst, mich sonst zu verlieren. Aber im Moment wollte ich nicht darüber nachdenken und schob es erstmal weg. Ich war schließlich mit einem schwierigen Fall beschäftigt und konnte daher zusätzlichen Druck nicht gebrauchen, wie ich mir einredete.

Ich verbrachte eine einsame und ziemlich unruhige Nacht in meinem Neubauwürfel. Gegen halb acht stand ich auf und schusterte mir ein Frühstück aus Müsliresten, fettarmer Milch und halb vertrockneten Brötchen zusammen. In meinem Kühlschrank herrschte mal wieder gähnende Leere, aber zum Einkaufen blieb mir leider keine Zeit.

Gegen halb zehn fuhr ich ins Präsidium. Scherzeshalber fragte ich den Pförtner nach dem Büro von Doktor Rosental, und nach einigem Blättern in seinem abgegriffenen Buch brummte er gelangweilt:

»Zimmer fünfzehn, zweiter Stock«, als ob das immer schon so gewesen sei.

Ich schloß auf und betrat das Büro. Zwei zueinander gestellte Schreibtische in Kirschholzimitat, dunkelblaue Drehstühle, Edelstahl-Aktenschränke, eine noble Kaffeemaschine und sogar eine Orchidee im Fenster. Ich konnte mir ein zufriedenes Grinsen nicht verkneifen, als Graustein kurz darauf im Türrahmen erschien. Ich mußte nicht zu ihm aufsehen, um ihn an seiner Statur zu erkennen, ich hatte ihn schon von weitem anhand seiner meterlangen Schnapsfahne identifiziert.

»Wie haben Sie das denn wieder hingekriegt?« fragte ich mit einem bewundernden Seitenblick auf die Büroeinrichtung. Graustein versuchte zu lächeln. Er sah nicht besonders toll aus und wirkte außerdem stark übernächtigt. Jetzt roch es im Zimmer auch noch nach Bahnhofsklo.

»Ich kenne hier und da ein paar Leute«, erwiderte er. »Manche sind mir dankbar, manche haben Angst vor mir, aber sie helfen mir alle. Ich kann Ihnen sogar den Bundeskanzler zum Kaffeetrinken besorgen, wenn Sie wollen.«

»Soll das etwa eine Drohung sein?«

Graustein lachte herzhaft. Das konnte er also auch.

»Kommen Sie, Kollege Rosental, lassen sie uns gehen, solange die Sonne noch so schön scheint. Bei meinen Kopfschmerzen wahrscheinlich das einzig Wahre.«

»Kollege Rosental? Wollen Sie mir nicht erstmal erklären, worum es eigentlich geht? Ich meine, gestern, da haben wir über den Fall gesprochen. Und ich habe Sie schon mehrfach gefragt, was der überhaupt mit mir zu tun hat.«

Graustein grinste und entblößte dabei sein unästhetisches Gebiß.

»Also, ich will nicht zuviel verraten, aber für Sie springen zum Beispiel fünftausend brutto raus, wenn Sie mich begleiten. Das übrige erzähle ich Ihnen unterwegs. Einverstanden?«

»Überredet.«

Wir schlossen ab, fuhren runter zur Tiefgarage, bestiegen Grausteins Mercedes unter den neidischen Blicken einiger Schutzpolizisten und glitten davon. Ich hockte ein wenig verloren in den dicken weißen Lederpolstern, als wir uns durch den zähen Vormittagsverkehr quälten. Der Alte rauchte eine Dunhill nach der anderen. Sein Autotelefon tütelte einige Male, doch er nahm nicht ab. Er wirkte recht nachdenklich.

»Furchtbar«, sagte er, »diese Blechlawinen, die sich an den Wochenenden zu den Einkaufszentren wälzen. Man könnte meinen, die Leute hätten nichts Besseres zu tun, als ständig einkaufen zu fahren. Verstopfen nur unnötig die Straße mit ihren emsig geputzten Hutschachteln. Man sollte wirklich nicht jedem Idioten den Führerschein geben.«

»Sicher.«

Wie gern hätte ich jetzt wieder ein Auto, egal welcher Klasse, um damit am Wochenende einkaufen zu fahren. Ich wechselte das Thema:

»Wie haben Sie das gestern eigentlich gemeint, das mit dem Symbol meiner langsam dahinschwindenden Jugend?«

Graustein lächelte und blies den Rauch zum Wagendach.

»Das hat Sie beschäftigt, nicht wahr? Wie alt sind Sie jetzt, Kollege Rosental? Ende Zwanzig? Bald sind sie dreißig, und das ist der Punkt, wo man allmählich das Gefühl hat, wirklich älter zu werden. Sie gestehen sich das im Moment nicht ein, aber Ihr Unterbewußtsein weiß es. Sie kaufen sich ein neues Fahrrad, so wie Sie es damals getan hätten, als Sie fünfzehn waren und in den Semesterferien im Schnellrestaurant jobbten. Ein so tolles Fahrrad symbolisiert all das, was Sie in naher oder ferner Zukunft nicht mehr sein werden: voller Elan, ohne Gebrechen, voller Freiheit und Sorglosigkeit. Sie sitzen auf Ihrem Rad und fühlen sich wieder wie ein fünfzehnjähriger Junge. Genau das ist es, was man eine Sinn- und Lebenskrise nennt, die aus reifen Männern wieder pubertierende Jungen macht oder vollkommene Stoiker. In Ihrem Fall kann eine zweite Pubertät durchaus nichts schaden.«

Ich schaltete auf stur.

»Wie meinen Sie das denn nun wieder? Ich bin schließlich auch Psychologe.«

Graustein grinste. »Wie Sie demnach wissen, Herr Kollege, ist die Pubertät die Zeit der Selbstfindung, die Zeit, in der die kindliche Wahrnehmung sich verschiebt in eine weltverklärende und hoffnungsvolle oder auch ernüchternde und distanzierte. Das ist die Zeit, in der man die heftigsten Kämpfe mit sich selbst austrägt, um einen Weg in die eigene Zukunft zu finden. Viele da draußen in diesen für ihre Verhältnisse viel zu teuren Wagen haben diese Kämpfe nicht zu Ende geführt und sich lieber rechtzeitig gesellschaftlichen Zwangsmechanismen unterworfen, um vor lauter Orientierungslosigkeit nicht völlig durchzudrehen. Ich denke nämlich ganz und gar nicht, daß es schlecht ist, wenn man von Zeit zu Zeit so sorglos wie ein Kind fühlt. Das nimmt einem die im Grunde lächerliche Bedeutungsschwere des eigenen Lebens. Aber man muß das Leben dennoch schätzen. Es ist überaus wichtig, Freude aus seinem Leben zu gewinnen, aber wer kann das schon uneingeschränkt? Mein Neid gilt all jenen, die es unbewußt tun können, ohne materiellen Zwang, ihr ganzes Leben lang. Es gibt nicht viele davon.«

Der Stau in Richtung Norden verdichtete sich. Zeitweise kam der Verkehr ganz zum Erliegen. Wir schwiegen wieder.

»Worüber denken Sie nach?«, wollte Graustein wissen, ohne seinen Blick vom Vordermann abzuwenden. Es war ein blaugespritzter Opel Ascona mit gelben Spoilern und getönter Heckscheibe, aus dem die Bässe dröhnten.

»Kann ich noch nicht sagen«, erwiderte ich und fuhr mir mit der Hand über den Nacken. Graustein schwieg. Bis zum Sportplatz rauchte er noch mindestens drei weitere Zigaretten, und ich bekam von jeder mindestens die Hälfte gratis.

Ich kannte den Sportplatz. Er lag ein wenig oberhalb meiner früheren Wohnung, inmitten eines kleinen Areals mit Industrieruinen und städtischen Mietskasernen. Auf dem buckligen Rasen bolzten ein paar Jungs in der spärlichen Sonne. Ihr Lärmen erfüllte die ansonsten ruhige Luft. Ein paar Krähen kreisten am Himmel. An den Laternenmasten hingen Plakate mit Christian Turadots Konterfei. Der Vater hatte inzwischen durch seinen Anwalt eine Suchaktion starten lassen. Reiche und einflußreiche Leute trauten der Polizei nie. Die kannten die Mechanismen zu genau.

Graustein setzte sich auf einen Haufen ausgesonderter

Gehwegplatten am Spielfeldrand und klopfte neben sich mit der Handfläche auf den Beton. Ich folgte der Aufforderung. Die Steine fühlten sich kalt und naß an.

»Ich habe früher auch mal Fußball gespielt« sagte Graustein, »aber heute bin ich wahrscheinlich zu alt dazu.«

Vor allem zu fett, dachte ich und sah den Jungs abwesend beim Spielen zu. Fußball und andere Ballwerfereien in der Gruppe hatten mich noch nie sonderlich interessiert, und als Zuschauer vermochten sie mir allenfalls ein herzhaftes Gähnen zu entlocken.

»Das alles ergibt für mich irgendwie keinen Sinn«, sagte ich.

»Einerseits behaupten Sie, das Aussehen der Jungen sei nicht wichtig, dann erzählen Sie mir etwas von Autos und Fahrrädern. Wieso glauben Sie, daß das Aussehen der Jungen nicht wichtig ist? Das ist doch wissenschaftlicher Unsinn.«

»Ich habe nicht gesagt, daß das Aussehen der Jungen unwichtig ist. In diesem Fall ist es sogar ganz besonders wichtig. Ich habe gesagt, die Fassade ist unwichtig. Es geht hier nicht bloß um Päderastie oder um Vergewaltigung. Wir könnten sofort ein paar Leute in die Pornoszene schicken und bekämen vielleicht eine Handvoll mutmaßlicher Täter. Hier geht es nicht auf konventionelle Weise um Sex und Gewalt. Das hier geht über gewöhnliche Triebverbrechen hinaus. Genauso die andere Sache.«

»Welche andere Sache?«

»Die mit dem zweiten Ohr. Lesen Sie denn keine Zeitung? Man hat es gestern abend im Auenwald gefunden, an einer Bank in der Nähe des Verkehrsgartens.«

»Sie meinen dort, wo die Homosexuellen sich treffen?«

»Ja, das Cruising-Paradies am Zetkin-Park. Nun tun Sie doch nicht so, als ob Sie nichts davon wüßten. Meine Güte!«

»Ich bekomme keine Zeitung mehr, seit ich umgezogen bin.«

»Dann legen Sie sich eine zu. An das erste Ohr im Briefkasten dieser Sekretärin aus Dresden erinnern Sie sich aber noch?«

»Natürlich. Sie glauben also, das alles ...?«

»Ja. Ich bin fest davon überzeugt, die abgetrennten Ohren gehören zu einem Serienverbrechen, und der Täter ist irgendwo hier in dieser Stadt. Ich war heute morgen schon in der Liebigstraße. Die Gerichtsmedizin hatte den genetischen Abdruck bereits fertig. Blutgruppe Null negativ, eine seltene Kombination also. Außerdem deutet ein hoher Anteil weißer Blutkörperchen auf Entzündungsherde im Körper hin. Marco Richter hatte Null negativ. Und er war Fixer. Als ich das denen vom LKA erzählt habe, haben die mich wie immer für verrückt gehalten. Wenigstens gibt es jetzt ein Ermittlungsverfahren, aber bloß als Alibi, falls es tatsächlich noch ein Fall wird. Dann stellen sie sich vor die Presse und sagen, sie wären schon längst an der Sache dran. Im Moment haben wir leider noch zu wenig Beweise. Wir müssen diesen Kerl schnappen, bevor er noch mehr Kinder entführt. Deshalb brauche ich Sie. Ich weiß, daß Sie das Zeug dazu haben.«

»Sind Sie sich da so sicher?«

»Ja. Beschreiben Sie mir den Täter. Alter und Geschlecht haben wir inzwischen geklärt.«

»Nun, er gibt sich normalerweise harmlos, ist mit sich unzufrieden und lebt allein und ziemlich abgeschieden, sonst hätten wir schon längst Hinweise auf seine Identität erhalten. In der Öffentlichkeit ist er betont unauffällig und passiv, gilt vielleicht als guter Onkel. Könnte sein, daß er als Lehrer oder Erzieher arbeitet oder sonst in irgendeinem Vertrauensverhältnis zum Opfer steht.«

»Und nach Feierabend geht er zum Postschließfach und holt die Kinderpornos ab. Gehe ich recht in der Annahme, daß Sie als nächstes die Überprüfung aller auffällig gewordenen Triebtäter angeordnet hätten, die Observation sämtlicher Schwulenlokale, die Durchsuchung jeder schwulen Sauna mit Videoecke?«

»Natürlich.«

So hatten wir es schließlich unter Grausteins Führung gelernt. Er sagte trocken:

»Denken Sie doch mal nach, Rosental. Das ist reine Zeitverschwendung. Sie sind hier nicht im Abendkurs, das ist die Realität, und dieser Kerl ist keiner von den üblichen Verdächtigen. Dafür ist er viel zu raffiniert. Also, in meinen Augen ist der Täter ebenfalls unzufrieden und gehemmt, aber er ist in der Öffentlichkeit keineswegs ein guter Onkel oder gar ein Kinderfreund. Er leidet seit seiner Pubertät an starken Minderwertigkeitskomplexen und erfährt sein Leben als Strafe. Er könnte zum Beispiel eine Behinderung aufweisen, eine sichtbare Krankheit oder Verhaltensstörungen. Dazu kommen seine gewaltverherrlichenden, pädophil geprägten Sexualphantasien. Ich würde sagen, schwere Kindheit, dominante Mutter, die vielleicht von seinen sexuellen Neigungen wußte und ihn dafür bestraft hat. Ich kann nur Vermutungen darüber anstellen, wieso der Täter gerade diese Opfer entführt hat. Aber alle Opfer stellen eine Symbiose makelloser Schönheit von Körper und wahrscheinlich auch Geist dar, eine perfekte Erscheinung ganz nach dem Geschmack des Täters, und die will er besitzen. Auf ähnliche Art und Weise haben Sie Ihr Fahrrad ausgesucht und ich mein Auto. Die Körper der Opfer sind nur die Objekte, an die der Täter die Erfüllung seiner Begierden bindet. Gewiß, die sexuelle Abreaktion spielt eine große Rolle, aber er sieht die Jungen nicht als menschliche Wesen, er sieht sie als namenlose Körper, als Puppen. Seine sexuelle Ausrichtung ist dabei unwesentlich. Wäre er nicht schwul, würde er Mädchen töten. Hier geht es eindeutig um das Ausleben verkümmerter Emotionen, um unerfüllte Anerkennung, um Neid, um Manipulation und um die absolute Macht über einen Schwächeren. Was glauben Sie, Rosental, wieso schneidet er den Opfern das Ohr ab?«

»Er ist ein Sadist, das geilt ihn auf. Es erregt ihn auch, zusätzliche Spuren zu legen und die Polizei bei den Ermittlungen zu beobachten. Er geht äußerst planvoll vor und hält sich für unheimlich clever.«

»Gewiß. Aber er sagt noch mehr über sich. Über sein Motiv, mit dem wir ihn ködern können. Denken Sie an Ihr Fahrrad. Sie stellen es auf der Straße ab. Jemand kommt vorbei und will es stehlen. Das Fahrrad hat seine Begierde geweckt. Er möchte besitzen, was er nicht hat. Er versucht, Ihr Fahrradschloß zu knacken, schafft es aber nicht. Bevor er aufgibt und geht, nimmt er einen Schlüssel und zerkratzt Ihnen den Lack. Dann zieht er ein Messer und zersticht beide Reifen. Aus Neid und Eifersucht erwächst Wut, die das zerstört, was man begehrt, aber nicht haben kann. Sehen Sie jetzt, wie wir den Kerl schnappen können?«

»Sie meinen, er war in seine Opfer verliebt? Er kannte sie?«

»Wäre möglich. Vielleicht benutzt er die Jungen nur als Surrogat, um eine frühere erotische Pleite in seinem Leben quasi verändert ablaufen zu lassen, ein Versagen, das er bis heute nicht verkraften kann. Jedenfalls hat er seine Opfer planvoll ausgewählt, sich ihnen gezielt genähert. Ich habe das familiäre Umfeld der Jungen bereits überprüfen lassen. Alle waren zuletzt Söhne alleinerziehender Mütter und Väter, alle drei widersetzten sich ihren Eltern, rissen manchmal von Zuhause aus, waren überdurchschnittlich intelligent, aber schlecht in der Schule, spielten exzessiv Fußball. Spätestens jetzt wird deutlich, daß wir es hier nicht mit einem unorganisierten Täter zu tun haben. Er hat den Jungs beim Fußballspielen zugesehen und sich dann vorgestellt, wie er sich an sie heranschleicht, sie berührt, ihren verängstigten Blick genießt, wenn er sie mißbraucht. Ich denke, genau das will er. Er will sie sexuell kontrollieren, will, daß sie ihn bewundern, sich ihm hingeben, ihn akzeptieren, allein für ihn da sind, ohne danach noch als Individuum zu existieren.«

»Das würde bedeuten, daß die vermißten Jungs alle tot sind!« sagte ich erschrocken.

»Davon müssen wir leider ausgehen«, erwiderte Graustein, »denn offenbar ist sein Haß auf den eigenen Körper grenzenlos. Deshalb wird er zerstören, was er selbst nicht besitzen kann, denn keiner der Jungen wird sich in der Realität so wie in seiner Phantasie verhalten. Vielleicht spricht er die Jungen am Sportplatz so an: ›Du hast Krach mit deinem Vater, komm doch zu mir, wir trinken einen zusammen. Ich hab' geile Filme für dich.‹

Dann wird er zudringlich. Der Junge will weglaufen, doch der Kerl bringt ihn in seine Gewalt, verstümmelt ihn, mißhandelt ihn, tötet ihn. Mit einem einzigen Schnitt ist die Schönheit zerstört, der Stolze verkrüppelt, der Mythos entpersonifiziert, aber dennoch lebendig. Kein anderer soll haben, was er nicht haben durfte. Er sieht sich als Strafe für all jene, die ihn verspotten und mißachten. Das hier ist erst der Anfang. Deshalb dürfen wir keine Zeit verlieren.«

Eine lange Pause entstand. Vom Westen zogen ein paar dunkle Wolken heran. Der Wind hatte aufgefrischt. Es würde bald Regen geben.

»Und Sie erzählen das alles ausgerechnet mir?« fragte ich mißtrauisch. »Ich denke, Sie arbeiten in der Vermißtensache ab sofort für das BKA?«

»Ja, aber nur gegen Honorar. Ich gehöre nicht wirklich dazu. Früher war ich bei der Kripo in Detmold und habe es dort bis zum Hauptkommissar gebracht. Ging nicht lange gut. Es ist kein Geheimnis, daß ich zeitweise psychische Probleme hatte. Später wurde ich Psychopathenjäger. Sie kennen bestimmt die Gerüchte, die sich um meine Person ranken. Manche halten mich wegen meines morbiden Interesses an Psychopathen für pervers. Aber so ist das nun mal. Man kann nicht Meister in einer Sache werden, ohne sich zumindest ein wenig dafür zu begeistern.«

»Sie bewundern diese Irren also tatsächlich?«

»Das wäre so nicht richtig gesagt. Aber ich erstaune in Ehrfurcht vor dem, was der menschliche Geist hervorzubringen vermag. Diese Ehrfurcht ist weniger Bewunderung als eine Mischung aus Neugier und Schauder. So habe ich meine wichtigsten Fälle gelöst.«

»Warum dann diesen noch nicht?«

»Sehen Sie, wir haben das Ermittlungsverfahren doch nur,

weil die beim LKA glauben, der Fall hätte etwas mit Wirtschaftskriminalität und Erpressung im großen Stil zu tun. Die Behörden bearbeiten drei verschiedene Fälle in drei verschiedenen Ebenen, nämlich den Immobilienskandal beim BKA, die Vermißtensachen beim LKA und die abgetrennten Ohren bei der örtlichen Kripo. An den Vermißtensachen bin ich schon länger dran. Später hat man mich dann auch beim Immobilienskandal eingeschaltet. Obwohl ich ihnen den Zusammenhang zwischen den Fällen erklärt habe, suchen die vom LKA immer noch nach einem Phantom, das die Söhne der Beteiligten aus Rache entführt. Natürlich völlig hirnverbrannt, denn eine Erpressung ohne Lösegeldforderung ist mir noch nicht begegnet, und bei reiner Rache hätte der Täter die Leichen der Jungen längst öffentlich präsentiert.«

»Aber Sie haben doch schon andere Fälle gelöst. Wieso hören die denn nicht auf den Experten?«

Graustein lächelte bitter.

»Die haben es nicht gern, wenn jemand von außen kommt und ihnen die Wahrheit serviert, weil sie schon seit Monaten einer falschen Spur hinterherjagen. Die möchten lieber ihren eigenen großen Fall haben und dabei Karriere machen. Ganz simple Machtgelüste sind das. Wenn sie den Fall schließlich durch mich gelöst haben, stehen sie in der Öffentlichkeit natürlich wieder alle hinter mir und schütteln mir die Hand, damit sie wenigstens ihr Gesicht in der Zeitung bewundern können.«

»Und was habe ich damit zu tun?«

»Ich kann keinen offiziellen Schritt mehr tun, ohne daß gleich das halbe Präsidium davon erfährt. Sie stecken noch nicht in diesem Sumpf, und keiner kennt Sie. Sie sind seit heute der psychologische Berater der SOKO »Sportplatz«. Man wird Ihnen zuhören, wenn Sie Ihre Sache gut machen. Sie können mir die Möglichkeit bieten, meine Vermutungen zu beweisen und den Täter zu überführen, während wir uns offiziell an die Vorschriften halten und die Ermittlungen unter Aufsicht des LKA ganz nach Plan verlaufen lassen. Bei denen stehe ich natürlich im Mittelpunkt. Sie werden doch sicherlich alles tun, um mich bei meiner wichtigen Arbeit zu unterstützen?«

Jetzt begriff ich Grausteins Taktik vollends.

»Sie wollen den Täter in Sicherheit wiegen, indem Sie das ganze Standardprocedere abspulen, aber nebenbei mit meiner Hilfe eine verdeckte Ermittlung führen?«

Graustein lächelte wieder.

»Vielleicht. Die Vermißtensachen Turadot und Brandt werden morgen an die SOKO ›Sportplatz‹ abgegeben. Kommissar Uhde wird das Kommando führen. Keine Frage also, daß die Entscheidungslenkung ganz in Ihren Händen liegen wird, zumal das LKA Ihnen einen weiteren psychologischen Gutachter zur Seite stellen wird, um sie bei Ihrer ersten großen Aufgabe zu unterstützen. Sozusagen als Mäuschen in Ihrem Büro.«

»Na toll.«

Graustein erhob sich und zog seinen Mantel glatt.

»Schön, daß Sie einverstanden sind. Wir sehen uns dann am Montag in meinem, also Ihrem Büro. Ach, und ...« – er sah sich um – »passen Sie gut auf sich auf. Ich fahre jetzt zurück zu mir nach Hause. Soll ich Sie unterwegs vielleicht irgendwo absetzen?«

Er lief bereits langsam auf seinen Wagen zu. Ich saß verunsichert am Spielfeldrand und fühlte mich wie mit einem dicken Brett vor den Schädel geschlagen. Graustein mochte tatsächlich verrückt sein, aber er hielt auch viele verdeckte Trümpfe in seiner Hand. Genaugenommen konnte er mich wie eine Marionette benutzen, wenn ich mitmachte.

»Nein, danke«, rief ich ihm nach. »Ich nehme lieber die Straßenbahn. Geht bestimmt schneller.«

Graustein kam plötzlich sehr schnell zurück und baute sich vor mir auf. Er grinste schon wieder auf diese selbstgefällige Art.

»Aber, aber. Sie wären nicht der erste, der sich vor mir fürchtet. Wissen Sie, manchmal fürchte ich mich sogar ein wenig vor mir selbst, was natürlich genauso blödsinnig ist. Versuchen Sie doch mal, sich selbst ein bißchen näher kennenzulernen, und hören Sie endlich damit auf, sich vor Ihren eigenen Begierden zu verstecken. Sie brauchen doch das Geld, und niemand wird Sie dafür verurteilen, am wenigsten ich. Sie können mich verfluchen, mich hassen oder verdammen, aber eines dürfen Sie nicht tun: sich vor mir fürchten. Dazu bin ich einfach zu unbedeutend. Ich sehe Sie dann am Montag.«

Er drehte sich um und lief zurück zu seinem Wagen. Nachdem er weggefahren war, saß ich noch eine ganze Weile einsam am Spielfeldrand, ließ mir den Wind durch die Haare wehen und versuchte, einen klaren Gedanken zu fassen. Die Sache schien mir verdammt faul. Aber ich wußte nicht, wo. Außerdem winkte mir ein saftiges Honorar. Ich beschloß also, mich auf Grausteins Angebot einzulassen. Zurück konnte ich nun sowieso nicht mehr. Graustein würde mich kaltstellen. Nun bot er mir eine große Sache, und er wußte, daß ich ein Mensch war, der neben relativer Sicherheit auch das Risiko und die Herausforderung liebte.

Als ich schließlich im aufkommenden Sprühregen zur Straßenbahn lief, kam es mir vor, als hätte ich eine Ewigkeit am Spielfeldrand herumgesessen. Die Kinder waren schon längst zurück in ihren Häusern. Ich sah kurz zum wolkenverhangenen Himmel auf und fragte mich dabei, wie es kam, daß wir Menschen uns stets nur mit uns selbst befaßten.

Terrine lag allein in einem düsteren Kämmerchen in der Krebsabteilung des Städtischen Klinikums St. Georg, wo sie umringt von einem kitschigen Blumenmeer die Händchen zweier Stricher hielt, die Rotz und Wasser heulten. Wie ich bereits vom Stationsarzt wußte, hatte irgendeiner den anderen angesteckt, oder andersrum, und jetzt litten sie zwar nicht unter Gelbsucht, dafür aber unter dem Virus mit den vier großen Buchstaben. Angeblasenes-Immun-Defizit-Syndrom, wie eine arg eingefallene Terrine mit Fistelstimme scherzte, und einer der Jungs jaulte, »das mußte ja so kommen, von all der Suppe ohne Gummi«. Unter dem Sauerstoffzelt sah Herr Fischbach aus wie ein Pop-Art-Schneewittchen mit gestörtem Hormonhaushalt, da er wegen des drohenden Kaposi-Hormons, wie er es scherzhaft nannte, seine fleckige Haut unter einer meterdicken Schicht Schminke versteckte.

Er wußte es schon seit über einem Jahr, als seine Helferzellen zum ersten Mal streikten und dadurch eine Lungenentzündung begünstigten. Laut Test hatte es nicht alle seiner Jungs erwischt, aber die Dunkelziffer unter den flüchtigen Bekanntschaften konnte gefährlich hoch sein.

»Oh mein Gott, wir müssen die Schnuckelchen finden«, seufzte Terrine, aber ich sagte: »Das hättest du dir früher überlegen müssen, meine Liebe, jetzt ist es zu spät.«

»Sie dreckige Schlampe, Sie«, schluchzte Terrine los, und ich erwiderte, »wenn das alles ist, was dir dazu einfällt, nachdem du das Leben der Hälfte aller Stricher in diesem Land aufs Spiel gesetzt hast, dann hast du es nicht besser verdient.«

Ich drehte mich um und verließ den Raum.

Rüdi, ein schlacksiger, langhaariger Typ von der Aidshilfe, tauchte mit einem Arzt auf. Nach der Begrüßung nutzte ich die Gelegenheit und zog ihn nach draußen auf den Gang.

»Wie schlimm sieht es denn wirklich aus?« fragte ich, und er schüttelte ratlos den Kopf.

»Vielleicht zehn, elf Infizierte nach den bisherigen Tests. Ein Junge aus Magdeburg scheint es eingeschleppt zu haben.«

»Und Terrine?«

»Sieht nicht gut aus. Zu wenig Helferzellen. Der Arzt sagt, halbes Jahr bis anderthalb.«

»Scheiße. Und die Jungs?«

»Der Junge aus Magdeburg ist vor drei Monaten an Hirnhautentzündung gestorben. Die anderen zeigen noch keine Symptome. Sie wollen sich um Terrine kümmern, wenn sie wieder nach Hause kommt.«

Ich schüttelte den Kopf.

»Das ist bewundernswert. Ich würde ihr am liebsten in den Arsch treten.«

»Das nützt jetzt auch nichts mehr. So hart es auch klingt,

früher oder später sind sie alle weg vom Fenster. Stell dir nur vor, zwei der Jungs leben inzwischen zusammen und jetzt haben sie mir gesagt, daß sie sich ab sofort das Geld für die Gummis sparen können. Ich glaube, sie machen sich noch keine allzu großen Sorgen um ihre Zukunft.«

»Ja, die Band auf der Titanic spielt ihre Polka bis zum bitteren Ende. Aber ohne die Musik wäre es vielleicht noch schlimmer. Kann ich denn irgendwas für sie tun?«

»Ja, du kannst ihr Hasch besorgen.«

Ich zuckte zusammen.

»Was?!«

»Ganz richtig. Wenn man es ins Essen bröselt, bekommt man wieder Appetit, und die Schmerzen klingen ab.«

Ich grinste. »Weißt du, ich arbeite jetzt für die Kripo.«

»Dann hast du ja die besten Kontakte.«

»Nein. Aber frag doch die Jungs von Terrine. Wenn, dann können die so was besorgen. Ich will mir damit nicht die Finger verbrennen.«

»Aha.«

Er sah mich wütend und auch ein wenig besorgt an.

»Hast du ...«, fragte er, »ich meine, mit Terry ...?«

Ich kapierte.

»Nein. Ich steh' nicht auf Tunten.«

»Glück gehabt. Ich geb' dir trotzdem meine Karte. Falls du was hörst, sag mir Bescheid. Alle Jungs, die mit Terrine unsafen Sex hatten, müssen sofort zum Test.«

»Okay.«

Ich wollte zurück zu Terrine, um ihr meine Hilfe anzubieten, aber sie hatte gerade einen hysterischen Anfall und kreischte: »Hau ab, du kleine Schlampe. Auf dein Mitleid kann ich verzichten. Du hast mir meinen Sascha weggenommen, du dreckiges Miststück.«

Ich stand mit offenem Mund da, und einer der Jungs säuselte, »Mach's Mäulchen zu, Süßer, es zieht«, und Rüdi sagte: »Ist vielleicht besser, wenn du jetzt Leine ziehst.«

Was ich auf der Stelle tat.

13

Graustein hatte es längst aufgegeben, sich abends allein vor einem Pornoheft einen runterzuholen. Auch Videos törnten ihn nicht mehr besonders an. Rein physisch konnte man es immer noch als Erfolg bezeichnen, aber es fühlte sich bei weitem nicht mehr so gut an wie früher, als er auf der Polizeischule gelegentlich einen seiner Stubenkameraden für Pornoheftchen und zwei Bier zum gegenseitigen Blasen unter der Bettdecke überreden konnte.

Also warf er sich seinen stinkenden Mantel über, eine Packung Dunhill in der rechten Tasche, eine halbe Flasche Teacher's in der linken, Gummis in der Hosentasche, und machte sich auf einen abendlichen Spaziergang, der am Verkehrsgarten im Zetkin-Park endete. Nach längerem abwartenden Kettengerauche, Gesaufe und Umhergeschleiche landete er im Unterholz neben einem bekifften und ausgemergelten Studenten, der wie auf Befehl seine Hose runterließ und sich vorbeugte. Graustein bumste ihn ein bißchen, der Kerl grunzte zufrieden und spritzte schließlich hechelnd auf seine eigenen Klamotten ab. Als Graustein den Gummi von seinem erschlaffenden Schwanz zog, war er voll. Er konnte sich aber schon nicht mehr daran erinnern, daß er gekommen wäre.

Der Student verschwand lässig im Dickicht, und Graustein tastete sich durch einen schier endlosen Morast voller Bierdosen, vollgewichster Taschentücher und benutzter Gummis zum Weg zurück, wo sich zwei Junkies auf einer Bank in einem Anflug spontaner Wollust gegenseitig rasant einen runterholten. Graustein trottete zur B 2 und nahm ein Taxi zum Hauptbahnhof.

In der »Kutsche« tauchte er für einige Zeit in die brutale Glückseligkeit der Lederszene ab. Außer drei doppelten Whiskys, einer ordentlichen Ladung Techno-Gedröhns und diversen Angeboten für aktiven Drosselsex und Fistfuck per Taschentuchannonce bot sich nichts Weltbewegendes. Er nahm sogar eine Ecstasy und versuchte, ein bißchen mit den Jungs auf der Tanzfläche herumzuzappeln. Als ob er dazugehörte. Der Stoff war gestreckt. Nach einer halben Stunde ließ die Wirkung nach, und Graustein fühlte sich schwindlig. Außerdem drückte seine Blase. Auf der Klappe bumste ein Pärchen hinter verschlossener Tür und beschleunigte seinen Takt. Insgeheim sehnte Graustein sich jetzt nach einem blutjungen Golden Shower Trio, während süßlich stinkender Urin aus seinem halbsteifen Schwanz in das Becken plätscherte. Auf die Fliesen über dem Waschbecken hatte jemand einen bärtigen Hünen in Uniform gemalt und darunter gekritzelt ›Gib mir Kaviar, Treff hier jeden Dienstag 10.00.‹ Graustein lächelte säuerlich und machte sich auf den Weg zum Ausgang.

Was blieb in einer solchen Nacht, die Graustein vor lauter ungestillter Sehnsucht beinahe in den Wahnsinn trieb, war das junge Gemüse, das sich gegen Bares am Bahnhof oder an der Grassi-Klappe befummeln ließ. Das kleine grüne Toilettengebäude aus der Gründerzeit, das vor dem Grassimuseum im Düstern lag, war umringt von Strichern, Freiern und Cruisern jeden Alters. Auch von unauffälligen Herren mit gepflegten Mittelklassewagen, deren Familien bereits friedlich in weichgespülter Bettwäsche schlummerten. Ein asiatischer Junge in schwarzer Jeanskluft, durchtrainiert, braungebrannt, schlank, zierlich, schwarzgelockt, hatte es außer diesen Herren auch Graustein sofort angetan. Der Junge zog die Jeans über seinen engen Schritt, reckte seinen kleinen Knackarsch nach oben in die Sternennacht und lächelte mit seinen Elfenbeinzähnen süße Unschuld. Graustein fluchte. Er konnte nicht mitbieten. Irgendwo in seinem Mantel versteckten sich noch zwei Braune, aber die beiden Langweiler, die dem Jungen am nächsten standen, boten bereits drei davon bloß fürs Wichsen. Der Junge lächelte und sagte mit niedlichem Akzent: »Hundert für den ersten und hundert für den zweiten.« Dann huschte er in die Klappe, und die beiden Langweiler folgten ihm. Ein Streifenwagen parkte irgendwo hinter den Büschen, doch seine Insassen schliefen. Vielleicht hatten sie sich zu sehr verausgabt. Graustein umkreiste noch ein paarmal unzufrieden die Klappe, dann schlich er davon.

Nach dieser Nacht hatte er nicht nur zwei Schachteln Dunhill intus, sondern auch einen halben Liter Whisky, was jede Benutzung eines Taxis unmöglich machte. Die öffentlichen Verkehrsmittel mied Graustein. Gewöhnlich lief er nach einer solchen Nacht nach Hause, um ein Bad zu nehmen und Nikotinnachschub zu fassen. An diesem Montagmorgen war es dafür aber schon zu spät. So trottete er also griesgrämig ins Präsidium; ein fetter, stinkender Mittfünfziger mit bösartigem Blick und gedunsener Visage.

»Sie sehen ganz schön mitgenommen aus«, sagte ich, als Graustein sich mir gegenüber auf den Bürostuhl plumpsen ließ. Der Telekomtechniker, der gerade die Faxweiche installierte, zog tief die Luft ein, sah erschrocken auf und verließ danach fluchtartig den Raum.

Graustein lächelte böse: »Sie sehen auch nicht gerade danach aus, als ob Sie in der letzten Nacht viel geschlafen hätten. Was haben Sie so am Wochenende gemacht?«

»Oh, ich habe nachgedacht.«

Ich sagte ihm nicht, daß meine Augenringe von einer anstrengenden Nacht mit Jürgen herrührten. Nach unserer Radtour hatte ich ausgiebig in Jürgens Privatvideothek herumgewühlt, deren Highlights wir uns zu reichlich Rotwein gemeinsam reinzogen. Erst um zwei Uhr morgens hatten wir unsere Gier aufeinander gestillt, und jetzt zeigte die Uhr kurz nach sieben. Graustein grinste.

»Und zu welchem tiefgreifenden Entschluß sind Sie dabei gekommen?«

»Läßt sich so einfach nicht sagen.«

Er verzog geringschätzig den Mund. »Aha. Wir können ja vielleicht nachher drüber reden. Jetzt erstmal zu unserer Arbeit. Um neun findet die Einsatzberatung der SOKO statt. Sie haben doch sicher nichts dagegen, daß ich als Fachreferent zuerst spreche. Schließlich bin ich der Erfahrenere von uns beiden. Sie können ja danach Ihren ganzen Sermon ablassen.«

»Welchen Sermon?«

»Na, die weitere Vorgehensweise. Ihr Ermittlungsprogramm. Haben Sie das nicht inzwischen schon dieser Monika Uhde gegeben?«

»Ach so, natürlich. Sie kriegen das ganze Routineprogramm laut Dienstvorschrift: Klubs, Klappen und Saunen überwachen, den Strich observieren, Zeugenbefragungen im Wohngebiet, eh-teh-zeh.«

Graustein lehnte sich zurück und sah mich ruhig an.

»Ganz ausgezeichnet«, sagte er, »ganz ausgezeichnet.«

Dann brach er in polterndes Gelächter aus.

Die Dienstberatung fand im kleinen Saal der Einsatzleitung im Untergeschoß statt. Ich kannte einige der abweisenden Gesichter, aber nicht ihre Namen. Ich spürte, daß sie Uhde nicht akzeptierten, mich nicht ernst nahmen und Graustein haßten. Sie waren ein erprobtes Team, eingespielt auf ihre eigene Hierarchie aus den alten Zeiten. Die gingen abends zusammen in die Sauna, spielten bis in die Nacht Karten bei Bier und Schlagermusik und veranstalteten sonntags Grillpartys in ihren Kleingärten. Jeder von denen hatte lange auf einen SOKO-Chefposten gelauert. Ein Seiteneinsteiger wie Uhde als Kopf einer SOKO schien ihnen verdächtig, zumal sie eine Frau war und erst seit der Wende diente. Graustein kam nur mal so vorbeigeschlendert und auch noch aus dem Westen. Ein typischer arroganter Besserwessi, der ihnen bloß wieder die eigene Unzulänglichkeit nachweisen wollte. Ich war der typische Sesselfurzer, hatte den Kriegsdienst mit der Waffe verweigert, nach dem Zivildienst studiert und ein relativ sorgloses Leben geführt, während sie es toll und schäbig zugleich fanden, mit echter Männerarbeit ihre Brötchen zu verdienen. Und ich war ein Verräter, weil ich als Hiesiger vorbehaltlos mit einem Westdeutschen kooperierte, dessen häufigster Spitzname Arschloch lautete. Sie verstanden ebensowenig wie ich, was da eigentlich vor sich ging, und waren sauer auf das LKA, das ihnen Graustein und mich vor die Nase setzte. Graustein begann zu reden, und wenn er schwieg, lag eisige Stille im Raum. Er begrüßte die Anwesenden und sagte:

»Als Experte für sexuelle Gewaltverbrechen an der Seite Ihres neuen kriminalpsychologischen Mitarbeiters, Herrn Dr. Rosental, möchte ich die Gelegenheit nutzen, Ihnen etwas Wichtiges zu vermitteln. Wie Sie alle wissen, haben wir es hier mit einer komplexen Vermißtensache zu tun, die die Struktur einer Gewalttat aufweist, dominiert von sexuellen Motiven. Im Fall Brandt können familiäre Streitigkeiten nicht ausgeschlossen werden, da der Vater Alleinerzieher ist und zum Zeitpunkt der Vermißtenmeldung keiner geregelten Arbeit nachging; jedoch zeigte der Junge nach den bisherigen Zeugenaussagen keinerlei auffälliges Verhalten und gehört auch nicht zu den typischen Ausreißern. Nach den Hinweisen, über die wir verfügen, wurde der Junge zuletzt in der Nähe seines Wohnhauses gesehen. Auf Anraten unseres neuen Kollegen von der Kriminalpsychologie, Herrn Dr. Rosental, werden wir dort noch einmal mit der Suche beginnen. Das bedeutet individuelle Befragungsarbeit für jede Abteilung. Der BGS wird außerdem die angrenzenden Parks und Brachflächen nochmals durchkämmen.«

Ich stutzte. Die Leute von der SOKO sahen gelangweilt auf ihre Infozettel und widersprachen nicht. Das, was Graustein eben gesagt hatte, stand jedenfalls nicht in den von mir vorbereiteten Unterlagen und stimmte nicht im geringsten mit der Realität oder mit Grausteins Auffassung überein. Wir wußten nämlich überhaupt nicht zuverlässig, wo der Junge sich zum Zeitpunkt seiner Entführung aufgehalten hatte, und außerdem galt er durchaus als typischer Ausreißer. Und warum erwähnte er Marco Richter nicht? Als ich protestieren wollte, legte mir Graustein beschwichtigend eine Hand auf die Schulter.

»Wir müssen uns beeilen, da Christian Turadots prominenter Vater bereits aus dem Gefängnis heraus auf eigene Faust eine öffentliche Suchaktion eingeleitet hat. Im Moment ist er noch inhaftiert, aber die Festsetzung einer Kaution in den nächsten Tagen scheint derzeit nicht undenkbar. Der Druck, der auf unseren Schultern lastet, ist also groß, zumal schon zwei abgetrennte Ohren gefunden wurden, die nach den Analysen der Pathologie von den vermißten Jungen stammen könnten. Ich denke, jeder von Ihnen hat sich inzwischen mit dem Fall ausgiebig beschäftigt.«

Schweigen, erstarrte Gesichter, verschränkte Arme. Graustein fuhr unbeirrt fort:

»Die Leiterin dieser Sonderkommission, Frau Kommissar Uhde, wird Sie bei Änderungen in der Vorgehensweise sofort informieren. Es gilt weiterhin Nachrichtensperre. Sie wissen, wir können jetzt keinerlei Öffentlichkeit gebrauchen. Jeder von Ihnen kennt seine Aufgaben, hoffe ich.«

Er sah seinem Publikum fest in die haßerfüllten Augen. Trotz meiner Wut auf Graustein fand ich noch Gelegenheit, ihn für seine Kaltschnäuzigkeit zu bewundern.

»Noch irgendwelche Fragen? Nein? Dann ist ja alles klar. Ich freue mich, daß ich mit Ihnen zusammenarbeiten darf, und danke Ihnen für Ihre Aufmerksamkeit. Den Rest wird Ihnen dann Kommissar Uhde mitteilen.«

Uhde teilte Dienstbefehle aus. Neben der Suchaktion durch Einheiten des BGS sollten außerdem zwanzig Beamte in Zivil die Bewohner des ehemaligen Arbeiterviertels in Gohlis befragen. Uhde hatte die Aktion bereits für den bevorstehenden Abend anordnen lassen. Für die SOKO bedeutete das auf jeden Fall Überstunden. Sie sahen mich ganz offen an, wie man jemanden ansieht, den man am liebsten auf der Stelle erwürgen möchte.

Ich fühlte mich elend. So hatte ich mir das nicht vorgestellt. Graustein benutzte mich tatsächlich wie eine Marionette. Er würdigte mich keines weiteren Blicks und schlenderte ungerührt aus dem Zimmer. Ich gab mir große Mühe, nicht vor versammelter Mannschaft in einen Tobsuchtsanfall auszubrechen. Ich lief hinaus und strebte auf das Herrenklo zu. Graustein folgte mir grinsend. Das brachte mich zum Überkochen. Ich wartete, bis er mit mir allein im Waschraum stand, dann schrie ich ihn an:

»Verdammt, was tun Sie denn da?«

Die Kacheln warfen meine sonst nicht so kräftige Stimme eindrucksvoll zurück, und das stachelte mich an: »Was glauben Sie eigentlich, wer Sie sind! Sie denken wohl, Sie können sich hier alles rausnehmen, wie es Ihnen paßt. So nicht! Nicht mit mir!«

Graustein lächelte milde. »Glauben Sie mir, es geschieht alles nur zu Ihrem Besten.«

»Ach! Deshalb wohl teilt Uhde Weisungsdokumente auf der Grundlage gefälschter Gutachten aus, für die ich letztendlich die Verantwortung trage! Außerdem ist die Suchaktion völlig sinnlos. Die Kripo wird sich veralbert vorkommen. Wir waren doch selber zusammen am Sportplatz. Was wird hier eigentlich gespielt, und wieso sagten Sie nichts über diesen Stricher aus Torgau? Es gibt schließlich schon vier mutmaßliche Opfer!«

Graustein sah mich mitleidig an.

»Ich denke nicht, daß Marco Richter erst das vierte Opfer ist. Allein hier um den Hauptbahnhof sind in letzter Zeit auffällig viele Stricher spurlos verschwunden. Nicht nur die mit Dreck am Stecken. Und es gibt immer neue Parallelen zu unaufgeklärten Vermißtensachen in den umliegenden Bundesländern. Unser Täter kommt viel herum, und Marco Richter ist wahrscheinlich einer unter vielen; so hart das auch klingt. Es tut mir sehr leid, aber solange Sie die Tragweite dieses Falles noch nicht vollständig begriffen haben, muß ich Sie leider bevormunden. Die Sache ist jetzt ins Rollen geraten, und Sie schaden sich bloß selber, wenn Sie jetzt den Amtsweg einschlagen.«

»Was?!«

»Tun Sie, was Sie für richtig halten. Ich habe jedenfalls beobachtet, wie die Beamten der SOKO uns verachten, wie sie gelangweilt sind und sich vor Karrieredurst verzehren. Das sind Paragraphenhengste, Rosental. Die handeln nach Dienstvorschrift und lassen dabei einen Jungen nach dem anderen draufgehen. Verstehen Sie, wenn wir nicht andere Wege gehen, tragen auch wir die Verantwortung für weitere Opfer. Der eigentliche Zweck der SOKO besteht doch nur darin, Turadot den Wind aus den Segeln zu nehmen und der Öffentlichkeit mitzuteilen, ›Seht her, ihr braven Steuerzahler, jetzt tut sich was für euer Geld‹. Aber glauben Sie mir, der Kerl, der hinter diesem Fall steckt, ist zu gerissen. Hier braucht es Leute unseres Verstandes, und ich spreche auch von emotionaler Intelligenz, um den Kerl zu schnappen.«

»Das ist mir schon klar.«

»Sehen Sie. Erfolg oder weitere Opfer, das ist hier die Frage. Ich habe bisher jeden meiner Fälle gelöst, den einen früher, den anderen später, aber nie auf dem schnellsten Weg. Jetzt brauche ich Ihre Hilfe, und ich mußte mich absichern, ob ich wirklich auf Ihre volle Loyalität bauen kann. Wenn es ein nächstes Opfer geben sollte, ohne daß wir auch nur die Spur eines Verdächtigen haben, dann werden hier irgendwann Köpfe rollen. Wahrscheinlich Ihrer als einer der ersten. Ich will Ihnen lediglich eine Chance geben, Ihre Fähigkeiten zu beweisen. Das muß man auch unter enormem Druck beherrschen. Ohne mich würden Sie übrigens die nächste Zeit mit den üblichen Alltagsdelikten wie Raubmord, Versicherungsbetrügereien und mit der Analyse von harmlosen Beknackten verbringen. Ich weiß, Sie haben den Killerinstinkt, und den werden wir jetzt brauchen.«

Graustein hielt inne und näherte sich mir vorsichtig.

»Am besten, Sie gehen jetzt erstmal in Ihr Büro und warten dort auf mich. Ich denke, es wird Zeit, daß ich Sie in meine tatsächlichen Pläne einweihe. Vorher muß ich aber noch mal.«

Er ging eine Tür weiter zu den Urinalen.

»Glauben Sie mir«, dröhnte es von den Kacheln wider, »die Gefahr, die ich hier eingehe und das Vertrauen, das ich Ihnen dafür schenken muß, sind weitaus größer als das Risiko, das ich Sie dabei tragen lasse.«

Ich drehte mich um und ging. Mürrisch schloß ich das Büro auf und setzte mich an meinen Schreibtisch. Ich fühlte mich wie jemand, der in freudiger Erwartung der Jungfernfahrt in seinen neuen Wagen steigt und beim Einlegen des ersten Gangs feststellt, daß alle vier Reifen fehlen. Aber ich fühlte mich auch wie jemand, dem man ein großes Paket auf den Tisch gestellt hat, dessen Inhalt bei geschickter Entdröselung eine andere Zukunft bedeuten kann. Graustein versprach mir einen aufregenden Fall, und genau das hatte ich eigentlich gewollt. Würden wir Erfolg haben, konnte ich mich in Grausteins Ruhm sonnen und bekam endlich die verdiente Anerkennung. Oder wir scheiterten, und ich würde bodenlos abstürzen. Nicht Graustein. Der hatte mich da reinmanövriert, um den Behördenapparat auf eine falsche Spur zu lenken, und ich sollte ihm dabei freie Hand gewähren. Graustein war ein verdammt hinterhältiger Spieler, und aus diesem Grund hatte er bisher in seinem Leben so ziemlich jede Partie gewonnen.

Graustein stand mit zwei dampfenden Kaffeebechern in der Tür und versuchte, versöhnlich zu lächeln. Es gelang ihm nicht.

»Ich weiß, Sie halten mich jetzt für ein eiskaltes Schwein.« Er lächelte noch immer. »Aber glauben Sie mir bitte; es gibt keinen anderen Weg für uns. Wenn das hier erst alles vorbei ist, werden Sie es verstehen.«

»Also, im Moment verstehe ich überhaupt nichts. Was soll dieses ganze Getue eigentlich?«

Grausteins Lächeln erstarb. Er setzte sich, kippte Zucker und Sahne in seinen Kaffee und sah zu, wie weiß und schwarz sich vermischten.

»Sie haben mir gestern gesagt, daß Sie mich in jeder Hinsicht unterstützen würden.«

»Stimmt.«

»Dann bitte ich Sie jetzt um Ihre Hilfe. Ich brauche Geld. Etwa zehntausend.«

Ich verschränkte die Arme vor der Brust.

»Ach. Nur zehntausend? Nichts weiter?«

Graustein seufzte. Er sah zur geöffneten Tür, ging hin und schloß sie.

Ich nahm vorsichtig einen Schluck Kaffee. Das Zeug war widerlich. Graustein kam zurück und fläzte sich hinter einen Schreibtisch.

»Als Sie letzte Nacht in Ihrer Wohnung saßen und über wer weiß was nachdachten, da bin ich am Bahnhof gewesen und habe mir die Jungs angesehen, die dort ihrer Arbeit nachgehen.«

»Sie waren auf dem Strich?«

»Natürlich nicht nur als Beobachter. Können Sie mir folgen?«

Nachdem ich Graustein im »Lady Liberty« beim Abschleppen eines Jungen beobachtet hatte, konnte ich mir sehr gut vorstellen, was er meinte.

»Sie meinen, wir warten, bis irgendwo ein Verdächtiger vorbeikommt und vor unseren Augen zuschlägt?«

»Nein, so dumm wird er nicht sein. Was ich meine, ist ein Köder. Ich habe da auch schon einen sehr schönen Plan. Christian Turadot war Fußballer, nicht wahr? Stefan Brandt spielte oft auf dem Sportplatz, den wir am Sonnabend besucht haben. Wir bestechen einfach einen Journalisten und bauen eine fiktive Story über einen Nachwuchsfußballer auf. Das wird nicht weiter auffallen, der Sportteil wimmelt nur so von halbnackten Schönheiten beiderlei Geschlechts. Ich jedenfalls pflege bei einer Zeitung immer zuerst den Sportteil aufzuschlagen.«

Ich sah ein wenig angewidert zur Seite. Wohl, weil ich das auch immer so machte.

»Und wie wollen Sie das anstellen?«

»Ganz einfach. Wir täuschen eine Razzia vor und schnappen uns auf dem Strich unseren Köder. Einige der Jungs, die ich gesehen habe, wären für unsere Zwecke phantastisch geeignet. Keiner von ihnen ist älter als sechzehn. Wir nehmen ihn mit aufs Revier, sperren ihn drei Stunden in eine Einzelzelle und setzen ihn unter Druck. Die meisten von denen sind Ausreißer und kommen aus kaputten Verhältnissen. Die machen alles, wenn man ihnen mit einer Heiminternierung droht. Aber wir bieten ihm eine Chance. Für tausend Mark hält er den Mund und spielt für uns den Köder. Wir integrieren den Jungen scheinbar in die Nachwuchsliga und bauen um ihn herum eine fiktive Geschichte. Alles muß perfekt sein. Dann bestechen wir den Sportreporter mit fünftausend. Der liefert uns dafür mindestens zweimal pro Woche einen Fotoreport über den Verein, in dem unser Köder als bester Spieler erwähnt wird. Auf den Fotos muß unser Köder im Mittelpunkt stehen und zwar so, daß er richtig zur Geltung kommt. Ich werde die Fotos persönlich auswählen. Wir müssen seinen Namen nennen, seine Körpergröße, sein Alter, sein Gewicht, seine Beliebtheit undsoweiter. Kurzum, wir brauchen ein passendes Zielobjekt für unseren Täter. Das restliche Geld brauchen wir, um die Bewachung unseres Köders zu finanzieren. Es darf schließlich kein weiterer Offizieller davon erfahren. Ich habe da so meine Erfahrungen.«

»Aber das ist vollkommen unmöglich!« sagte ich erschrocken.

»Und illegal dazu.« Graustein grinste und zündete sich eine Zigarette an.

»Was werden Sie jetzt tun? Den offiziellen Dienstweg einschlagen und mich bei der Dienstaufsichtsbehörde anzeigen? Mit dem Bundesgrenzschutz zusammen Sportplätze und Schulen bewachen? Die Szene observieren und Verdächtige überprüfen? Ich sag Ihnen eins, Rosental, ich zieh das Ding auch alleine durch. Ich schwöre Ihnen, daß die uns nicht das Geringste nachweisen können. Und wenn Sie mich anzeigen, häng' ich Ihnen das Ding an, und zwar so, daß mir keiner was nachweisen kann. Ich habe mehr Macht in meinen Händen, als Sie sich träumen lassen. Also, was ist?«

Ich stand auf, ging kopfschüttelnd zum Fenster und öffnete es. Straßenlärm drang gedämpft nach oben. Die Luft war kalt.

Graustein hatte endlich seine Bombe platzen lassen, und so wie es aussah, hing ich jetzt auch mit drin. Zu spät, um jetzt noch einen Rückzieher zu machen. Ich würde vielleicht meinen neuen Job verlieren. Ich drehte mich zu Graustein:

»Okay. Ihr Vorschlag klingt zwar völlig verrückt, aber mir liegt natürlich auch daran, daß der Kerl geschnappt wird. Ich hoffe, Sie wissen, was Sie da tun.«

Graustein atmete auf. Jetzt konnte er sicher sein, daß ich angebissen hatte.

»Dann werden Sie mich also unterstützen?«

Ich grinste. »Zwangsläufig.«

14

Gegen zehn postierte ich mich mit Graustein am Bahnhof. Wir hörten den Kultursender und warteten. Ich hatte zwar nicht zehntausend, aber immerhin viertausend Mark bei mir, die Uhde für die Erstellung psychologischer Fragebögen locker gemacht hatte. Ein paar Stricher lungerten unter den Pfeilern an der Westseite herum und langweilten sich. Wie ich feststellte, wurde der Strich um diese Zeit vorwiegend von älteren, dicken Männern in sorgfältig polierten Mittelklassewagen frequentiert, und ganz bestimmt rochen sie alle nach schlechtem After-shave. Ich stellte mir vor, wie sie zu Hause vielleicht von Dienstreisen erzählten, von einer langen Nacht im Büro, von Überstunden. Sie kauften sich einen Jungen für die Nacht in der Illusion, ehrlichen Sex zu bekommen, doch die Jungs taten es nur für das Geld; manche nur, um den teuren Stoff zu bezahlen, den sie konsumierten.

Die Zeit verging, ohne daß sich etwas Wesentliches tat. Autos kamen in Schleichfahrt, ein Junge stieg ein oder einer stieg aus. Sie hatten uns natürlich inzwischen bemerkt und wickelten ihre Geschäfte hinter den Säulen ab, so daß wir sie kaum sehen konnten.

Kurz nach Mitternacht wurde Graustein aktiv. Aus einem blauen Ford stieg ein Junge und ging zurück zu den anderen. Er war klein und zierlich, mit asiatischem Einschlag, trug schwarze Jeansklamotten und weiße Turnschuhe, war durchtrainiert, schwarzhaarig und höchstens sechzehn. Bestimmt war er noch nicht lange dabei. Graustein fuhr mit dem Wagen vor, stieg aus und sprach mit dem Jungen. Ich fühlte mich mies. Der Junge folgte Grausteins Fingerzeig, sah den Wagen und nickte. Graustein hatte gesagt, er wolle ihm irgendwas von einem harmlosen Dreier erzählen. Nichts Perverses, dafür ausgedehnt. Zweihundert Cash. Der Junge stieg ein und sagte Hallo. Als die Handschellen klickten, brachte er vor Schreck keine Regung zustande. Graustein lachte.

Graustein hatte den Pförtner mit einer Flasche Johnny Walker bestochen. Der alte Trottel im Overall öffnete uns die Tür zu dem kleinen U-Haft-Trakt des Präsidiums, wo wir mit dem Jungen die ganze Palette durchzogen. Erst ließen wir ihn eine halbe Stunde in einer Ausnüchterungszelle auf dem Boden liegen. Dann zerrten wir ihn in einen Vernehmungsraum und brachten ihn zu einem Geständnis. Graustein brüllte, und der Junge weinte. Er war erst vor ein paar Tagen von zu Hause weggelaufen. Seine Mutter stammte ursprünglich aus Hanoi und verdiente seit der Wende ihr Geld mit dem Verkauf gefälschter Jeans. Sein Vater kam aus Chemnitz und war während seiner Arbeitslosigkeit faul und brutal geworden. Der Junge wollte seiner Mutter Geld bringen, hatte deshalb mit Freunden ein Warenlager ausgeraubt und war dabei als einziger erwischt worden. Sie hatten ihn laufen lassen, als er seine Freunde verriet. Die verrieten ihrerseits der Polizei, daß der Junge bevorzugt in teure Autos einbrach, um später mit den Radios zu dealen. Also suchten sie ihn wieder. Jetzt traute er sich nicht mehr nach Hause.

Da hatten wir also, was wir brauchten. Graustein schickte mich mit den Daten des Jungen ins Rechenzentrum. Keiner kümmerte sich um mich, als ich mit Grausteins Paßwort in den Zentralrechner einloggte, um die Recherche zu starten. Die Angaben des Jungen stimmten. Vinh Sun Hai, noch keine siebzehn Jahre alt, mit sechs Auswanderung aus Hanoi, nach der Wende zahlreiche Vorstrafen wegen einiger Diebstahlsdelikte. Wir hatten jetzt seinen Namen, seine Adresse und auch sein Sündenregister. Gegen vier Uhr früh legte er ein umfassendes Geständnis ab und verriet sogar ein paar Hehleradressen. Sein schmales, blasses Gesicht war völlig verheult, und er sah übermüdet aus. Als Graustein für einen Moment den Raum verließ, flehte der Junge mich an, ihn nicht zurück in die Zelle zu bringen. Ich wäre beinahe aus dem Zimmer gerannt. Wenn das hier rauskam, würden sie uns vierteilen und dann an der Wandzeitung ausstellen. Aber da kam Graustein schon wieder mit einer Tasse Kaffee zurück und warf dem Jungen einen Briefumschlag vor die Nase. Er ließ ihn das Geständnis unterschreiben und sagte:

»Damit haben wir dich in der Hand, Junge. Und hiermit bekommst du was in die Hand.«

Er zeigte auf den Umschlag. Der Junge nahm ihn, öffnete und sah Graustein verblüfft an. Graustein hielt das Geständnis hoch und sagte:

»Wenn du den Umschlag nimmst, verschwindet dieses Geständnis sowie der gesamte Fall aus unseren Akten. Wenn du ihn ablehnst, landet das Geständnis noch heute beim Untersuchungsrichter. Du kannst nirgendwohin abhauen, denn du kannst nicht zurück, und auf dem Strich würden wir dich im Handumdrehen wieder schnappen, ganz gleich, wo du hingehst. Natürlich würde ich dafür Sorge tragen, daß deine Freunde mit dir in eine Zelle kommen. Danach kommst du in die Jugendstrafanstalt. Dein Sexleben wird nicht darunter leiden, weil sie dort nachts die Türen offenlassen. Was hältst du davon?«

Dem Jungen stiegen erneut die Tränen in die Augen. Graustein zog ein Papiertaschentuch aus seiner Hosentasche und wischte dem Jungen damit übers Gesicht.

»Aber, aber. Wer wird denn da gleich weinen. Du kannst schließlich alles wieder gutmachen. Ganz einfach.«

»Und was soll ich machen?« fragte der Junge verzweifelt, während ihm der Rotz über die Oberlippe lief. Er bemerkte es nicht, und Graustein grinste.

»Ich wußte, daß du ein vernünftiges Kerlchen bist. Deine Aufgabe ist nicht schwer. Wir haben da draußen einen harmlosen Verrückten, der manchmal die Jungs am Bahnhof belästigt. Du sollst ihn uns vor die Flinte treiben. Wir geben dir einen anderen Namen, eine Unterkunft mit Verpflegung, und alles, was du dafür tun mußt, ist, manchmal auf einem Sportplatz Fußball zu spielen und dabei unseren Instruktionen zu folgen. Du wirst natürlich rund um die Uhr beschützt, und wenn der Kerl sich blicken läßt, schnappen wir ihn uns und du bist frei. Das Geld gehört dir. Das gilt auch, wenn er sich nach zwei Wochen noch nicht hat blicken lassen. Und es setzt natürlich voraus, daß in deiner Erinnerung der heutige Tag nicht existiert. Du hast uns nie gesehen, und wir kennen dich auch nicht. Na ja, du weißt schon, was sonst passiert.«

Der Junge sah vorsichtig auf. Er war vollkommen verängstigt. Unsicher wagte er einen letzten Kampf:

»Sie wollen, daß ich für einen Perversen den Lockvogel spiele? Mann, ich kenne diese Typen! Die lassen sich nicht einfach blicken. Die hocken nachts im Gebüsch oder in Hauseingängen. Ich erkenne sowas sofort. Was glaubt ihr, was ich jedesmal für 'ne Scheißangst habe, wenn so einer mir hinterhergelaufen kommt! Das ist nicht wie auf dem Strich.«

Der Junge winselte jetzt beinahe. Graustein grinste siegessicher.

»Nun mach aber mal halblang, Junge. Allein deine heutige abendliche Beschäftigung wäre Grund genug, dich zu kassieren. Wir könnten dich zum Beispiel auch in eine Therapie stecken, in ein Heim. Weißt du, was die großen Jungs nachts im Waschraum mit dir machen, wenn sie dich zum erstenmal nackt unter der Dusche gesehen haben? Glaub aber nicht, daß sie dafür bezahlen; von wegen hundert der erste und hundert der zweite.«

Jetzt wurde die Sache ekelhaft und unumkehrbar. Ich lief auf den Gang und dachte nach. Eigentlich sollte ich den Feuerlöscher von der Wand nehmen, Graustein das größenwahnsinnige Maul einschlagen und den Jungen laufen lassen. Ich sah durch die offenstehende Tür auf den Jungen. Er schwieg und weinte wieder. Dann nickte er fast unmerklich mit dem Kopf.

»Okay, ihr habt gewonnen«, sagte er tonlos.

Graustein ließ von ihm ab und kam zu mir nach draußen, um sich eine neue Dunhill anzustecken.

»Wenn ich der Vater des Jungen wäre, dann würde ich Sie jetzt erwürgen«, meinte ich und sah durch die Glasscheibe auf das Häufchen Elend, das verloren am Tisch hockte, vor sich die noch unberührte Tasse Kaffee. »Was ist, wenn der Junge plaudert? Wir könnten im Handumdrehen im Gefängnis landen.«

»So blöd wird der Junge nicht sein.«

Graustein nahm einen kräftigen Zug und blies ihn zur Decke. Die Neonröhren summten um diese Zeit anscheinend besonders laut. Alles schien unwirklich.

»Der Junge hat gerade ein Geständnis unterzeichnet«, fuhr er fort.

»Alles, was in diesem Geständnis steht, können wir beweisen. Wir sind zwei Erwachsene im Staatsdienst, er ein minderjähriger Krimineller. Alles, was heute nacht hier stattgefunden hat, können wir widerlegen. Was soll der Junge tun? Seinen Anwalt anrufen, damit er uns verklagt? Er ist bloß ein kleiner Stricher. Für Geld tun die alles. Wäre bloß nicht gut, wenn er uns einfach ausreißt. Deshalb der massive Druck, den ich auf ihn ausübe. Unsere Aktion würde platzen, und wir könnten nichts dagegen tun. Aber das kann er ebensowenig. Ich mußte ihn derartig einschüchtern.«

»Rechtfertigt das die Erpressung eines ohnehin vom Leben nicht gerade verwöhnten Jungen?«

Graustein sah mich beinahe verächtlich an.

»Kollege Rosental, dieser Junge ist unsere einzige Chance, Verdächtige gezielt anzulocken. Ich frage Sie noch einmal: Was glauben Sie, was geschieht, wenn das nächste Opfer gefunden wird, ohne daß wir auch nur eine einzige Spur vom Täter haben? Wird man mich dafür belangen oder die SOKO? Nein, allein Sie. Solange wir beide zusammenhalten, kann überhaupt nichts passieren.«

»Und wer paßt auf den Jungen auf?«

»Na ich. Er kann bei mir schlafen. Und wenn er Hunger

hat, hole ich ihm meinetwegen auch so einen verdammten Doppelwoppel mit Pommes und Majo oder wie das Zeug heißt. Tagsüber könnte man sich ja abwechseln. Wir halten Abstand, sind aber trotzdem ständig in seiner Nähe.«

Graustein machte eine Pause.

»Kann ich auf Sie zählen?«

Ich seufzte. »Ich glaube, genauso wie Sie auf den Jungen zählen können.«

Graustein grinste.

»Gut. Am besten, Sie gehen jetzt nach Hause und schlafen ein bißchen. Ich kümmere mich um den Jungen und melde mich bei Ihnen, sobald die Aktion startklar ist. Ich denke, die restlichen dreitausend Mark tun's auch. Schlafen Sie gut.«

»Na, schönen Dank auch.« Ich nahm meinen Mantel vom Kleiderhaken und ging ohne ein weiteres Wort zum Ausgang. Graustein sah mir sicherlich grinsend hinterher. Aber das war mir egal. Ich wollte endlich nach Hause.

Als ich am Taxistand ankam, nahm ich mir vor, nach diesem Fall sofort den Dienst zu quittieren und endlich aufzuräumen mit meinem Leben. Diesen Druck konnte ich unmöglich für den Rest meines Lebens aushalten. Lieber wollte ich als Taxifahrer arbeiten.

Meiner fuhr einen großen Umweg und erzählte dabei vollkommen dummes Zeug über politische Entwicklungen, die er nicht im geringsten verstanden hatte. Trotzdem nahm ich das Gespräch dankbar an, froh, einen einfachen Menschen gefunden zu haben, der sagte, was er fühlte, und mich nicht pausenlos analysierte.

Zu Hause nahm ich das alte Bettlaken und legte es über mein neues Fahrrad. Ich fühlte mich plötzlich alt.

15

Am nächsten Mittag traf ich mich mit Graustein am Sportplatz.

»Wie fanden Sie denn unseren Zeitungsartikel?« fragte er.

Shan, so nannten wir unseren Köder, spielte schon seit zwei Stunden Fußball mit den anderen Jungs und machte seine Sache nicht schlecht. Ich staunte:

»Der Artikel ist schon in der Zeitung? Der Reporter kann doch noch gar nicht dagewesen sein!«

»Nun ja, die Mühle läuft um so schneller, je besser sie geschmiert wird.«

Er gab mir den Sportteil der Leipziger Volkszeitung. Wir hatten darin einen halbseitigen Fotoartikel über einen Jungen namens Shan, angeblich das neue Überraschungstalent aus der Nachwuchsliga. Sie hatten ihn fürs Foto hübsch zurechtgemacht. Und ein wenig unter Alkohol gesetzt, wie Graustein zugeben mußte. Shan war im Halbprofil zu sehen, in engen Jeans und einem weiten, kurzärmeligen Hemd, mit kurzen, wuscheligen Haaren über einem niedlichen Vietnamesengesicht voller Fröhlichkeit und Intelligenz. Graustein erwähnte beiläufig, der Junge sei in Tränen ausgebrochen, als er das Foto sah. Er hatte Angst, daß sein Vater ihn entdecken könnte, der wohl zur Zeit in Essen wohnte. Er würde den Jungen garantiert verprügeln, weil er von der Lagerhaus-Geschichte wußte. Aber es bestand nur wenig Gefahr, daß der Mann gerade diese Zeitung las.

Uhde hatte mir am Morgen weitere zweitausend Mark versprochen. Ich hatte vorgegeben, das Geld für spezielle Befragungen und Fragebögen im Wohngebiet zu brauchen. Graustein gab seinem Reporterfreund dreitausend, und der lieferte die passende Hintergrundstory mit einem gefälschten Interview: Shan, ein selbstsicherer, intelligenter Zehntkläßler, Sohn einer ehemaligen Gastarbeiterin aus Hanoi, fleißig, intelligent, strebsam. Gute Noten in der Schule, intaktes Elternhaus und Anerkennung von allen Seiten, prädestiniert für den leichten Erfolg. Versteckt der Hinweis auf die erste Freundin; ein Artikel, der genauso echt wirkte wie alles andere in diesem Blatt. Abgesehen davon, daß er nicht blond war, entsprach sein Körperbau perfekt den Vorlieben des Täters. Und einzig und allein darauf kam es an. Ich sagte:

»Wenn ich nicht wüßte, daß es unser Köder ist, würde ich als Täter sicher auf den Artikel hereinfallen. Vorausgesetzt wir treffen seinen Geschmack. Der Junge ist Asiate, und er ist nicht blond.«

Graustein hob belehrend den Zeigefinger:

»Marco Richter war auch nicht blond. Und er war ein wenig kräftiger als Brandt und Turadot, wenn auch immer noch schlank. Dieses zarte Pflänzchen wird ihm jedenfalls gefallen. Außerdem wird der Täter kein Mißtrauen schöpfen. Kerle wie er überschätzen sich oft in ihrem Wahn, absolute Macht ausüben zu wollen. Man muß den Kerl in Sicherheit wiegen und darf den Köder nicht zu nah an ihn herankommen lassen. Für ihn liegt der Reiz im Verborgenen. Deshalb dürfen wir den Jungen nur vollständig bekleidet zeigen. Das beflügelt seine Phantasie. Außerdem haben wir die Info über die Spielzeiten der Nachwuchsliga auf der gleichen Seite. Sie haben sicher auch den Artikel auf Seite zwei gelesen?« Er sah mich erwartungsvoll an.

»Noch ein Artikel?«

»Lesen Sie denn immer noch keine Zeitung?«

Graustein schüttelte mißbilligend den Kopf und blätterte. Er schien sauer zu sein, daß ich nicht selbst auf die Idee gekommen war, mir wenigstens heute eine Zeitung zu kaufen.

»Heiße Spur im Fall Turadot« lautete die Schlagzeile des

einspaltigen Artikels. Darüber hatten sie ein kleines, grobkörniges Foto von Graustein plaziert. Ich las laut:

»Die Polizei hat erste brauchbare Hinweise auf die Täter im Entführungsfall Turadot erhalten. Alles deute darauf hin – so Polizeipsychologe Graustein (Foto) – daß es sich bei den Tätern um ein lange gesuchtes Duo handele, das sich mit den Entführungen an höhergestellten Persönlichkeiten der Kommunalverwaltung rächen wollte. Über die genauen Hintergründe könne jedoch derzeit aus ermittlungstaktischen Gründen nichts veröffentlicht werden. Gleichwohl seien politische Motive für die Tat keineswegs auszuschließen. Die Söhne anderer prominenter Persönlichkeiten der Stadt haben bereits umfassenden Polizeischutz erhalten. Eine Verhaftung soll unmittelbar bevorstehen, so Graustein, da davon ausgegangen werden müsse, daß zumindest einer der Täter geistig hochgradig gestört sei. Zeugen können sich auch weiterhin an die zuständige Sonderkommission wenden.«

Es folgten die Telefonnummer von Uhdes Büro sowie die Anschrift des Präsidiums. Ich sah Graustein fragend an. Der sagte selbstzufrieden:

»So was nennt man wohl eine gelungene proaktive Maßnahme. Ich hatte mal einen Serienfall in Berlin, da rief einer an, um einen Leichenfund zu melden. Er wußte Details, die ihn verdächtig machten, also empfahl ich den Beamten, auf der falschen Straßenseite nach der Leiche zu suchen. Wie ich erwartet hatte, meldete sich der Kerl und beschimpfte uns als blöde Hunde. Er beobachtete uns also. Die Kripo verfolgte den Anruf zurück und schnappte ihn drei Straßen weiter in einer Telefonzelle.«

»Und was hat das mit unserem Fall zu tun?«

»Wenn der Täter so gestrickt ist, wie ich denke, wird er sich durch diesen Artikel falsch verstanden fühlen und beleidigt sein. Leute wie er tun solche furchtbaren Dinge, als ob sie sagen wollten, ›Fangt mich endlich, aber seht her, wie mächtig ich war, ohne, daß ihr etwas dagegen tun konntet. Ich sehe euch bei der Arbeit zu, und ich lache euch aus.‹ Er hat sicherlich erwartet, daß die Polizei nach einem mysteriösen Einzeltäter sucht, der macht, was er will, und die Bevölkerung in Angst und Schrecken versetzt. Deshalb spreche ich von zwei Tätern und von der Geistesgestörtheit des einen. Und deshalb hält er uns jetzt für blöd oder ignorant und wird versuchen, uns einen Beweis dafür zu liefern, daß nur er allein für alles verantwortlich ist. Dafür muß er seine bisherigen Pläne umstellen. Er könnte dabei schwerwiegende Fehler begehen.«

Ich nickte. »Ja, er könnte einen weiteren Jungen entführen.«

Graustein kratzte sich am Kinn.

»Das würde er sowieso tun, wenn die Begierde ihn wieder packt. Doch er begreift nicht nur das Morden als puren Lustgewinn, sondern auch die Fahndung nach ihm. Was ihn treibt, ist der Nervenkitzel bei der Jagd auf die Jungen, die Macht, einen Unterlegenen vollständig zu kontrollieren, und das Gefühl, dabei selbst gejagt zu werden, etwas Verbotenes zu tun, etwas, das sonst keiner darf. Wenn sich keiner für ihn interessiert, beeinträchtigt das seinen Lustgewinn, und er wird nichts unversucht lassen, ein Signal zu setzen. Das bedeutet auch, daß er sich in die laufenden Ermittlungen einschalten könnte, Kontakt zu Ermittlungsbeamten sucht, Zeugenaussagen abgibt oder sich in der Nähe früherer Tatorte aufhält, um zu sehen, wie wir uns mit dem Fall beschäftigen und wie wichtig er uns ist.«

»Mir fällt gerade ein, was Sie damals in Santa Fu über Serienmörder gesagt haben. Könnte der Täter nicht sogar einer von uns sein?«

Graustein nickte.

»So was kann man nie ausschließen. Ich hatte einige Fälle, bei denen die zuverlässigsten und zugänglichsten Informanten der Polizei sich irgendwann als Täter entpuppten. Ich lasse natürlich bereits die bevorzugten Lokale der Beamten von einigen Freunden beobachten.«

»Sie scheinen viele Freunde zu haben.«

»Schön, daß Ihnen das auffällt. Lassen Sie uns jetzt den weiteren Ablauf besprechen.«

Wir trafen ein paar Absprachen für den Fall, daß unsere Tarnung aufflog oder der Vater unseres Köders auftauchte. Graustein hatte mir sogar eine Waffe samt halbamtlichem Waffenschein besorgt, eine alte Walther PPK, Kaliber neun Millimeter. Laut Vorschrift war es mir streng verboten, eine Schußwaffe auch nur zu berühren, aber ich fand, die Gefährlichkeit unseres Unternehmens rechtfertigte den Verstoß und würde das Kraut dann auch nicht mehr fett machen. Es beruhigte und beunruhigte mich zugleich, dieses Ding in meinem Rucksack zu ertasten. Es fühlte sich verdammt kalt an.

Graustein stieg in seinen Wagen und fuhr davon. Für mich begann das Warten in dem hellblauen Corsa, den Graustein im Namen des LKA für mich gemietet hatte. In drei Stunden würde ich den Jungen damit zu Grausteins Wohnung fahren. Ich musterte die Umgebung, schoß ein paar Fotos und hörte dabei alte Kassetten mit Hits aus den Achtzigern. John Farnham heulte gerade »You're the Voice«, und eine leichte Wehmut nach den alten Zeiten brandete in mir auf.

Es war nicht einfach, im Lauf der Stunden die Übersicht zu behalten. Mehr als ein Dutzend verdächtiger Männer stand am Spielfeldrand und sah den Jungen beim Spielen zu. Jeder von ihnen konnte es sein. Ich sah mir die geparkten Autos an, die Hauseingänge, die Fenster der Häuser. Irgendwann fing ich an zu träumen.

16

Jörg Seidel parkte seinen Barkas in einer Seitenstraße, nachdem er den Sportplatz langsam umfahren hatte. Er sah so unscheinbar aus wie immer, trug einen blauen Schlosseranzug und litt unter einem neuen Ausbruch von Akne vulgaris, die sein blasses, freundliches, nichtssagendes Gesicht bedeckte. In seinem Werkzeugkoffer, den er immer bei sich trug, lag ein Exemplar der Leipziger Volkszeitung mit dem Sportteil obenauf. Er lief ein Stück die Straße entlang und betrat den Hinterhof der abrißreifen Mietskaserne, die hinter dem Sportplatz lag. Im Winter schliefen hier die Penner, nachts feierten hier die Jugendlichen oder genossen ihren ersten Sex. Schon einmal hatte Seidel auf einer der verlausten Matratzen im Durchzug auf der Lauer gelegen. Diesmal war er schon hochgradig erregt, bevor er das Fernglas hinter dem zerschossenen Fenster im zweiten Stock anlegte. Von hier oben war der Blick auf den Sportplatz besonders gut. Es dauerte einen Moment, bis er den Jungen auf dem Spielfeld ausmachte. Dann hatte er ihn im Visier. Er schien ihm noch vollkommener als auf dem Zeitungsfoto. Seidel machte ein paar Fotos. Zu diesem Zeitpunkt war seine Erektion bereits so stark, daß er der Versuchung, sich zu erleichtern, nicht mehr widerstehen konnte. Er riß den Reißverschluß nach unten, nur wenige Augenblicke heißes, hartes Fleisch in seiner Hand, ein inbrünstiges Aufstöhnen, ein kurzer, aggressiver Krampf, innehalten, die Spritzer schossen weit heraus, immer weiter, und klatschten auf den verdreckten Boden.

Seidel beruhigte sich wieder und ließ das Fernglas noch einmal umherschweifen. Etwas hatte ihn gestört. Es war ein kurzes Aufblitzen, eine Reflexion des Sonnenlichts auf einer Fensterscheibe. Es war ein Fernglas. Jemand saß da unten in einem blauen Auto und suchte die Gegend mit einem Fernglas ab. Sein Wagen stand in Reihe mit den anderen geparkten Autos.

Seidel verstand sofort. Das war eine verdammte Falle. Die Bullen wollten ihn für blöd verkaufen und glaubten, daß er es nicht bemerkte. Diesen Polizeipsychologen wollte er sich ohnehin demnächst vorknöpfen. Von wegen geistesgestört und von wegen Duo. Er nahm sich die Zeitung, suchte Grausteins Artikel, riß ihn heraus und steckte ihn in die Gesäßtasche. Dann sah er sich wieder den Jungen an. Jede Bewegung seines geschmeidigen Körpers schien vollkommen, jeder Schrei eine Aufforderung zum Kampf, jedes Lachen ein Triumph. Er sah auf den Schritt des Jungen, während er lief. Der Junge hatte sicher einen schlanken, zarten Schwanz und ein kleines, birnenförmiges Säckchen mit flaumigen Schamhaaren. Wenn er ihn zum Orgasmus streichelte, dann tropfte der Samen in den flachen Bauchnabel und lief dann über die glatte, saubere Haut in dieses flaumige Haar. Dieser Junge war genau das, wonach er jetzt suchte. Er würde ihn haben müssen.

Nach ein paar Minuten hatte Seidel genug gesehen. Er lief zurück zum Wagen und fuhr zwei Straßen weiter. Zwar konnte er von dort aus den Jungen nicht sehen, aber das Heck des blauen Wagens befand sich in seinem Blickfeld. Keine Frage, daß er warten konnte. Er nahm seine Werkzeugtasche, stieg aus, öffnete die Motorhaube und tat so, als ob am Motor etwas nicht stimmte.

Als der blaue Opel kurz nach sechs aus der Parklücke setzte, nahm Seidel die Verfolgung vorsichtig auf. Der Corsa hielt drei Querstraßen weiter. Dort stand der Junge mit einem geschulterten Rucksack brav wartend auf dem Fußweg. Er stieg zu. Der Opel fuhr nur ein paar Blocks weiter in Richtung Norden. Vor einem prächtigen Stilaltbau hielten sie an und stiegen aus. Seidel fuhr langsam vorbei und sah sich den Fahrer an, der gerade mit dem Jungen das Haus betrat. Das war nicht der Kommissar aus der Zeitung.

Seidel suchte einen Platz zum Halten. Er parkte den Barkas an der rückseitigen Einfahrt zur Tiefgarage und lief um das Gebäude herum. Am Nachbarhaus hing ein Postbriefkasten. Seidel nahm einen Auftragszettel aus seiner Hosentasche und warf ihn ein. Dabei musterte er das Haus. Im dritten Stock rechts brannte Licht. Er glaubte, hinter einer Gardine die Silhouette des Jungen zu erkennen. Auf dem Rückweg musterte er beiläufig das Klingelbrett. In der dritten Etage rechts wohnte ein H. Graustein. Seidel zerrte den Zeitungsausschnitt aus seiner Hosentasche und nickte befriedigt. Das war der Mann, der ihn für blöd hielt. Ihm kam plötzlich eine hervorragende Idee. Er ging zurück zum Wagen und fuhr zu einer abgelegenen Telefonzelle. Dort nahm er den Zeitungsausschnitt und wählte die Nummer der SOKO. Uhde ging selbst ran:

»Kriminalpolizei. Kommissarin Uhde am Apparat.«

»Guten Abend. Mein Name ist Bernhardt«, sagte Seidel und versuchte dabei nicht im geringsten, seine Stimme zu verstellen. Er war nur ein wenig erregt.

»Ich glaube, ich kann Ihnen wichtige Informationen für Ihre Ermittlungen liefern. Ich möchte aber nur mit dem Herrn aus der Zeitung sprechen.«

Uhde stutzte. »Sie meinen Herrn Graustein?«

»Ja.«

»Das tut mir leid. Der hat seinen Dienst für heute schon beendet. Wollen Sie mir nicht sagen, was Sie wissen? Ich bin die Leiterin der Sonderkommission.«

»Nein. Aber ich werde mich ganz bestimmt bei ihm melden.«

Seidel legte auf, bevor er sich zu konkreten Drohungen hinreißen ließ. Er wollte seinen Plan nicht verderben. Außerdem konnten sie seinen Anruf zurückverfolgen, wenn er lange genug dranblieb. Er ging zum Wagen, fuhr weiter und suchte eine neue Telefonzelle. Aus dem Impressum der Zeitung suchte er die Nummer der Lokalredaktion heraus. Nach dem dritten

Klingeln ging eine Frau ran. Sie klang sehr jung, müde und desinteressiert.

»Lokalredaktion, Berger.«

Seidel sagte gelassen und freundlich: »Guten Abend, Frau Berger. Mein Name ist Bernhardt. Ich suche jemanden, dem ich etwas Wichtiges anvertrauen kann.«

Sie schwieg einen Moment. Ihr war offenbar nicht klar, ob sie ihn ernst nehmen sollte. Er konnte sie atmen hören.

»Ja? Was haben Sie denn Wichtiges zu melden?«

»Eine gute Story. Es geht um den entführten Jungen. Christian Turadot.«

»Ach?«

Auf einmal klang sie sehr wachsam.

»Möglicherweise weiß ich was über die Ermittlungsbeamten und über den Täter.«

Er hörte, wie Berger tief Luft holte. Er hatte sie neugierig gemacht.

»Sie sind ein verdeckter Ermittler?«

»So was in der Art.«

»Tatsächlich? Ich meine, wir bekommen täglich unzählige Anrufe von irgendwelchen Spinnern, die ...«

»Oh, Sie enttäuschen mich. Auf Wieder-«

»Nein, nein, warten Sie! Legen Sie nicht auf!«

Jetzt hatte sie angebissen. Seidel grinste. Das Mädchen klang sehr ehrgeizig und witterte ihre Chance. Sie war richtig gierig auf Erfolg. Sicherlich saß sie dort Nacht für Nacht und nahm die Umleitungsmeldungen der Straßenbahn entgegen, während ihre männlichen Kollegen sie kurzhielten und die dicken Brocken immer selbst einsammelten. Das hier war ihr Einsatz. Sie hatte gewiß nichts zu verlieren. Seidel begann:

»Also, es geht um diesen Polizeipsychologen, diesen Graustein.«

»Ja, kenne ich. Was ist mit ihm?«

»Er ist selbst der Gesuchte.«

»Was?!«

Seidel hakte sofort nach. Irgend etwas mußte ihm jetzt einfallen. Etwas Ungeheures:

»Der Mann ist total pervers. Er treibt es mit kleinen Jungen, und früher hat er Tiere mißhandelt. Ich habe ihn heute den ganzen Tag über beschattet. Er hat versucht, einen vietnamesischen Jungen am Sportplatz anzusprechen und in sein Auto zu locken, genau an dem Sportplatz, auf dem Stefan Brandt zum letzten Mal gesehen wurde.«

»Ach, das ist ja interessant. Können Sie das belegen? Ich meine Fotos, ein Video ...?«

Jetzt kaufte sie die Story. Seidels Konzentration stieg noch weiter.

»Ich bin der Zeuge, und ich sage die Wahrheit.«

Berger schluckte. Ihr Puls ging schnell.

»Und Sie meinen, ich soll das schreiben? ›Unbekannter Informant beschuldigt berühmten Polizeipsychologen der Täterschaft. Er bumst kleine Jungs und war früher auch noch Tierschänder‹? Ich verlier' meinen Job, wenn ich das tue.«

Seidel machte einen letzten Versuch.

»Hören Sie, meine Informationen sind echt. Ich will nicht mal was dafür haben. Aber wenn Sie den Artikel morgen veröffentlichen, liefere ich Ihnen umgehend die fehlenden Beweise und führe Sie außerdem zu den anderen entführten Jungen.«

»Den anderen Jungen?«

»Ja.«

»Dann ist das also bloß Ihr persönlicher Rachefeldzug. Sie wollen, daß Graustein den Fall verliert, oder?«

Seidel lachte kurz auf und knallte den Hörer auf die Gabel. Er sah sich um. Alles war ruhig. Ein wirklich friedlicher Abend.

Berger hielt den Hörer noch kurz in der Hand. Dann legte sie auf, setzte sie sich an ihren Computer und begann zu schreiben. Sie war schon ganz gut in vagen Geschichten.

17

Ich brachte den Jungen zu Graustein mit einem verdammt unguten Gefühl darüber, woher Graustein so gut über den Strich Bescheid wußte. Er erzählte mir so einiges über seine früheren Fälle, und nachdem ich seine Gesellschaft bei einigen Bier bis weit nach Mitternacht ertragen hatte und der Junge endlich schlief, fuhr ich zurück nach Paunsdorf. Das heißt, ich raste über die leergefegten Straßen, denn ich hatte den Termin verpaßt, an dem ich Jürgen anrufen wollte. In der Permoserstraße traf mich aus der Heckscheibe eines unauffällig geparkten Kombi frontal der orangerote Blitz einer Radarfalle. Ich bremste erst, dann mußte ich lachen. Der Wagen war schließlich auf Grausteins Kreditkarte geliehen. Ich gab wieder Gas.

Zu Hause brannte schon Licht, und Jürgens Renault stand vor meiner Haustür. Jürgen war aus Chemnitz zurück, und weil ich ihn nicht wie versprochen angerufen hatte, wartete er schon seit neun in der Wohnung. Er lief mit hängenden Mundwinkeln an mir vorbei in die Küche und tat dabei so, als ob ich nicht existierte. Ich lief ihm nach, aber er ging einfach weg und ließ mich allein. Entweder hatte er sich Sorgen gemacht und war sauer; oder wir hatten hier so eine Art Eifersuchtsszene.

»Was ist denn los?« fragte ich vorsichtig und hielt ihn auf dem Korridor fest. Er blieb mit verschränkten Armen stehen und sah trotzig zu Boden.

»Bist du sauer, weil ich dich nicht angerufen habe? Hast du dir Sorgen gemacht?«

Jürgen nickte und sah mich vorwurfsvoll an. Ich nahm ihn einfach in die Arme.

»Es tut mir leid. Weißt du, ich hab' im Moment so viel am Hals, und in all dem Trubel hab ich leider vergessen, dich anzurufen.«

Wir gingen in die Küche. Jürgen setzte sich ans Fenster, während ich mir ein Wasser eingoß.

»Wo kommst du denn jetzt her?« fragte Jürgen. Ich setzte mich zu ihm an den Tisch.

»Ich war bei Graustein. Wir bauen gerade so eine Art menschliche Falle für diesen Serienmörder, und es hat ein bißchen gedauert, bis wir den geeigneten Köder hatten.«

»Ja? Bis um zwei?«

Ganz klar, daß Jürgen sehr verliebt war, und wie alle starken Charaktere wurde er leicht eifersüchtig. Ich nahm seine Hand.

»Ach Mensch, ich denk doch immer nur an dich. Auch wenn ich mal vergesse anzurufen.«

Jürgen erwiderte zaghaft meinen Kuß und lächelte auch schon wieder ein bißchen. Er hatte Tränen in den Augenwinkeln.

»Entschuldige«, sagte er, und ich antwortete: »Ist schon in Ordnung. Am Wochenende fahren wir mal ein bißchen raus ins Grüne, okay? Und richtig geschlafen habe ich schon seit drei Tagen nicht mehr.«

»Scheiß Toaster«, war das erste, was ich am nächsten Morgen aus der Küche von Jürgen zu hören bekam. Er hatte zu lange im Bad rumgetrödelt, so daß ihm die Brötchen auf dem Toaster verkohlten. Mein Wecker zeigte erst kurz nach acht, und als ich mich schließlich zum Aufstehen überreden konnte, war Jürgen schon auf dem Sprung nach draußen. Er mußte gegen neun den neuen Eingangsbereich einer Sparkasse bei Taucha begutachten, den er in der nächsten Woche fliesen sollte. Meine Schicht am Sportplatz begann erst gegen Mittag, und bis dahin würde ich zum Beispiel in der Zeitung lesen, die Jürgen für mich beim Bäcker gekauft hatte. Sie lag unter dem Korb mit dem Knäckebrot. Ich goß mir Kaffee ein und zog sie hervor. Ich zuckte zusammen. Ein monströses Foto von Graustein zierte einen halbseitigen Artikel mit der Schlagzeile: »Jungenmörder bei der Polizei? Anonymer Zeuge packt aus«.

Zuerst wollte ich Graustein anrufen, aber das hätte mich wohl um meine Frühstücksruhe gebracht, und Graustein würde spätestens in ein paar Stunden seine eigene Zeitung lesen. Er tat mir aufrichtig leid, als ich mir ein Knäcke mit Nougatcreme schmierte.

Grausteins Anruf kam um halb zehn. Er verlangte, daß ich auf der Stelle zu ihm kam, wenn ich Schlimmeres für eine gewisse Eva Berger verhindern wollte. Also fuhr ich hin.

Nun gehörte ich also zu den wenigen Auserwählten, denen sich Graustein in totaler Aufregung und Verunsicherung zeigte. Er hatte die Sportplatzaktion abgeblasen und saß mit knallrotem Gesicht über dem Leitartikel der Leipziger Volkszeitung gebeugt auf der Couch in seinem Arbeitszimmer. Ich hielt ordentlich Abstand, für den Fall, daß er ausrastete. Wie zu befürchten stand, wollte er sich ausheulen oder seine Wut an mir auslassen. Der Junge hatte sich vor Angst im Badezimmer eingeschlossen und verhielt sich still.

Ich mußte Graustein schließlich ernsthaft davon abhalten, in die Redaktion der Zeitung zu fahren, wo er, wie er sich ausdrückte, dieser Schlampe die Fresse polieren wollte.

Das LKA hatte natürlich bereits Wind von der Sache bekommen und Graustein per Fax davon in Kenntnis gesetzt, daß umgehend eine Kommission zur Untersuchung der Vorwürfe gebildet werde, um das öffentliche Interesse zu befriedigen. Graustein las mir das Fax vor und schlug danach mit der Faust auf den Couchtisch:

»Ich scheiß auf das öffentliche Interesse! Hier geht es um eine wichtige Ermittlung.«

So, wie er sich benahm, wurde ich das ungute Gefühl nicht los, daß jemand ihn an einem wunden Punkt berührt hatte. Ich tat so, als ob ich erst jetzt von der Sache erfahren hätte und las den Artikel. Er enthielt zahlreiche Fakten über den

Fall Turadot inklusive der neuesten Vermutungen bezüglich Grausteins Vorliebe für halbwüchsige Jungen, die ich ja tatsächlich bestätigen konnte. Er sei am Sportplatz beim Abholen eines vietnamesischen Jungen gesehen worden, und so weiter. Verfaßt von Eva Berger.

Graustein sah, daß ich den Artikel las, nahm ihn mir weg und zerfetzte ihn vor meinen Augen. Er lehnte sich zurück und kratzte sich am Kinn. Vor ihm stand eine angebrochene Flasche zwölfjähriger Talisker. Er nahm einen neuen Zug und sagte:

»Sie gehen jetzt lieber mit dem Jungen zum Sportplatz und machen dort weiter wie geplant.«

Ich stutzte. »Was? Jetzt, wo unsere Tarnung aufgeflogen ist?«

Graustein sah mich eindringlich an.

»Wir können doch nicht schon nach dem ersten Tag einfach so aufgeben, verdammt noch mal. Es ist doch auch alles in Ordnung, außer, daß ich jetzt bis zum Hals in der Scheiße stecke, weil die Öffentlichkeit mich nun für ein Monster hält. Mein Mitspracherecht bei der SOKO dürfte sich momentan rasant gegen Null bewegen. Und genau das könnte unseren Täter in Sicherheit wiegen. Er wird die Zusammenhänge nicht kennen und sich über meine Niederlage freuen. Aber vielleicht hat er sogar ...«

Er runzelte die Stirn und musterte nachdenklich sein Blumenfenster.

»Rosental, ich weiß noch nicht genau, was es ist, aber irgend etwas stinkt hier gewaltig. Vielleicht ist dieser Kerl noch gerissener, als ich dachte.«

Ich überlegte. »Hmh, die meisten dieser Typen sollen einen Ih-Kuh von mehr als hundertvierzig haben. Vielleicht ist das aber auch nur ein Rachefeldzug für einen zu kurz Gekommenen, der den Fall gern bearbeitet hätte. Vielleicht sogar einer von der SOKO.«

Graustein nickte.

»Ja, könnte sein. Oder eben der Täter selbst. Wenn das stimmt, dann ist er weitaus gefährlicher als ich angenommen hatte. Und wenn es einer von der SOKO ist, dann Gnade ihm Gott!«

Ich stand ein wenig hilflos im Raum. Der Junge kam von der Toilette, stopfte sein Hemd in die Jeans und sah scheu ins Zimmer. Er hatte ebenso wenig wie ich eine Ahnung, was hier eigentlich vor sich ging. Ich nutzte die Gelegenheit, um mich von Graustein zu verabschieden und mit dem Jungen zu verschwinden. Wenn der Junge mir heute entwischen sollte, war das vielleicht gar nicht so schlecht für uns. Bevor es zu spät war.

»Nehmen Sie es nicht so schwer«, sagte ich zum Abschied. Graustein stand mit einer Zigarette am Fenster und sah nach draußen. Er hob seinen linken Zeigefinger.

»Daß Sie mir nicht auf dumme Gedanken kommen, Rosental.«

»Hmmh?«

»Sie wissen schon. Wir machen weiter wie geplant. Der Junge bleibt bei uns. Ich übernehme die volle Verantwortung.«

»Ganz wie Sie wollen.«

Wir fuhren zum Sportplatz. Der Junge saß neben mir, sagte kein Wort und zitterte kaum spürbar. Offenbar ahnte er etwas. Er wirkte beinahe apathisch. Die Angst des Jungen übertrug sich auch auf mich. Im Geist spielte ich alle Varianten durch, die das begonnene Drama nehmen konnte. Wenn Graustein jetzt durchdrehte, dann war ich geliefert. Ich mußte aufpassen, daß er nichts Unüberlegtes unternahm, um sich auf meine Kosten zu retten. Ich wollte die Sache jedenfalls nicht allein ausbaden. Das war wirklich nicht der geeignete Zeitpunkt für Graustein, um schlappzumachen.

Der Junge spielte lustlos Fußball mit der Mannschaft. Die anderen Jungs gaben sich alle Mühe, ihm Bälle zuzuspielen, der inzwischen von Graustein bestochene Trainer machte gute Miene zum bösen Spiel, aber selbst der blutigste Laie mußte jetzt erkennen, daß Shan kein Nachwuchstalent sein konnte. Mehrmals kam der Junge zu mir und bat mich, ihn zum Vereinshaus zu begleiten. Es spielte wahrscheinlich keine Rolle mehr, daß er meine Tarnung preisgab. Außerdem litt der Junge vor lauter Aufregung an Durchfall und wollte keinesfalls allein im Vereinshaus aufs Klo gehen. Ganz sicher würde er uns nicht davonlaufen, jetzt, da er auf sich allein gestellt mit dem Schlimmsten rechnen mußte.

Es blieb den ganzen Nachmittag ruhig am Sportplatz. Vielleicht standen irgendwo ein paar törichte Journalisten herum, die glaubten, Graustein würde am Sportplatz auftauchen. Ich hoffte bloß, daß diese Berger keine Beweise für ihre Behauptungen besaß, denn wenn sie Graustein und mich mit dem Jungen fotografiert hatte, sah es wirklich böse aus. Aber dann wären die Fotos wohl bereits an jedem Zeitungskiosk erhältlich, und ich säße mit Graustein in einer Zelle.

Graustein rief nicht wie vereinbart über sein Funktelefon an, das er mir mitgegeben hatte. Als ich den Jungen zurück in die Wohnung brachte, war er bereits hackedicht und lag zusammengekrümmt und schnarchend auf dem Fußboden neben der Couch. Der Junge half mir, Grausteins Leibesfülle auf die Couch zu hieven. Ich mußte beinahe lachen. Es erinnerte mich daran, als ich das letzte Mal einen Sack Kohlen über eine Mauer wuchten mußte.

Ich rief Jürgen in seiner Wohnung an und sagte, daß ich diese Nacht nicht nach Hause kommen würde. Jürgen hatte den Auftrag von der Sparkasse bekommen und bereitete sich gerade auf drei weitere Tage außerhalb der Stadt vor. Er war guter Dinge, weil er wußte, daß das Wochenende wie versprochen uns allein gehörte.

Ich verbrachte den Abend mit Dosenbier vor Grausteins 16:9-Monster-Fernseher, während der Junge sich in Grausteins Schlafzimmer aufs Bett legte und zur Decke starrte. Wir hatten jetzt nicht mehr viel Zeit, um den Täter zu finden, vielleicht noch wenige Tage, falls uns der Junge weglief oder das LKA Graustein kaltstellte. Dann allerdings hatten wir absolut nichts in den Händen und schlimmstenfalls ein Verfahren am Hals.

Tief in der Nacht versuchte ich zum wer-weiß-wievielten Mal, Schlaf zu finden. In Grausteins gegenwärtigem Zustand konnte ich ihn keinesfalls allein lassen. Ich lag auf einem mörderisch unbequemen Klappbett, das ich mir auf den Korridor gestellt hatte, damit der Junge nicht unbemerkt zur Eingangstür gelangen konnte. Ich stand auf, ging am Zimmer des Jungen vorbei zur Toilette und lauschte. Der Junge lag ebenfalls wach. Aus dem Zimmer drang ein rhythmisches Rascheln und Ächzen, das von Zeit zu Zeit abbrach und sich dann schneller und heftiger als zuvor fortsetzte, immer wieder. Ich sah durchs Schlüsselloch. Der Junge hatte die Bettdecke zurückgeschlagen und wichste wüst seinen kleinen, senkrecht zur Decke ragenden Schwanz, offenbar ohne Erleichterung zu finden. Der Mond ließ seine Haut matt schimmern, er warf den Kopf hin und her, keuchte, zitterte, und kam schließlich verbissen gurgelnd, während sein schmächtiger Körper sich verzweifelt aufbäumte. Er warf all seine Anspannung in diesen Orgasmus, und der herausschießende Samen beschrieb einen Halbbogen, bevor er auf seiner Brust und auf seinem Bauch silbrig glänzende Flecken hinterließ. Ich wandte mich ab.

Als ich von der Toilette zurückkam, hörte ich, wie der Junge leise vor sich hin schluchzte. Ich fühlte mich elend. Was wir der Seele des Jungen antaten, war unverzeihlich. Ich wußte nicht, wie lange ich das noch mit ansehen konnte, und ich fragte mich, wieso das Schicksal immer wieder dieselben bedauernswerten Menschen verfolgte. Kurz, bevor ich endlich einschlief, wurde ich mir der Tatsache bewußt, daß ich gerade dabei war, mit dem Jungen Schicksal zu spielen. Für den Fall, daß so etwas wie eine Hölle existierte, hatte ich mir meine Eintrittskarte dafür mit dem Jungen jedenfalls redlich verdient.

Der nächste Morgen am Sportplatz verlief genauso ergebnislos. Graustein war mit seinem Kater nicht von der Couch zu bekommen, so daß ich wieder beide Schichten am Sportplatz übernehmen mußte. Gegen Mittag setzte ein dichter Sprühregen ein, und die Jungs von der Mannschaft wollten nicht mehr weiterspielen, weil der Rasen zu weich wurde. Allein konnte ich den Jungen natürlich nicht spielen lassen. Außerdem sah er schlecht aus, aß kaum noch und litt verstärkt an seinem Durchfall. Gegen eins brach ich die Aktion ab und nahm den Jungen mit in ein Café. Ich hatte ein verdammt schlechtes Gewissen. Der Junge sprach kein Wort und rührte lustlos in seinem Milchshake. Er war nervlich völlig am Ende und erweckte beinahe schon den Eindruck geistiger Behinderung. Aber Grausteins Mühlen mahlten ohne Unterlaß weiter. Morgen würde es im Sportteil der Zeitung einen neuen Artikel über Shan geben. Wir verheizten ihn nach Strich und Faden.

Das Wetter wurde noch schlechter, und ich verbrachte den Abend allein in Paunsdorf, nachdem ich unseren Köder bei Graustein abgeliefert hatte. Graustein funktionierte wieder einigermaßen und konnte sich um den Jungen kümmern. Er glaubte inzwischen auch nicht mehr daran, daß der Täter am Sportplatz in die Falle gehen würde. Es hatte also wirklich keinen Zweck, den Jungen noch länger zu quälen. Und mich beschlichen zunehmend Zweifel. Dieser Zeitungsartikel war vielleicht gar nicht so aus der Luft gegriffen. Ich hatte seit meiner ersten unbewußten Begegnung mit Graustein im »Lady Liberty« geahnt, daß er auf Jungs stand. Und er paßte auch so durchaus ins Raster eines typischen Pädophilen. Wer nicht.

Ich hatte schließlich zur Riverboat-Talkshow umgeschaltet und war schnell darüber eingeschlafen. Irgendwann gegen Mitternacht wachte ich wieder auf. Ich stand auf, pinkelte einen derben Strahl in die Kloschüssel, hängte mir die Sofadecke wie ein billiges Theatergewand um die Schultern und ging hinaus auf den Balkon. Der kalte Regen versetzte mich in eine morbide Stimmung. Die Gegend lag stumpf und eingeengt in der schwarzglänzenden Nacht. Mein Fall wurde zur Sackgasse. Ich wußte nicht weiter, hatte keine Ideen. Schwer lastete die Stille auf den dunklen Wohnblocks. Tote Luft,

Schlamm auf den Feldern und zu viel Beton. Mir war kalt. Plötzlich wünschte ich mir, ich hätte den Hörsaal nicht mit dem Leben vertauscht. Aber was geschehen war, war geschehen. Wenn ich jetzt aufgab, kam Graustein unter die Räder und damit auch ich. Es brauchte schon mehr als nur Glück, den Fall unbeschadet zu überstehen. Ich setzte mich wieder vor den Fernseher und dachte an Jürgen. Das vertrieb meine Sorgen.

Als mein Telefon tütelte, war es kurz nach eins. Ich fuhr hoch und tastete mich zum Hörer vor. Es war stockdunkel. Ich versuchte, meine Stimmbänder zu aktivieren.

»Ja?« Es klang mürrisch und kratzig. Am anderen Ende der Leitung tönte Graustein:

»Rosental? Wir haben das nächste Ohr gefunden. Sieht ganz danach aus, als ob wir jetzt endlich die Beweise bekommen, nach denen wir suchen. Halten Sie sich bereit. Ich hole Sie ab. In zehn Minuten.«

Er hatte aufgelegt, bevor ich protestieren konnte. Verdammter Mist. Er hatte übers Autotelefon angerufen. Dabei brauchte ich dringend meinen Schlaf. Aber den konnte ich für diese Nacht wohl vergessen.

»Oh nein«, sagte ich zu mir selbst und versuchte, meine verbliebenen Kräfte zum Aufstehen zu mobilisieren. Es gelang mir nur schrittweise. Mißmutig und völlig benommen wankte ich aufs Klo, pinkelte, spritzte mir kaltes Wasser ins Gesicht, zog mir die Sachen vom Vortag an und schlich nach unten vor das Haus. Ich wollte nicht, daß Graustein auch noch den Rest des Hauses aus dem Schlaf klingelte oder mir in meiner Wohnung die Ohren volljammerte.

Ich wartete auf dem Fußweg und ging dabei ein wenig im Kreis. Es war kühl draußen, und die Luft schien irgendwie zu vibrieren. Es hatte aufgehört zu regnen.

Graustein kam mit Fernlicht um die Ecke gebrettert, machte eine Vollbremsung und fuhr wieder los, bevor ich richtig eingestiegen war. Er roch aus dem Mund wie eine prosperierende Destille. Aus der mittleren Armlehne ragte der Hals einer Whiskyflasche. Er fuhr wie ein Henker, und die Verkehrsschilder draußen flogen nur so vorbei. Als er meine kritischen Seitenblicke auf den Tacho bemerkte, sagte er:

»Alles in Ordnung. Ich bin vollkommen fahrtauglich. Ich wollte bloß meine Angst ein wenig betäuben.«

Graustein fürchtete sich vor etwas und gab das mir gegenüber auch noch zu. Mußte wohl am Alkohol liegen. Ich nahm ihn nicht ernst.

»Ach. Wovor denn?«

Graustein sah mich kurz an. »Ich habe da so ein ungutes Gefühl, Rosental. Sie müssen sehr vorsichtig sein, hören Sie? Irgendwas Unheimliches kommt da auf uns zu. Ich stecke jetzt schon zu tief drin, um einfach so wieder auszusteigen, aber ich werde das dumme Gefühl nicht los, daß uns der wichtigste Teil der Show unmittelbar bevorsteht.«

»Aha.«

Ich sah ihn verständnislos an und zog es vor, für den Rest der Fahrt zu schweigen. Ich ahnte zwar, was er meinte, konnte mir aber keinen Reim darauf machen. Graustein bretterte mit hundertfünfzig Sachen über die Umgehungsstraßen und kümmerte sich weder um Vorfahrtsregeln noch um scharfe Kurven. Wenn sie ihn jetzt stoppten, war er mindestens für die nächsten vier Jahre seinen Führerschein los. Aber das kümmerte ihn wenig.

Nach rekordverdächtiger Fahrt erreichten wir den Tatort kurz nach halb zwei. Am Verkehrsgarten im Zetkin-Park, kurz vor der Einmündung eines Waldwegs auf den Zubringer zur Bundesstraße zwei, lag das blutverschmierte Ohr direkt am Wegesrand neben einer Parkbank, im Dreck zwischen vollgewichsten Taschentüchern und gebrauchten Kondomen. Es wirkte lächerlich und unerheblich im Vergleich zu dem Aufwand, den die Spurensicherung betrieb. Sie hatte das ganze Areal mit rot-weiß gestreiften Plastebändern abgesperrt und sogar drei riesige Scheinwerfer aufgestellt. Ich mußte unwillkürlich grinsen. Ein paar Presseleute knipsten den Fundort samt Personal von allen Seiten. Sie rochen schlecht, nicht nur wegen der frühen Stunde. Und ich roch ihre Schlagzeilen: »Neues Ohr gefunden – Wo bleibt die Leiche? Polizei tappt im Dunkeln«.

Und das buchstäblich. Graustein unterhielt sich mit einer Rothaarigen von der Spurensicherung, die mit ihren Latexhandschuhen vorsichtig das Gelände absuchte. Sie schienen sich gut zu kennen. Er klopfte ihr zum Abschied auf die Schulter. Dann kam er zurück.

»Was halten Sie vom Fundort, Kollege?«

Ich ließ meinen Blick noch einmal durchs Gelände schweifen.

»Würde sagen, sieht aus wie auf dem silbernen Tablett. Der Täter hat Ihre Herausforderung angenommen, würde ich meinen, und das hier ist die Antwort.«

Graustein nickte. »Genau das denke ich auch. Aber etwas Merkwürdiges ist passiert. Dieselbe Journalistin, die diesen Mist über mich zusammengeschmiert hat, hat nach Feierabend an ihrem Trabi einen Strafzettel gefunden. Als sie ihn umgedreht hat, fand sie diese Nachricht.«

Er gab mir die Kopie eines Parkzettels. Die Nachricht war mit Schreibmaschine getippt und dann auf die Rückseite kopiert worden. Natürlich ohne brauchbare Spuren. Ich las:

»Wenn Sie wissen wollen, wo das dritte Ohr liegt, lesen Sie die Kontaktanzeigen der LVZ.«

Das kam vom Täter, keine Frage. Graustein sagte:

»Ich glaube, der Kerl hat mich im Visier. Sicher hat er diese Berger dazu angestiftet, den Artikel über mich zu schreiben. Vielleicht hat er ihr versprochen, ein Interview zu geben, so ganz nach dem Motto: ›Schreib mir einen Artikel, und ich zeige dir, wer ich bin.‹«

»Das klingt logisch. Wir müßten also schnellstens diese Berger befragen. Ist sie hier?«

»Nein. Uhde hat sie und ihren Freund zur Vernehmung aufs Revier schaffen lassen. Ich glaube nicht, daß wir an sie rankommen.«

Uhde stand ein wenig abseits mit ein paar Leuten von der SOKO und gab Interviews. Ich stutzte. »Ihren Freund? Was hat der damit zu tun?«

»Na, sie war hier, ist mit ihrem Freund auf den Spuren rumgetrampelt, hat alles aufgenommen und erst danach unsere Jungs angerufen. Die Mittwochszeitung erscheint wegen der Wohnungsannoncen noch vor Mitternacht. Berger war natürlich neugierig und hat das Anzeigenrätsel geknackt. Wollen Sie wissen, wie der Anzeigentext lautet?«

Er reichte mir die Kopie eines vergrößerten Zeitungsausschnitts. Es handelte sich um einen Teil der Kleinanzeigen. Unter »In letzter Minute« stand als zweite Anzeige:

»Lieber S., willst Du mir was ins Ohr flüstern, dann triff Dich mit mir heute nacht im Auenwald, zweite Bank am Waldweg zur B2. Dein S. B.«

»Wissen Sie, was das heißt?« fragte Graustein.

»Ja. Die Sportplatzaktion ist gestorben. S. steht für Shan, unseren Köder, und S. B. steht unzweifelhaft für Stefan Brandt. Entweder ist er tatsächlich einer von uns, oder wir haben da eine undichte Stelle. Der Bursche ist clever.«

»Ich habe ihn nie für dumm gehalten, aber ich dachte, daß wir ihn vielleicht ...«

Graustein hielt erschrocken inne und schlug sich vor die Stirn.

»Oh mein Gott, Shan! Wenn unsere Aktion aufgeflogen ist, dann weiß er auch, wo der Junge ist. Ich muß ihn schleunigst aus meiner Wohnung schaffen!«

Graustein rannte zu seinem Wagen, wuchtete sich hinein und raste mit Vollgas davon. Uhde sah ihm kopfschüttelnd nach, und die Umstehenden wischten sich fluchend die Schlammspritzer von ihren Sachen. Ich hoffte, daß sich Grausteins Verdacht nicht bewahrheiten würde.

18

Alles war so gelaufen, wie er es gewollt hatte. Am Morgen, bevor er die Aktion im Auenwald durchführte, kaufte Jörg Seidel beim Bäcker eine LVZ und suchte nach dem versprochenen Artikel. Er grinste. Tief befriedigt las er Eva Bergers Zeilen immer wieder von vorn. Es gefiel ihm, wie sie diesen Graustein fertigmachte. Er startete seinen Barkas und fuhr zum Postamt, um seinen Text an die Kleinanzeigenredaktion zu faxen. Er unterstrich den Vermerk »In letzter Minute« und fügte die Kopie des Zahlungsbelegs an. Dann fuhr er zum Sportplatz.

Viel tat sich nicht. Der Junge spielte lustlos bis zum Mittag. Dann begann es zu regnen, und der Typ im Corsa fuhr mit dem Jungen in ein Café. Später brachte er ihn wieder zu Graustein und fuhr danach weg.

Der Junge blieb die ganze Zeit über bei Graustein. Der Kommissar selbst ließ sich nicht blicken. Der Artikel mußte ihn umgehauen haben. Es verlief also alles bestens. Die Annonce würde rechtzeitig erscheinen, und Berger würde sie finden. Er hatte jetzt noch genug Zeit, um alles für die kommende Nacht zu arrangieren. Berger sollte den Zettel nicht vor Mitternacht finden, wenn sie wie üblich kurz wegfahren würde, um mit ihrem Freund beim McDonald's Drive-in zu essen. Seidel hatte sie in der vergangenen Nacht beobachtet. Ihr Freund arbeitete beim Hörfunk drei Straßen weiter. Sie würden diesmal ganz sicher nicht essen gehen, sondern auf die Sonnabendzeitung warten und dort nach seiner Annonce suchen. Berger bekam ihre Story und würde ihren Freund als Beschützer zum Auenwald mitnehmen. Dabei mußten sie zwangsläufig Spuren hinterlassen und deshalb die Polizei einschalten, damit sie nicht selbst in Verdacht gerieten. Der Parkzettel würde sie entlasten.

Seidel postierte sich kurz vor Mitternacht mit dem Barkas vor der Redaktion und wartete ab, bis Berger kam und verwundert den Strafzettel von der Windschutzscheibe ihres champagnerbeigefarbenen Trabant 601 deluxe klaubte. Sie parkte auf ihrem eigenen Parkplatz. Erst ungläubig, dann schockiert, las sie den Zettel. Sie nahm ihr Telefon und gestikulierte heftig, während sie mit ihrem Freund redete. Als sie fertig war, sah sie sich kurz mißtrauisch um und fuhr zum Hörfunkgebäude. Es verlief mal wieder alles nach Plan.

Seidel fuhr zu Grausteins Haus und legte sich auf die Lauer. Kurz vor eins ging im dritten Stock das Licht an. Graustein verließ Minuten später in seinem Wagen die Tiefgarage. Der Junge stand oben in einem erleuchteten Fenster und sah nach draußen. Seidel mußte unwillkürlich grinsen. Nur für den Fall, daß Graustein etwas vergessen hatte, wartete er noch ein paar Augenblicke. Dann zog er sich Handschuhe über und nahm seine Werkzeugtasche.

Das Haustürschloß ließ sich gut öffnen. Dafür glich Grausteins Wohnungstür einer Festungsanlage. Es gab gleich zwei Sicherheitsschlösser, und eines davon hatte einen extralangen Schließzylinder, der sich weder aufbohren noch aussägen ließ. Aber selbst das würde ihn jetzt nicht weiterbringen, weil er leise arbeiten mußte. Seidel brachte den elektrischen Abtaster in Position. Die dünnen Metallhäkchen tasteten sich leise surrend vor. Es schien eine Ewigkeit zu dauern. Keiner durfte ihn bemerken, schon gar nicht der Junge. Ein Versuch nach dem anderen schlug fehl, und Seidel fluchte leise vor sich hin. Beim fünften Versuch bekam das Gerät endlich Halt. Er ließ das Schloß aufschnappen und wartete ab, ob der Junge ihn bemerkt hatte. Im Korridor blieb es ruhig. Seidel nahm einen Gummihammer aus seiner Tasche und stieß die Tür vorsichtig nach innen. Auf dem Korridor brannte kein Licht. Eine

Tür stand offen. Im zweiten Zimmer links lief ein Fernseher. Dort mußte der Junge sein. Grausteins plötzlicher Aufbruch hatte ihn geweckt, und jetzt hatte er Angst, allein in der verlassenen Wohnung zu warten. Seidel schlich zur halb geöffneten Zimmertür. Der Junge saß mit dem Rücken zu ihm auf einer Couch und sah einen Science-Fiction-Film. Die Fensterscheiben reflektierten das Innere des Raumes, auch Seidel im Türrahmen. Er machte es kurz. Ein dumpfer Schlag, ein kurzer, überraschter Aufschrei, dann sackte der Junge nach vorn auf das Parkett. Blut sickerte dünn aus seinem Haar. Seidel kettete ihn mit Handschellen am Heizungsrohr fest und knebelte ihn mit Paketband. Das Telefon klingelte. Seidel erstarrte. Der Anrufbeantworter schaltete sich ein. Es war Graustein, hocherregt. Er rief: »Mach, daß du aus der Wohnung kommst, Junge! Hörst du, bleib auf keinen Fall in der Wohnung. Ich hole dich in spätestens einer halben Stunde am Bahnhof ab. Laß dich nicht erwischen!«

Graustein legte auf, und Seidel konnte sich ein gehässiges Grinsen nicht verkneifen. ›Zu spät, Kumpel‹, dachte er. Leider blieb jetzt auch keine Zeit mehr, bis zum Aufwachen des Jungen zu warten, um ihm dann die Spritze zu verpassen. Erst die Arbeit, dann das Vergnügen. Seidel nahm die leicht angetauten Innereien aus der Werkzeugtasche und deponierte sie in Grausteins Tiefkühlfach zwischen Blattspinat und Nasi Goreng. Er arrangierte ein paar seiner Fotos vom Sportplatz auf Grausteins Schreibtisch und pinnte Zeitungsausschnitte an die Korktafel darüber. Er verteilte etwas von Stefan Brandts Blut in der Badewanne und auf den Fliesen und wischte anschließend alles wieder sauber. Er wußte, daß die Kriminalpolizei das Blut trotzdem finden würde.

Seidel sah auf die Uhr. Ein Uhr vierzig. Ihm blieb nicht mehr viel Zeit. Zehn Minuten höchstens. Er nahm die Spritze aus der Tasche und zog die Schutzkappe von der Kanüle. Als er damit zurück auf den Korridor lief, stand die Wohnungstür plötzlich offen. Seidel rannte zurück ins Zimmer. Ein kalter Schauer lief ihm über den Rücken: Der Junge war weg. Im

Fernsehen lief gerade Werbung für entkoffeinierten Kaffee. Für einen Moment glaubte Seidel, daß er einem Weinkrampf erliegen müßte, dann schrie er beinahe auf vor Wut, als er das Heizungsrohr untersuchte. Von oben betrachtet erweckte es den Anschein, als ob es von einer Wand zur anderen lief. Doch auf der Seite, an der er den Jungen angekettet hatte, endete es in einem nach hinten gebogenem Auffüllstutzen. Der Junge hatte einfach die Handschellen am Rohr entlanggeführt und war verschwunden. Die Fesseln hingen noch an seinem linken Arm, würden ihn jedoch nicht so stark behindern wie die Kopfverletzung. Christian Turadot hatte er auch so einen Hieb verpaßt, aber der war erst nach mehr als einer Stunde wieder zu sich gekommen, um einen grausamen Tod zu erwarten.

Auf den Fliesen im Treppenhaus führte eine Spur aus feinen Bluttropfen nach unten. Obwohl er zitterte, zwang sich Seidel zur Ruhe und schlich bis zum nächsten Absatz. Er versuchte, nicht in die Blutspur zu treten. Aus dem Erdgeschoß drang ein dumpfes, wiederkehrendes Geräusch nach oben. Der Junge hatte den Aufzug gerufen und dann die Türen blockiert. Er würde Hilfe suchen. Es gab nicht viel, was man da noch tun konnte. Seidel biß sich auf die Unterlippe und lief zurück in die Wohnung. Jetzt mußte er schleunigst verschwinden. Er ging zum Telefon und wählte Bergers Funknummer. Es dauerte eine ganze Weile, bis sie abnahm.

»Ja?« meldete sie sich vorsichtig.

»Guten Abend«, sagte Seidel. »Arbeiten Sie schon an Ihrer Story?«

»Mein Gott, Sie sind es.« Sie legte eine kleine Pause ein. Wenn sie ihm jetzt sagte, wo sie gerade war, würde er auflegen. Sie saß allein mit ihrem Freund auf einer Bank im U-Trakt des Präsidiums und wartete auf ihre Vernehmung. Sie hielt das Telefon dicht an ihr Ohr und fuhr leise fort. »Ja, ich bin gerade am Schreiben. Das mit dem Ohr, waren Sie das?«

»Dazu kann ich nichts sagen. Aber ich meine es gut mit Ihnen. Sie haben mir geholfen; deshalb werde ich Ihnen jetzt auch helfen. Hören Sie gut zu. Graustein bewahrt in seiner

Wohnung Leichenteile der Opfer auf. Berichten Sie darüber. Ich verständige jetzt die Polizei.«

Seidel legte auf. Berger rief noch ein paarmal »Hallo?« in den Hörer, dann stahl sie sich mit ihrem Freund aus dem Obergeschoß des Präsidiums. Sie würden den Ausgang mühelos passieren und direkt vor der Tür ein wartendes Taxi finden.

Seidel wählte die Nummer der SOKO. Das Gespräch wurde in der Zentrale nicht angenommen und schaltete sich deshalb weiter aufs Funktelefon. Uhde war selbst dran.

»Ja, hallo, Uhde?« Sie stand im Freien am Fundort, mit ihr sicherlich die halbe SOKO. Seidel gab sich diesmal keine Mühe, seine Stimme zu verstellen:

»Ja, hallo. Guten Morgen. Ich wollte bloß sagen, der Entführer der Jungen wohnt in der Nordstraße sieben. Dritter Stock rechts. Haben Sie das?«

Uhde atmete laut und sagte dann: »Mit wem spreche ich bitte?«

»Mein Name ist Bernhardt. Ich habe Sie schon einmal angerufen. Der Mann, der den Jungen aus der Zeitung mit in seine Wohnung genommen hat, wohnt in der Nordstraße sieben, dritter Stock rechts.«

»Sie meinen Stefan Brandt?«

»Nicht nur den. Erst vor drei Tagen hatte er einen neuen Jungen dabei. Ich habe vorhin Schreie gehört. Der Mann ist danach weggegangen, und jetzt ist überall Blut im Treppenhaus.«

Uhde wurde energisch. Seidel konnte sie schneller atmen hören: »In Ordnung, wir kommen. Bleiben Sie in Ihrer Wohnung und unternehmen Sie nichts, bevor wir da sind. Hören Sie?«

»Selbstverständlich.«

Seidel legte auf. Er nahm die Tasche, sicherte die Spritze, ließ die Wohnungstür hinter sich ins Schloß gleiten und lief vorsichtig die Treppe hinab, wobei er versuchte, kein Geräusch zu verursachen. Es gelang ihm ganz gut. Für alle Fälle hielt er einen Schraubenschlüssel griffbereit.

Als Graustein sein Haus erreichte, ahnte er bereits, wie schlecht es um ihn stand. Die Einsatzleitung hatte gerade einen Funkspruch an alle Streifen in der Nähe herausgegeben. Einsatzort war sein Haus. Die Leute von der SOKO würden in weniger als zehn Minuten vor Ort sein. Der Täter hatte ihn also zuerst gefunden, dabei wußte er noch nicht einmal, wer es war.

Graustein machte eine Vollbremsung und ließ den Wagen einfach in der Garagenzufahrt stehen. Er rannte ins Haus. Jemand hatte den Lift mit einem Mülleimer blockiert. Er kickte ihn nach innen, wählte die Etage und machte seine Pistole scharf. Oben auf der Treppe sah er die Blutspur. Sein Herz raste vor Erregung. Noch nie war er dem Täter so dicht auf den Fersen gewesen. Er würde ihn abknallen, wenn die Situation es zuließ, zumal der Junge wahrscheinlich schwer verletzt war.

Mit gezogener Waffe betrat Graustein seine Wohnung. Die Tür war nur ins Schloß gefallen, aber nicht mehr verschlossen. Graustein bereitete sich darauf vor, vom Täter erwartet zu werden oder in irgendeiner Ecke die Leiche des Jungen zu finden. Überall gab es feine Blutströpfchen, vor dem Fernseher eine kleine Lache, ebenso auf der Couch und am Fenster. Die neuen Fotos auf seinem Schreibtisch bemerkte er nicht, suchte hektisch nach ein paar Dokumenten, räumte seine Stahlkassette leer und verließ die Wohnung.

Als er in seinen Wagen einstieg, pöbelte ihn ein pickeliger Trottel im Schlosseranzug an. Er stand mit einem blauen Kleinbus hinter ihm in der Ausfahrt und kam nicht vorbei. Graustein ignorierte ihn, stieg ein und machte sich auf den Weg zum Bahnhof. Eine Traffipax blitzte ihn, als er auf dem Innenstadtring bei Rot mit Vollgas über die Kreuzung raste. Über Funk kamen die ersten Einsatzmeldungen.

»Löwe zwo mit Verstärkung am Treffpunkt Nordstraße eingetroffen. Ende.«

Ein Passat und ein Transporter hielten mit Blaulicht vor dem Eingang zu Grausteins Appartementhaus, ein Golf kam dazu und blockierte die Ausfahrt. Sie schalteten das Blaulicht aus. Zwei Schutzpolizisten betraten mit gezogenen Pistolen den Hausflur. Wenige Augenblicke später gingen in Grausteins Wohnung die ersten Lichter an.

Graustein erreichte den Bahnhof. Er sprang aus dem Wagen. Es war absolut still. Ein paar Stricher standen gelangweilt herum und starrten ihn an. Graustein griff sich den erstbesten und schüttelte ihn:

»Ist hier gerade ein Junge gewesen? Schwarzhaarig, Vietnamese, ungefähr sechzehn, einssiebzig groß, blutet?«

Der Stricher, ein aalglatter Latino, sah ihn entgeistert an, riß sich los und fluchte. Shan war nicht da. In heller Panik rannte Graustein zurück zu seinem Wagen und versuchte, einen klaren Gedanken zu fassen. Über Funk kam ein weiterer Einsatzbefehl:

»Hilfloser Junge an der Telefonzelle Balzacstraße, Ecke Schillerpark. Er ist am Kopf verletzt und wird von einem Mann verfolgt. DRK weiß Bescheid. Löwe sechzehn, bitte bestätigen.«

Knirschen in der Leitung. »Löwe sechzehn bestätigt. Habt Ihr Täterbeschreibung?«

»Nein. Sondersignal genehmigt. Ende.«

»Verstanden. Ende.«

Graustein startete den Wagen. Das war der Junge, nur fünf Straßenzüge weiter, genau zwischen seiner Wohnung und dem Bahnhof. Mit Vollgas fuhr Graustein davon. Inzwischen kam eine weitere Meldung durchs Funkgerät:

»Achtung. An alle Wagen. Fahndung nach Pkw Mercedes-Benz, S-Klasse-Coupé, Farbe dunkelgrün, amtliches Kennzeichen Heinrich-Heinrich-Strich-Heinrich-Gunter-eins-neun-vier-null. Fahrer festnehmen. Der Verdächtige ist sechsundfünfzig Jahre alt, circa einsfünfundachtzig groß, korpulent, graues Haar, Halbglatze, vermutlich heller Regenmantel. Tatverdächtiger arbeitet für das LKA, ist bewaffnet und verfügt über Polizeifunkgerät. Funkkontakt über die Zentrale ab sofort nur im Ausnahmefall. Telefonapparate nullzwei und nulldrei werden freigehalten. Ende.«

Jetzt wurde es erst richtig eng. Bald schon würden sie an ihm kleben wie die Schmeißfliegen. Graustein erreichte die Telefonzelle noch vor der Funkstreife, machte eine Vollbremsung und sprang aus dem Wagen. Der Junge hockte zusammengesunken auf dem Bordstein und wippte langsam vor und zurück. Er hielt sich den Kopf. Seine Hände waren blutverschmiert, sein Gesicht leichenblaß. Ein Streifenwagen mit Martinshorn näherte sich schnell; es konnte sich nur noch um Sekunden handeln, bis die Streife vor Ort war. Der Junge reagierte nicht auf Graustein. Er stand unter Schock. Graustein öffnete die Beifahrertür und schleifte den Jungen auf den Sitz. Der Junge blutete aus Nase und Ohren und brauchte dringend ärztliche Hilfe. Aber nicht hier. Graustein würde unterwegs einen Freund anrufen. Sie durften den Jungen jetzt unter keinen Umständen in die Finger bekommen. Und irgendwo da draußen befand sich noch immer der Mörder.

Die Rundumleuchten des heranrasenden Passat blitzten bereits über den geparkten Autos auf, als Graustein seinen Wagen startete. Graustein wußte, daß manche Streifenwagen mühelos auf zweihundertzwanzig sprinten konnten. Aber sein Wagen war stärker. Er trat das Gaspedal durch und raste los in Richtung Autobahn. Nur dort würde es ihm gelingen, die Verfolger abzuschütteln. Es kamen keine Funkmeldungen mehr zu seinem Fall. Sie hielten absolute Funkstille und hatten wie angekündigt auf Telefon umgestellt. Graustein fluchte. Nun wußte er nicht, wo sie gerade auf ihn warteten. Er änderte mehrmals die Richtung, um mögliche Straßensperren zu umgehen und das Ziel seiner Fahrt zu verschleiern. Er durfte ihnen keine Zeit für eine große Sperre geben. In diesem Stadtteil gab es immerhin drei Autobahnzubringer in verschiedene Richtungen. Der Junge hockte regungslos neben ihm und verkrampfte die Hände in seinem Schoß, während die Platzwunde an seinem Kopf noch immer heftig blutete. Es sah nicht gut aus. Graustein würde seinen Freund anrufen, sobald er die

Streifenwagen los war. Sie kamen jetzt verstärkt von vorn und von der Seite und versuchten, ihn auf andere Straßen umzuleiten. Taxis blockierten die Nebenstraßen. Aber sie bedrängten ihn nicht ernsthaft, wohl weil sie wußten, daß er den Jungen bei sich hatte. Nun gab es kein Zurück mehr.

Die Ereignisse überschlugen sich, als wir uns in Uhdes Toyota auf den Weg zu Grausteins Wohnung machten. Nach der letzten Meldung befand sich Graustein mit dem verletzten Jungen bereits auf dem Zubringer zur A4, wo Streifenwagen und Taxis versuchten, ihm den Weg abzuschneiden.

»Was schlagen Sie vor?« fragte Uhde, während sie mit quietschenden Reifen in eine Rechtskurve preschte. Die Antwort fiel mir nicht leicht. Einerseits durften sie den Jungen nicht befragen, andererseits war er durch unsere Schuld verletzt worden. Außerdem mußte ich mein Gesicht wahren, um mich gegenüber Uhde keinem Verdacht auszusetzen. Es reichte, wenn Graustein bis zum Hals drinsteckte. Ich antwortete:

»Wenn Graustein zur Autobahn will, dann lassen Sie ihn doch einfach drauf. Wenn wir nur die Zufahrt nach Süden offenhalten und ihn richtig umleiten, muß er den ganzen Bogen durchs ehemalige Industriegebiet fahren und kommt anschließend am Flughafen vorbei. Soweit ich weiß, haben wir dort ein Depot für Reisebusse. Bis er auf der Autobahn ist, haben wir alles abgesperrt und am Flughafen eine Blockade aufgebaut, an der er nicht vorbei kann. Ich kenne Graustein. Der würde sich nicht umbringen.«

Uhde lachte und sagte: »Und das muß ich mir erst von einem Psychologen sagen lassen. Aber ganz im Ernst. Ich werde es genauso machen. Ihr Vorschlag ist gut.«

Dann nahm sie ihr Funkgerät und gab Anweisungen an die Zentrale durch. Ich sah sie fragend an, aber Uhde lächelte nur, während sie den Wagen durch die scharfe Kurve am Nordplatz jagte. Das ABS schlug an und ließ die Reifen im Stakkato pfeifen. Wir hatten den Tatort erreicht.

»Ich werde jetzt mit ihm reden«, sagte sie. Alle Wagen konnten mithören, auch Graustein.

»Graustein? Hier spricht Kommissar Uhde. Kehren Sie um und stellen Sie sich. Wir wissen jetzt Bescheid über Ihre Vergangenheit. Professor Naumann hat den Zeitungsartikel gelesen und gerade Kontakt mit uns aufgenommen. Wir wissen, daß sie therapiebedürftig sind und werden Sie gut behandeln, wenn Sie den Jungen in Ruhe lassen. Wir werden Sie auch, so gut es geht, von der Presse abschirmen. Denken Sie bitte an den Jungen. Er ist schwer verletzt. Sein Leben liegt in Ihrer Hand. Halten Sie also an und stellen Sie sich. Wir sind Ihnen sowieso dicht auf den Fersen. Sie werden irgendwann einen Fehler machen, und dann kriegen wir Sie so oder so. Spätestens, wenn Ihr Tank leer ist.«

Graustein meldete sich natürlich nicht. Aber das saß. Prof. Naumann, Grausteins früherer Psychotherapeut, hatte von Eva Bergers Artikel gehört, ihn ernst genommen und sich bei der SOKO gemeldet. Graustein war in den Siebzigern wegen sexuellen Mißbrauchs an Minderjährigen einschlägig verurteilt worden. Ein Zuhälter hatte ihn bei seiner Verhaftung belastet, nachdem ihm einer von Grausteins Feinden Strafmilderung versprochen hatte. Jetzt gab es beim BKA einen handfesten Skandal, weil Grausteins alte Strafakte angeblich nicht mehr aufzufinden war. Graustein hatte sich in Naumanns Sanatorium einer damals neuentwickelten psychiatrischen Therapie unterziehen müssen und war im Jahr darauf als geheilt entlassen worden. Später ließ Graustein die Strafakte verschwinden, und das würde irgend so ein Journalist schon sehr bald herausfinden. Naumann leitete noch immer sein neurologisches Sanatorium im Westharz und hatte uns großzügig seine Kooperation angeboten.

Uhde reagierte wütend, als das Präsidium das unbemerkte Verschwinden von Eva Berger samt Anhang meldete. Ich riet ihr jedoch davon ab, eine Verhaftung vornehmen zu lassen. Berger konnte uns noch als Köder dienlich sein, außerdem würde sie uns angesichts eines schwebenden Strafverfahrens aus der Hand fressen. Ihr Handy und das ihres Freundes wurden umgehend angezapft, und wenn sie sie gefunden hatten, dann würde sie selbst rund um die Uhr beschattet werden, nur für den Fall, daß dieser ominöse Bernhardt sich noch einmal meldete. Uhde sagte, sie hätte ihn auch schon zweimal am Telefon gehabt. Er führte uns zu Grausteins Wohnung und galt dadurch als dessen Komplize. Wieso er Graustein aufs Kreuz legte, schien im Moment unverständlich, aber es sah ganz danach aus, als ob Graustein diesmal verlieren würde.

Graustein schaltete das Funkgerät ab und zog verächtlich die Mundwinkel nach unten. Uhde lauerte doch nur auf eine Chance, sich an ihm zu rächen. Das mit der Vergangenheit konnte eine Finte sein, und noch war nicht alles verloren. Es konnte einfach nicht schiefgehen.

Als Graustein die Autobahn erreichte, verfolgten ihn mindestens zehn Streifenwagen mit Blaulicht. Sie hielten im Tempo mit, kamen jedoch nicht näher. Es herrschte Ruhe überall. Keine Helikopter. Graustein gab Gas. Im Rückspiegel sah er zufrieden, wie sich der Abstand zwischen ihm und seinen Verfolgern vergrößerte. Die Tachonadel erreichte zweihundertvierzig. Er nahm das Telefon und wählte die Nummer seines Freundes. Er dachte nicht darüber nach, warum auf der Autobahn kein Wagen mehr fuhr. Er war zu sehr mit seinen Gedanken beschäftigt.

»Du, Achim«, sagte er, als endlich jemand antwortete, »ich bin in sehr großen Schwierigkeiten. Ich brauche deine Hilfe. Hör zu ...«

Er brach das Gespräch ab und ließ den Hörer fallen. Vor ihm tauchte ein Meer von Rundumleuchten auf, flankiert von quergestellten Fahrzeugen unterschiedlicher Größe. Bevor sein Wille anders entscheiden konnte, trat Graustein das Bremspedal voll durch. Wenige Meter vor der Blockade kam er seitlich zum Stehen. Er sah nur noch ein Feld von Scheinwerfern, das ihn blendete. Der Junge war bei der Vollbremsung nach vorn aufs Armaturenbrett gerutscht und atmete schwer. Graustein wollte ihn gerade berühren, als seine Wagentür aufgerissen wurde. Aber sie zerrten ihn von dem Jungen weg nach draußen, drückten ihn mit dem Gesicht nach unten auf den Boden. Ein Notarzt kümmerte sich um den Jungen.

Als sie Graustein nach der Durchsuchung Handschellen anlegten, wünschte er, die letzten dreißig Sekunden vor der Vollbremsung noch einmal durchspielen zu dürfen. Diesmal würde er nicht anhalten. Ganz bestimmt nicht.

19

Als ich zu Jürgen fuhr, ging bereits die Sonne auf. Er schien noch nicht lange geschlafen zu haben und wachte von meinem Kuß auf, und wie immer bekam ich beim Anblick seines halbentblößten Körpers sofort einen Steifen. Er roch ebenso wie ich nicht besonders gut aus dem Mund und fühlte sich verschwitzt an, aber genau das und der Umriß seines anschwellenden Schwanzes in diesen schlabberigen Shorts machten mich geil. Wir umarmten uns, streichelten uns, rissen einander die Klamotten vom Leib, ließen die Zungen kreisen, wichsten unsere Schwänze feucht, bliesen bis kurz vorm Abspritzen, drängten aneinander. Wer weiß, wo Jürgen wieder diesen knallengen Gummi hervorgekramt hatte. Er war schwarz wie die Nacht und glänzte aufregend auf Jürgens steinhartem Schwanz. Und dann ritt ich auf ihm, ließ mich ganz langsam auf ihn herab, ließ ihn zustoßen und mich dabei wichsen. Er hatte den Kopf in den Nacken geworfen und wand sich bei jeder Bewegung, unendlich warm, unendlich tief spürte ich sein massierendes Fleisch in mir, genoß sein gequältes Stöhnen, als er zitternd in mir abspritzte und ich seinen Torso hemmungslos mit meinem Saft besprenkelte.

Wir kuschelten noch eine Stunde und machten anschließend Frühstück. Danach fuhr Jürgen mit dem Fahrrad zum Einkaufszentrum, während ich auf der Couch versuchte, etwas Schlaf zu finden. Draußen schien eine kräftige Sonne von einem blauen Frühlingshimmel, und eigentlich sollte man sich dabei gut fühlen. Ich hatte aber im Moment zuviel Mist am Haken.

Gegen Mittag rückte ich bei Uhde im Präsidium ein, um sie bei ihrer improvisierten Pressekonferenz zu unterstützen. Uhde sah gut aus, ein wenig zu schlank in diesen schwarzen Jeans und der beigefarbenen Bluse, aber im Vollbesitz ihrer Macht. Noch. Denn bald schon – und das wußte sie – würde man ihr den Fall aus der Hand reißen. Der führende Polizeipsychologe des laufenden Ermittlungsverfahrens saß nämlich in U-Haft im Keller des Gebäudes, in dem er noch tags zuvor alle Fäden in der Hand gehalten hatte.

Die Presseleute schrien durcheinander, bevor Uhde auch nur ein erklärendes Wort loswerden konnte. Also verschränkte sie die Arme, grinste, ließ den Pressesprecher vor die Reporter treten und grüne Infoblätter verteilen. Dann stand sie auf und ging. Eine Privataudienz bei Graustein würde es nicht geben, obwohl ich sein Knastfoto gern in jeder Zeitung gesehen hätte.

Uhde wartete auf mich am Espresso-Automaten. Man sah ihr die schlaflose Nacht wirklich nicht besonders an. Sie lächelte.

»Herr Doktor Rosental, ich möchte, daß Sie sich mit Obermeister Bartel von der Sitte weiter um die Angelegenheit kümmern. Die Mutter von Marco Richter ist heute morgen nach einem mißglückten Selbstmordversuch ins Sankt Georg eingeliefert worden.«

»Marco Richter?« Ich tat unwissend. Uhde sah mich strafend an.

»Sie wissen schon. Der verschwundene Strichjunge. Bartel hat sich ein bißchen umgehört. Graustein scheint bei den Strichern in der Stadt gut bekannt gewesen zu sein, auch bei Marco Richter. Würde mich auch nicht wundern, bei der Vorstrafe.«

»Sie meinen, Graustein ...«?

Uhde nickte. »Er oder sein Komplize. Ist mir egal. Das LKA wird umgehend hier erscheinen, und dann wäre es gut, wenn ich mich auf jemanden verlassen könnte.«

»Sie meinen, Sie wollen das LKA linken?«

Sie grinste säuerlich. »Nein. Ich will bloß sicherstellen, daß sie Graustein nicht in Schutz nehmen und den anderen für seinen guten Ruf opfern. Außerdem ist das hier mein Fall.«

Ich hob die Schultern. »Und was habe ich dann damit zu tun? Ich glaube nicht, daß das LKA auf meine Meinung gesteigerten Wert legen wird.«

»Ich auch nicht. Aber Sie könnten mir beweisen, daß Sie mit der Sache nichts zu tun haben.«

»Wie bitte?«

»Immerhin haben Sie sehr eng mit Graustein zusammengearbeitet. Der vietnamesische Junge geht auf sein Konto.« Jetzt hatte sie mich da, wo sie mich haben wollte.

»Ach. Und was soll ich Ihrer Meinung nach tun?«

»Arbeiten Sie mit Bartel weiter an dem Fall. Und befragen Sie Graustein.«

»Wieso gerade ich?«

»Sie sind hier der Psychologe!« Sie drückte mir die eilends zusammengeschusterte Ermittlungsakte in die Hand.

Wir hatten nicht viel Zeit. Die Anhörung beim Haftrichter sollte um achtzehn Uhr stattfinden. Ich lief zum Aufzug und bereitete mich darauf vor, mit Graustein reden zu müssen. Offenbar war das meine einzige Chance, mich unversehrt aus der Affäre zu ziehen.

»Das haben Sie fabelhaft hingekriegt«, sagte Graustein müde, als ich mich im Vernehmungsraum zu ihm an den Tisch setzte. Ironie des Schicksals, daß sie uns ausgerechnet das Zimmer gaben, in dem Graustein den Jungen fertiggemacht hatte. Graustein sah fürchterlich aus in seinen zerknitterten Klamotten, außerdem wirkte er übernächtigt und stark desorientiert.

»Wollen Sie einen Kaffee?« fragte ich freundlich. Graustein senkte den Blick und sah mich böse und durchdringend an. Dann explodierte er und schlug mit der Faust auf den Tisch.

»Einen Kaffee?! Wollen *Sie* einen Kaffee?! Schieben Sie sich Ihren verdammten Kaffee sonstwohin, Rosental! Wir hatten eine Abmachung, falls Sie sich noch daran erinnern sollten. Und Sie haben sie gebrochen.«

Er lehnte sich zurück, und ich sah, wie seine Halsschlagadern pulsierten. Wir waren allein im Zimmer. Auf meine Bitte hatte Uhde darauf verzichtet, einen Zeugen im Tonraum zu postieren. Ich ließ das Gespräch auf einem kleinen Recorder aufzeichnen, so daß ich das Band bei Bedarf bearbeiten konnte. Es lag mir nichts daran, Graustein noch weiter reinzureiten, geschweige denn mich selbst. Ich suchte nach einer Möglichkeit, die Lage zu entschärfen.

»Es tut mir leid, daß es Sie getroffen hat. Sie haben selbst gesagt, daß Sie die Verantwortung für alles übernehmen wollen. Außerdem läuft ein Täter immer noch draußen rum.«

Graustein sah mich fassungslos an.

»Ein Täter? Wieso ein Täter? *Der* Täter!«

Ich hob abwehrend die Hände.

»Es tut mir leid, aber ich kann Ihnen im Moment nicht helfen. Außerdem kann ich mich nur schwer erinnern.«

Graustein platzte der Kragen.

»Aber *ich* erinnere mich noch genau, was ich zu *Ihnen* gesagt habe, verdammt noch mal! Ich sagte, daß Sie fallen würden, wenn ich falle. Wenn Sie mir jetzt nicht helfen, sind Sie ein für allemal erledigt. Ich lasse sie am ausgestreckten Arm verrecken.«

Er streckte seinen linken Arm nach oben und sah mich dabei grinsend an. Ich zeigte mich unbeeindruckt.

»Ich glaube, Sie schätzen Ihre derzeitige Situation ein bißchen falsch ein, lieber Herr Graustein. Im Moment sieht es nämlich ganz danach aus, als ob ich derjenige mit dem ausgestreckten Arm bin und Sie derjenige, der daran zappelt. Die Spurensicherung hat übrigens tiefgefrorene menschliche Innereien in Ihrem Kühlschrank gefunden, geschätztes Alter der Organträger etwa fünfzehn bis siebzehn Jahre und männlichen Geschlechts, diverse Blutspuren in der Wohnung und im Treppenhaus, Fotos der vermißten Jungen auf Ihrem Schreibtisch. Glauben Sie wirklich, ich melde mich freiwillig als Ihr

Teilhaber an mindestens zehn Jahren Haft? Ich habe die Idee mit dem Köder von Anfang an für gefährlich gehalten, und jetzt werden Sie dafür bezahlen.«

Graustein sah mich verblüfft an und ließ seinen Arm herabsinken. Für einen Augenblick war er sprachlos.

»Und was ist mit dem Jungen? Sie müssen ihn zum Reden bringen. Er kann alles richtigstellen. Das Disziplinarverfahren wegen der Sportplatzsache kann ich ohne weiteres abwürgen. Das ist kein Problem für mich.«

Ich sah Graustein eindringlich an und schüttelte wütend den Kopf.

»Der Junge kann aber nichts mehr sagen. Er ist auf dem Weg ins Krankenhaus gestorben und liegt jetzt in einer Kühlbox im Sankt Georg, ein paar Stockwerke unter der Mutter von Marco Richter, die sich letzte Nacht aus lauter Verzweiflung mit Schlaftabletten umbringen wollte, und zwar, weil ein gewisser Graustein absolute Nachrichtensperre über den Fall verhängt hat. So sieht's aus, und keiner von den beiden sollte eigentlich dort rumliegen.«

Nun schüttelte Graustein den Kopf und fuhr sich mit den Händen durch seine grauen Haare. Schweißperlen standen auf seiner Nasenspitze. Er sagte nichts.

»Ich habe übrigens inzwischen alle Beweise gesichtet und einer gewissen Selektierung zugeführt. Was immer Sie in Zusammenhang mit mir über den Jungen erzählen, Sie werden es nicht beweisen können. Es sei denn, Sie wollen, daß auch noch wegen illegaler Fahndung und Freiheitsberaubung von Minderjährigen gegen Sie ermittelt wird. Wenn nicht sogar noch mal wegen sexuellen Mißbrauchs. Nach ersten Umfragen sind Sie bei den Strichern unserer Stadt gut bekannt. Professor Naumann, der übrigens demnächst hier eintreffen wird, hat uns von Ihrer Vergangenheit erzählt. Vielleicht erzählen Sie ihm von Ihrer aufregenden Nacht mit Marco Richter? Ich hoffe, dem Jungen hat es ebenso gefallen wie Ihnen!«

Graustein holte tief Luft und versuchte ein zutrauliches Lächeln.

»Und glauben Sie denn wirklich, daß ich das getan habe?«

Ich zuckte beiläufig mit den Schultern. »Im Moment sieht die Beweislage ganz danach aus. Die SOKO fahndet jetzt nach Ihrem Komplizen, einem gewissen Bernhardt, der den vietnamesischen Jungen verfolgt hat, bevor der bei Ihnen im Wagen verblutete. Uhde und diese Eva Berger können wiederholten Telefonkontakt mit Bernhardt bezeugen. Er belastet Sie schwer. Ihr williges Werkzeug in einer geschickt inszenierten Vertuschungsaktion?«

Graustein stieß ein verächtliches Prusten aus.

»Ich hatte mehr Klasse von Ihnen erwartet, nach all dem Vertrauen, das ich in Sie gesetzt hatte.«

»Sie meinen nach all den klugen Vorträgen über die Seele des gemeinen Psychopathen? Dann könnte ich von Ihnen dasselbe erwarten.«

»Genau, denn offensichtlich haben Sie mir kein einziges Mal richtig zugehört. Verstehen Sie denn nicht, daß wir es hier mit einem Psychopathen in Reinkultur zu tun haben, mit dem Prototyp des vollkommen Irren, der aber ganz genau weiß, was er tut?«

Graustein beugte sich vor und sah mir tief in die Augen. Sein Blick leuchtete böse.

»Lieber junger Kollege, diese Leute arbeiten immer nach dem gleichen Prinzip. Jemand, der seinem Opfer das Ohr abschneidet und dann so präsentiert, daß es gefunden wird, leistet darstellerische Arbeit. Er will, daß man seine Arbeit sieht und bewundert. Aber das zu erkennen sind solche Stümper wie Sie ja überhaupt nicht in der Lage. Alles, was Sie kennen, ist das gesammelte Werk von C. G. Jung und Sigmund Freud, um sich damit vor unreifen Studenten den Anschein von Erfahrung und Wissen geben zu können. Aber dieses Zeug ist schon beinahe hundert Jahre alt, und da draußen hält sich keiner an die Theorien, die Sie in Ihrem Akademikerhirn gespeichert haben. Können Sie sich überhaupt vorstellen, wieviel Mut dazugehört, einen solchen Kerl herauszufordern? Als ich den fingierten Zeitungsartikel über unsere Ermittlungen herausgab, habe ich mich in den Mittelpunkt gestellt und Sie aus allem rausgehalten. Ich habe jeden Tag und jede Nacht darauf gewartet, daß er kommen würde, um mich fertig zu machen. Jetzt ist es passiert, und zwar so perfekt organisiert, daß ich bis zum Hals in der Scheiße sitze. Aber anstatt mich rauszuziehen, reiten Sie mich vor lauter Angst um Ihren Posten immer weiter rein, mit jedem Atemzug, den Sie machen. Wenn hier jemand mehr Klasse erwarten darf, dann bin ich das und nicht Sie. Ist das klar?!«

Die letzten Sätze hatte Graustein herausgebrüllt, so daß der Beamte, der ihn gebracht hatte, besorgt zur Tür hereinschaute. Ich winkte ab. Schweißtropfen liefen an Grausteins Schläfen herab. Er atmete schwer.

»Soweit ich mich erinnern kann«, erwiderte ich ungerührt, »sagten Sie mir nach meiner Prüfung, mein Urteilsvermögen sei brillant. Habe ich mich da etwa verhört?«

Graustein lachte bitter auf und schlug sich auf die Schenkel.

»Sie eingebildeter, weltfremder Schnösel. Diese merkwürdige Prüfung habe ich doch nur zu meinem eigenen Spaß inszeniert, um die Streßfestigkeit der einzelnen Bewerber zu testen. Außerdem wollte ich sehen, ob sich endlich fähiger Nachwuchs einfinden würde, der einen Fall objektiv beurteilen kann. Das alles war nur ein Spiel und keineswegs Bestandteil irgendwelcher Prüfungsordnungen. Normalerweise fragen wir in den mündlichen Prüfungen ausschließlich nach Dienstvorschriften und den Paragraphen aus dem StGB. Das sollte Ihnen eigentlich inzwischen irgendwer gesteckt haben.«

Ich sah Graustein vorwurfsvoll an.

»So ist das nun mal, das alte Spiel, Rosental. Aber ich stehe zu meinem Urteil von damals: Ihr Urteilsvermögen und Ihre kognitiven Fähigkeiten sind hervorragend. Ich appelliere jetzt an diese Fähigkeiten, wenn ich Ihnen sage, daß ich es nicht gewesen bin. Sie müssen mir glauben. Ich bin weder der Täter noch dessen Komplize. Was ich früher einmal getan habe oder in meiner Freizeit mit Strichern tue, mag in Ihren Augen verwerflich erscheinen, hat aber nichts mit dem zu tun, was dieser Serienkiller treibt.«

Er sah mich zur Bekräftigung eindringlich an. Ich winkte langsam ab, ging zum Fenster und öffnete es. Die Luft hinter den Gitterstäben schien stickig. Graustein nestelte mit den Fingern an der Tischkante herum.

»Ich erwarte nicht, daß Sie mir glauben. Ich selbst würde Ihnen wahrscheinlich auch nicht glauben. Aber bevor Sie mich für eine Sache verurteilen, die ich nicht begangen habe, bitte ich Sie um eine Chance. Eine einzige Chance, meine Unschuld zu beweisen.«

»Und wie soll diese Chance aussehen?« fragte ich, ohne den Blick vom Fenster abzuwenden.

»Überlassen Sie mir eine Kopie der Ermittlungsakte.«

»Was?«

»Ihre Kopie der Ermittlungsakte. Es gibt sicherlich inzwischen schon mehrere Kopien davon, nicht wahr?«

»Ja. In einer Stunde ist Ihr Haftprüfungstermin. Der Haftrichter ist sauer wegen der Extraschicht. Er hat sich die Akte inzwischen von Uhde bringen lassen.«

»Dann überlassen Sie mir Ihre Akte. Geben Sie mir bis heute abend Zeit, damit ich sie in Ruhe studieren kann. Dann holen Sie sich die Akte wieder ab. Wenn ich bis dahin nichts gefunden haben sollte, steht es Ihnen frei, mich zu verurteilen.«

Ich stutzte und suchte nach einem Haken. Aber Grausteins Blick erweckte den Anschein von Aufrichtigkeit. Ich testete ihn.

»Wenn Sie nicht der Täter sind, wieso warten wir dann nicht einfach, bis er wieder zuschlägt?«

Graustein lächelte bitter.

»So dumm wird er nicht sein. Im Gegenteil, die Zeit läuft uns davon. Verstehen Sie doch, ich bin nur das Ablenkungsmanöver! Seine Sicherheit ist bedroht. Er wird versuchen, die Spuren zu verwischen und zu verschwinden. Außerdem wird sich das LKA in den Fall einmischen, jetzt, wo die Fakten klar auf der Hand liegen. Sie und die SOKO haben dann keine unbeschränkte Befugnis mehr.«

Ich überlegte. In der Akte stand nichts, was mir schaden konnte. Es war bloß eine Kopie, und Graustein saß in einer Zelle. Ich reichte ihm den Hefter.

»Also schön, verstecken Sie das gut. Ich hole sie heute abend wieder ab.«

Er sagte nichts und schob die Akte unter sein Hemd. Als er fertig war, stand ich auf und bat den Beamten herein. Er brachte Graustein zurück in seine Zelle, und ich machte mich auf den Weg zurück ins Obergeschoß. Ich ging ins Büro, setzte mich mit einem Becher Cappuccino ans Fenster und sah nach draußen. Jetzt war ich mir nicht mehr so sicher, was ich dem Haftrichter sagen würde.

20

Wir rutschten auf die Sitzplätze, die der Gerichtsdiener uns im Büro des Haftrichters zuwies. Der Haftrichter, ein hagerer, uninteressanter Typ in den späten Vierzigern, Halbglatze, kleinkariert, harrte gelassen der Dinge, die Uhde und Wittig, der Staatsanwalt, Ende Fünfzig, ergraut, fett, mittelgroß, hinterhältig wirkend, ihm nahebringen würden. Der Richter saß mit säuerlicher Miene und übereinandergeschlagenen Beinen hinter seinem Schreibtisch und wartete darauf, daß Wittig ihm den Vorgang Graustein schilderte. Wittig selbst besaß nicht gerade den Ruf eines Menschenfreunds. Die Presse berichtete oft über ihn. Erst letzte Woche hatte er eine Schwarzfahrerin verurteilen lassen, die sich mit einem angebrochenen Fuß auf dem Weg zur Klinik befand. Sie trug kein Geld bei sich. Der Kontrolleur hatte sie aus der Bahn gezerrt, und Wittig verurteilte sie zu dreißig Tagessätzen. Uhde und ich versuchten, ihm nicht ins Gesicht sehen zu müssen. Er blätterte in seiner Akte und sagte: »Also, was haben wir?«

Er konnte ebenso wie der Haftrichter alles in seiner Kopie nachlesen, aber er wollte, daß Uhde es haarklein erzählte, während er es vorzog, vornehm zu schweigen.

»Wohl eine der schlimmsten Sachen, die wir jemals hatten«, antwortete Uhde und strich sich eine blonde Haarsträhne aus dem Gesicht. Sie sah müde aus. Der Haftrichter nickte ihr aufmunternd zu. Uhde fuhr fort:

»Also, es besteht folgender Tatverdacht: Sexuelle Nötigung und Mißbrauch von Minderjährigen, vorsätzliche Tötung, Aneignung und Besitz kinderpornographischer Druckerzeugnisse, Bestechung, Verleumdung, Beleidigung, Mißbrauch öffentlicher Titel, Verletzung der Dienstvorschriften, Sachbeschädigung, Verstoß gegen das Datenschutzgesetz, mehrere Verkehrsdelikte.«

Grausteins Anwalt, ein milchgesichtiger Pflichtverteidiger, blätterte aufgekratzt in seiner Akte. Dem Anschein nach gehörte er zur dritten Garnitur und war wohl mehr der Mann für Kleingartenfehden und Radkappendiebstahl. Graustein hatte demonstrativ nicht auf einem eigenen Anwalt bestanden, obwohl er sich ohne weiteres die bekanntesten Advokaten der Stadt leisten konnte.

»Klingt vielversprechend«, meinte der Haftrichter trocken und las in seiner Akte. »Lassen Sie mich mal die Beweisliste sehen.«

Wittig warf Uhde einen auffordernden Blick zu.

»Wie Sie sehen können, gibt es eindeutige Beweise«, sagte sie.

»Die Spurensicherung fand Leichenteile der vermißten Jugendlichen in Grausteins Tiefkühlfach. Die Pathologie hat das Gutachten über den Vergleich des genetischen Fingerabdrucks bei den vorgefundenen Ohren sowie bei den vorgefundenen Leichenteilen – hauptsächlich innere Organe – heute morgen fertiggestellt. Es besteht hundertprozentige Deckung. An einigen Organen haben wir Beißmarken gefunden. Es besteht der Verdacht, daß der Täter Neigung zu pädophiler Nekrophilie und Kannibalismus besitzt.«

Uhde machte eine kurze Pause. Sie schluckte.

»Blutspuren eines der Opfer wurden vor und in der Badewanne des Tatverdächtigen sichergestellt. Im Wohnzimmer fanden wir Blutspuren des uns bis dahin unbekannten vietnamesischen Jungen, der sich bei der Festnahme des Tatverdächtigen in seinem Wagen befand, sowie einen Hammer aus Hartgummi, der als Tatwaffe identifiziert wurde. An dem Hammer konnten jedoch keine Fingerabdrücke gefunden werden. Desweiteren wurden über die vermißten Kinder zahlreiche Fotos und Dokumente sichergestellt, die nicht Bestandteil der Ermittlungen waren. Wir fanden einige Zeitschriften, Bücher und Videos mit kinderpornographischem Inhalt. Verwertbare Zeugenaussagen gibt es nicht, da das Haus des Verdächtigen nach achtzehn Uhr nur noch von ihm selbst bewohnt wird. Der sogenannte Zeuge Bernhardt wohnt nicht im Haus und gilt inzwischen als Grausteins Komplize.«

Wittig nickte und sah kurz aus dem Fenster. Der Haftrichter machte ein pikiertes Gesicht und notierte alles.

»Was sagt die Psychologie?« fragte er und sah mich kurz an. Ich räusperte mich und begann zu dozieren:

»Die von Kommissar Uhde vorgebrachten Verdächtigungen decken sich mit meinem psychologischen Profil. Mangelnde Zurechnungsfähigkeit Grausteins läßt sich derzeit nicht vollständig ausschließen, jedoch durch das gezielte Vorgehen des Verdächtigen in Zusammenhang mit diesem Fall widerlegen. Wenige Tage, bevor wir das dritte Ohr fanden, erhielt die Journalistin Berger einen Anruf des mutmaßlichen Komplizen des Verdächtigen. Diese Berger arbeitet für die gleiche Zeitung, in der der Täter seine Anzeige erscheinen ließ, die uns zum Fundort führte, und zwar einen Tag, nachdem dieselbe Journalistin in einem Artikel behauptete, Graustein selbst sei pädophil. Die Kontaktanzeige, die sie und später auch uns zum Fundort führte, wurde übrigens anonym per Fax auf einem Postamt aufgegeben.«

»Grausteins ehemaliger Psychiater Prof. Dr. Naumann hat wegen dieses Zeitungsartikels gestern zu uns Kontakt aufgenommen«, fuhr Uhde fort.

»Ich erhielt seinen Anruf heute nacht am Fundort, kurz nachdem Graustein sich von dort fluchtartig entfernt hatte. Prof. Naumann bestätigte die Annahme, daß Graustein pädophile Neigungen besitzt. Obermeister Bartel konnte in einer Vernehmung von einem Zuhälter erfahren, daß der Verdächtige wiederholt minderjährige Strichjungen freite, darunter auch den unlängst verschwundenen Marco Richter. Der Verdächtige ist außerdem wegen eines gleichgearteten Deliktes vorbestraft und mußte sich deshalb und wegen seines chronischen Alkoholabusus im Jahre 1978 einer einjährigen psychiatrischen Überwachung unterziehen, ein halbes Jahr davon im Sanatorium von Prof. Naumann. Die Vorstrafe wurde gezielt totgeschwiegen und auf eigene Weisung Grausteins unter Duldung seiner Vorgesetzten später aus sämtlichen Akten entfernt. Die entsprechenden Disziplinarverfahren sind bereits eingeleitet.«

Grausteins Verteidiger stand der Mund offen. Wittig musterte ihn abfällig. In seinen Mundwinkeln sah ich ein gehässiges Grinsen. Uhde nestelte an ihrer Akte herum. Sie räusperte sich.

»Ich muß hinzufügen, daß noch nicht alle Tests abgeschlossen sind«, sagte sie.

»Die Analyse der Spermaspuren sowie des Speichels in den Beißmarken an den vorgefundenen Organen wird sich noch bis in die Abendstunden hinziehen. Solange dieser genetische Fingerabdruck noch nicht mit dem Grausteins verglichen worden ist, kann der Verdacht der sexuellen Nötigung, der vorsätzlichen Tötung sowie des sexuellen Mißbrauchs nicht zweifelsfrei bewiesen werden.«

»Die Fakten sowie das psychiatrische Zweitgutachten von Prof. Dr. Naumann schließen einen solchen Verdacht aber nicht aus«, ergänzte ich. »Der Professor leitet ein neurologisches Sanatorium im Westharz. Er wird spätestens morgen bei uns eintreffen. Er ist der Meinung, Graustein habe möglicherweise aus verminderter Schuldfähigkeit heraus einen Rückfall erlitten und sich so des Tatbestands der fahrlässigen Tötung schuldig gemacht. Naumann sagt außerdem, daß, wenn Grausteins Schuld sich erweisen sollte, er eine Einweisung auf Lebenszeit in eine entsprechende Anstalt für ratsam hielte.«

Alle Augen richteten sich jetzt auf Grausteins Verteidiger. Er wirkte ziemlich verschüchtert und völlig überfahren von der Beweislage.

»Nun ja«, sagte er und wiegte bedächtig seinen Kopf.

»Mein Mandant hat es vorhin abgelehnt, mit mir zu sprechen. Ich habe daher keinerlei Gegenbeweise oder Entlastungszeugen.«

Wittig nickte befriedigt, und der Haftrichter sagte ungerührt:

»Dann gibt es wohl nicht viel, was man hier noch sagen müßte. Aufgrund der vorliegenden Beweise und Fakten erlasse ich weiterhin Haftbefehl gegen den Tatverdächtigen Wolfgang Graustein. Es besteht akute Flucht- und Verdunklungsgefahr. Herr Verteidiger?«

Der hob abwehrend die Hände. »Mein Mandant und ich haben nichts für einen Einwand vorzuweisen. Um Kautionsverhandlungen hat mein Mandant mich nicht ersucht.«

»Herr Staatsanwalt?«

»Das entspricht voll und ganz unseren Vorstellungen«, entgegnete Wittig und schloß Uhde und mich mit einer lässigen Handbewegung ein. Der Haftrichter erhob sich und sagte, schon halb im Hinausgehen: »Damit ist die Verhandlung geschlossen.«

»Auf Wiedersehen, meine Herren und meine Dame«, sagte Wittig und verließ ohne ein weiteres Wort den Raum. Uhde zeigte ihm hinter ihrem Rücken den Mittelfinger. Der Pflichtverteidiger grinste, als er es sah. Uhde war schon in Ordnung.

Gegen zweiundzwanzig Uhr betrat ich den U-Trakt des Präsidiums und bestach den Wachhabenden mit einer Flasche Scotch, so wie ich es von Graustein gelernt hatte. Allmählich glaubte ich, der Wachhabende sei der glücklichste von uns allen, weil er sich still und heimlich besaufen konnte, ganz egal, welches Monster er gerade in seinen Zellen verwahrte.

»Die Sache geht langsam ins Geld«, sagte ich zu Graustein, als der Wärter die Zellentür hinter uns geschlossen hatte. Graustein grinste.

»Ich schenke Ihnen eine ganze Kiste von dem Zeug, wenn ich wieder draußen bin.«

Er hockte vornübergebeugt auf seiner Liege. Vor ihm auf dem kleinen Klapptisch lag ein angebissener Apfel. Das Fruchtfleisch hatte sich bereits dunkel verfärbt. Graustein nestelte nervös an der Tischkante herum und sah mich lauernd an.

»Gibt es Neuigkeiten?«

»Einige. Sie haben jetzt die DNS-Analyse von der Beißmarke. Diese und Ihre DNS sind nicht identisch.«

Er hob triumphierend die Arme zur Decke.

»Na also, damit ist doch wohl eindeutig bewiesen, daß ich es nicht gewesen sein kann. Was sitzen Sie hier noch rum?! Der Haftrichter muß den Fall erneut prüfen.«

Ich wich Grausteins Blick aus.

»Bis jetzt ist, was Sie betrifft, noch gar nichts Gegenteiliges bewiesen. Das vorliegende Ergebnis bestätigt lediglich den Verdacht, daß ein weiterer Täter beteiligt ist.«

Graustein ließ seine Arme herabsinken.

»Ja, natürlich. Wir sprechen hier schließlich von Kriminalbeamten. Von Sesselfurzern und Bürokraten. Wie konnte ich das vergessen.«

Er überlegte. »Und was ist mit diesem anonymen Anrufer, diesem Bernhardt?«

»Genau dieser Mann steht im dringenden Verdacht, Ihr Komplize zu sein. Die Kripo geht davon aus, daß Sie sich mit ihm zerstritten haben, als Ihnen der Boden unter den Füßen zu heiß wurde. Ein typischer Rachefeldzug zwischen zwei Gangstern, der eine dominant, der andere das Werkzeug.«

»Na großartig. Und Sie glauben auch daran?«

Graustein sah mich mit einer Mischung aus Spott, Angst und Verachtung an.

»Na kommen Sie, Rosental, sagen Sie's schon, lassen Sie es raus: Sie halten mich auch für den Täter, nicht wahr? Na los, geben Sie's mir endlich!« Er lächelte böse.

»Ich halte Sie nicht für den *alleinigen* Täter«, erwiderte ich entschlossen.

»Ich glaube sogar, daß Sie anfangs überhaupt nichts mit dem Fall zu tun hatten. Aber ich glaube, daß Sie den vietnamesischen Jungen auf dem Gewissen haben, weil Sie wieder schwach geworden sind. Wie die Leichenteile in Ihren Gefrierschrank gelangten, wissen Sie sicher besser als ich.«

Graustein schüttelte fassungslos den Kopf.

»Hören Sie, Rosental, dieser Mann ist unheimlich clever. Als mich die Meldung erreichte, ein drittes Ohr sei gefunden worden, habe ich den Jungen in meiner Wohnung eingeschlossen. Er hat ferngesehen. Als ich zurückkam, war der Junge weg. Da waren Bluttropfen auf der Treppe, und jemand hat den Lift mit einem Mülleimer blockiert. Kurz vorher hatte ich den Jungen vom Auto aus angerufen und ihn zum Bahnhof geschickt. Ich habe ein paar Sachen zusammengeräumt und bin wieder runter zum Auto, weil ich mitten auf der Straße ...«

Graustein brach mitten im Satz ab und sah entgeistert zur Seite.

»Nein, nein, nein, nein!« rief er und schlug sich mit der Hand gegen die Stirn.

»Da war so ein Kerl im Schlosseranzug, jung, mittelgroß, kräftig, unscheinbar, pickelig, der stand hinter mir in der Ausfahrt mit einem Kleinbus und hat sich aufgeregt. Ich hatte die Ausfahrt blockiert. Der Wagen war grün oder blau und hatte auf der Seite einen Aufkleber, einen großen Schlüssel. Als ich die Wohnungstür aufschloß, war sie nur zugefallen aber nicht mehr verschlossen. Ich hatte aber beim Weggehen doppelt abgeschlossen. Mein Gott, der Kerl paßt genau ins Profil! Ich hatte diesen Hurensohn bereits vor der Flinte und bin einfach davongefahren. Das kann doch wohl nicht wahr sein!«

Grausteins Hände zitterten. Ich erinnerte mich an den pickeligen Typ aus der Sauna, und ein schrecklicher Verdacht stieg in mir auf. Aber wenn der Kerl in der Szene cruiste, dann konnte er Graustein ebenso wie mir einfach nur aufgefallen sein. Oder es war alles bloß Zufall. Insgeheim wartete ich auf den Moment, in dem Graustein in Tränen ausbrechen würde. Ich hakte nach:

»Aber wenn Sie sagen, daß der Junge zum Bahnhof gehen sollte, dann war er es, der die Wohnungstür offengelassen hat.

Man könnte auch annehmen, daß Sie sich mit Ihrem Komplizen in der Wohnung treffen wollten, um den Jungen zu töten. Dabei ist er Ihnen entwischt.«

»Oh ja, natürlich. Glauben Sie denn wirklich, ich wäre so blöd, dem Jungen in meiner Wohnung eins mit dem Hammer zu verpassen und dann das Tatwerkzeug am Tatort zurückzulassen, nachdem ich die Fingerabdrücke sorgfältig abgewischt habe? Obwohl ich weiß, daß der Junge mir entwischt ist?«

»Und wie konnte der Junge sonst aus der Wohnung gelangen?«

»Das ist es doch gerade«, sagte Graustein verzweifelt. »Ich hatte alle Schlüssel an mich genommen. Das Schloß läßt sich von innen nicht öffnen. Der Junge konnte die Wohnung gar nicht verlassen, es sei denn, er wäre aus dem Fenster gesprungen. Dieser Mistkerl hat einfach das Schloß geöffnet, ist in meine Wohnung reinmarschiert, um mir die Sache anzuhängen. Aber der Junge ist ihm entkommen. Wenn er doch noch leben würde! Dann könnte er sagen, wie es wirklich war.«

»Er ist aber tot. Ich glaube, es ist besser, wenn ich jetzt gehe. Ich habe nicht den Eindruck, daß uns das hier irgendwie weiterbringt. Ich verschwende nur meinen wohlverdienten Feierabend.«

»Ja, gehen Sie nur, Sie Ignorant«, brüllte Graustein, als ich mich erhob und nach dem Wachhabenden klingelte. Der ließ sich Zeit.

Dann kam der Wärter angeschlurft und schloß die Tür auf. Ich sah mich nach Graustein um. Er beruhigte sich allmählich und zog die Ermittlungsakte unter seiner Matratze hervor.

»Vergessen Sie die nicht.«

Er warf sie auf den Tisch. Ich nahm die Kopie und verließ ohne ein weiteres Wort die Zelle. Die Tür fiel zu, der Wärter schloß ab und verwickelte mich auf dem Weg zum Ausgang in ein belangloses Gespräch über Weihnachtsgeld, Supermarktpreise, Gehaltserhöhungen und das aktuelle Fernsehprogramm. Als ich bemerkte, wie dankbar ich mich darauf einließ, fühlte ich plötzlich in mir den Wunsch, alles hinzuschmeißen und gemeinsam mit Jürgen das nächste Flugzeug auf eine einsame Insel fern jeder Zivilisation zu nehmen. Am besten für den Rest meines Lebens.

21

Der Kerl aus der Sauna ging mir nicht aus dem Kopf. Graustein hatte ihn genau beschrieben, und ich sah ihn noch vor mir, wie er Michael Lahfeldt umwarb und danach mürrisch mit seinem blauen Barkas das Weite suchte. Ein Schlosser also. Das deckte sich mit meinen Beobachtungen.

Ich fuhr in den dritten Stock. Wir hatten uns eigentlich erst für Montag verabredet, aber Bartel hockte noch in seinem Büro am Ende des Gangs und sah Aktenstapel durch. Zigarettenqualm stand im Neonlicht, und der bierbäuchige, kleine Mittvierziger in Hosenträgerjeans schien von seinen Überstunden nicht gerade begeistert.

»Da isser ja, der Onkel Doktor«, nuschelte er und feixte. Sein Gesicht glänzte speckig. Er sah ein bißchen aus wie Saddam Hussein, fand ich. »Was macht denn die schwule Sau?«

»Wie bitte?«

»Na, der Kinderficker.«

»Was?«

Ich fühlte, wie in mir Wut, aber auch leichte Angst hochkochte und ballte meine Fäuste. Bartel sah mich kurz an und drehte sich dann um.

»Na gucke doch, der Doktor ist nicht nur ein Wessifreund, er ist auch noch ein Schwulenfreund. Hat Graustein es Ihnen inzwischen denn auch schon besorgt?«

Jetzt war ich richtig wütend. »Sagen Sie mal, was soll denn das? Wieso beleidigen Sie mich? Ich dachte, wir arbeiten zusammen.«

»Macht nichts, Genosse, das is' eben hier so, bei der Sitte.

Arschbacken zusammenbeißen und Zähne zusammendrücken, wie ich immer sage.«

Er lachte schallend. Ich provozierte ihn: »Sie sind immer noch Genosse? Haben Sie vielleicht deshalb was gegen Schwule, so als neues Feindbild?«

Er kam auf mich zu und blaffte mich an:

»Es ist ganz gleich, ob ich Genosse bin oder nicht. Aber ich bin ein anständiger Mensch, ich habe eine Frau, ein Kind und eine ordentliche Wohnung. Ich habe noch bei der Armee gedient und unsere Söhne vor Leuten wie diesem Graustein geschützt, da haben Sie noch in die Windeln gemacht. Ich ficke nicht irgendwelche Kinder in den Arsch oder lasse mich von Schuljungs in einem Gebüsch befummeln. Die Schwulen machen unsere Familien kaputt, sie verbreiten Krankheiten. Außerdem ist es gegen die Natur.«

»Wie meinen Sie das?«

Er grinste triumphierend.

»Aber das ist doch ganz einfach, mein Freund. Wenn'n Mann 'ne Frau fickt, dann hat sie extra dafür 'n Loch zwischen den Beinen. So was is' sauber und völlig natürlich, weil da ja später ein Kind rauskommt. Aber wenn ein Kerl einen anderen fickt, dann kommt da später bloß Scheiße raus, und deshalb ist das nicht natürlich.«

Da konnte ich beleidigt einen draufsetzen:

»Ach. Dann ist es Ihnen also unbekannt, daß mehr als fünfzig Prozent der deutschen Frauen schon einmal Analverkehr hatten und daß sich mehr als zwanzig Prozent vom Rest Analverkehr wünschen? Rein statistisch gesehen. Fragen Sie doch mal Ihre Frau!«

»Du blödes...!«

Er wollte schon auf mich losgehen, überlegte es sich dann doch anders und schüttelte bloß mit seinen nicht unbeachtlichen Fäusten. Offenbar hatte ich ihn getroffen. Bartel war ein typischer nutzloser Wichser in der Midlife-Crisis, gebeutelt von Minderwertigkeitskomplexen und Zukunftsängsten. In seiner Ehe lief garantiert nicht mehr viel, sein Leben bestand vorwiegend aus dem Dreck, in dem er tagsüber rumwühlte, und aus Saufeskapaden. Abends holte er sich verschämt unter der Bettdecke einen runter, vorausgesetzt, er bekam überhaupt einen hoch. Was gäbe er dafür, seine Frau rundum befriedigen zu können, und sei es anal. Wie die meisten Männer hatte er während seiner Pubertät mit anderen Jungs gewichst, und dafür schämte er sich. Sicher hatte er einen minderjährigen Sohn. Vielleicht ein schönes Kind, ein wildes Kind. Es war vielleicht dem Jungen ähnlich, von dem Bartel sich als Zwölfjähriger unter der Turnhallendusche hatte streicheln lassen. Als es begann, lustvoller Sex zu werden, brach er alles ab und suchte sich eine Freundin. Er würde immer der erste sein, der einer gewöhnlichen Frau in einer peinlichen Situation ungelenke Komplimente machte. Er würde alles tun, um als vollwertiger Mann zu gelten, als Weiberheld, als der Kerl mit dem Wahnsinnsriemen, dem die Frauen zu Füßen liegen. Er würde es sich nie gestatten, einen Mann schön zu finden. Selbst wenn er so fühlte.

»Sie haben einen minderjährigen Sohn, nicht wahr?«

Bartel sah mich haßerfüllt, aber auch ein bißchen verblüfft an.

»Woher wissen Sie das?! Ich sag's Ihnen, wenn auch nur eine dieser Tucken ihm zu nahe kommt, dann schneid ich ihr den Schwanz ab und stopf ihn ihr in den Arsch. Das wird garantiert der geilste Fick, den der Kerl je erleben wird.«

Er lachte wieder, doch diesmal klang es ein wenig hysterisch.

Ich überlegte, ob ich den Typ einfach links liegenlassen sollte, aber er ließ mir keine Zeit zum Nachdenken.

»Jetzt kapier' ich. Bist du am Ende etwa auch so 'ne Tunte? So ein Arschficker? Doktor von der Universität, wenn ich das schon höre. Man sagt, nur die Weiber an der Uni sind keine Tucken, aber das auch bloß, weil sie früher mal 'n Mann waren. Und jetzt hau ab.«

Er lachte wieder sein schallendes Lachen, und ich entschloß mich aus lauter Wut, ihm einen Denkzettel zu verpassen.

»Lieber Genosse Bartel«, sagte ich scheißfreundlich, »bei Ihrer manischen Phobie homosexualis muß ich wohl eine sofortige Konfrontationstherapie empfehlen. Andernfalls müßte ich Ihnen gegenüber Kommissar Uhde mangelnde Eignungsfähigkeit für Ihr weiteres berufliches Schaffen bescheinigen und würde Sie in meinem Gutachten als paranoiden Choleriker mit akuter, rassistisch extensierter Suizidgefahr charakterisieren. Außerdem würde ich feststellen, Sie wären ein Homosexueller, der seine unterdrückten Neigungen hinter einem betont aggressiven, heterosexuellen Verhalten versteckt. Ein schwuler Paranoiker, sozusagen.«

»Gar nicht wahr«, entgegnete er, schon ängstlicher, obwohl er ganz sicher nicht mehr als die Hälfte von dem Blödsinn verstanden hatte, den ich ihm erzählte.

»Dann begleiten Sie mich doch einfach auf eine Befragung in der Schwulenszene. Das wird Ihnen doch nichts ausmachen, als echter Kerl. Graustein hat ein paar interessante Andeutungen gemacht, die ich gern überprüfen würde. Und übrigens, solange noch nichts bewiesen ist, wäre ich mit derartigen Verdächtigungen vorsichtig.«

Bartel fügte sich murrend und kutschierte uns in die Innenstadt. Bis Mitternacht hatten wir bereits das »Black Horse«, das »Markt Neun«, den Park hinter der Moritzbastei, das »Stargayte« und die »Phönix«-Sauna hinter uns, tauchten ein in schrilles Diskofieber, in Palaver im warmen Zigarettendunst, in die schwüle Atmosphäre schummriger Ecken, aber keiner der Gäste konnte sich an den pickeligen Typ mit dem blauen Barkas erinnern. Dafür um so mehr an Marco Richter und manchmal auch an Graustein. In der »Kutsche« machten sie gerade Youngster-Disko, und die Jungs wirbelten vor uns mit ihren blauen, roten und weißen Tüchern umher, meistens auf der linken Seite ihrer knackig gefüllten Jeans. Bartel fühlte sich sichtlich unwohl, er maß seine Umgebung mit haßerfüllten Blicken und murmelte unverständliches Zeug in sein Doppelkinn. Ich hielt ihn auch in der Sauna bei Fuß, wo er nackt und nur mit einem Badehandtuch versehen mit den Jungs sprechen mußte und dabei ob der vielen fordernden Blicke und leichten Berührungen ganz taumelig wurde. Ich selbst hatte an den Wandspinden einen flüchtigen Blick auf die unteren Regionen seines Körpers geworfen, und wenn Bartel auch kräftig behaart und ein wenig fett daherkam, konnte sein Schwanz sich durchaus sehen lassen. Mit der Zeit trank er die Biere, die die Jungs an der Bar ihm anboten, und schließlich merkte er, daß er der Star des Abends wäre, ließe er sein Handtuch fallen. Abgesehen von ein paar verunsicherten Strichern, die Bartel zu kennen schienen, verhielten sich die Jungs kooperativ und freundlich, obwohl außer einigen Äußerungen wie »Kann schon sein, daß der mal hier war« nichts Brauchbares raussprang, um die Identität von Grausteins Komplizen zu klären. Gegen zwei zog ich Bartel aus dem »Phönix«. Er hatte einen Kollegen aus Passau getroffen und unterhielt sich mit ihm über Handschellen und Polizeimützen. Der Typ trug um den Hals ein riesengroßes grünes Tuch mit der Aufschrift »Halt, Polizei«.

»Sind eigentlich ganz nett, diese Männer«, sagte Bartel, als wir uns mit dem unmarkierten Passat auf den Weg zurück zum Präsidium machten. Ich hockte auf dem Beifahrersitz und grinste. Bartel hatte sich ordentlich einen angesoffen, und mittlerweile würde er eine Alkoholkontrolle nur ohne Führerschein verlassen. Er fuhr aber noch anständig, wie alle Gewohnheitstrinker.

»Ja«, erwiderte ich, »das sind auch bloß Männer wie alle anderen. Einige von ihnen sind anders, tragen gern Frauenkleider, und manche sind auch Mörder. Es gibt übrigens auch verheiratete Männer, die gern Frauenkleider tragen, und es sind auch Verheiratete unter den Sexualmördern. Sie würden sich wundern, mit wie vielen Schwulen Sie täglich verkehren, ohne es zu merken; im Präsidium, beim Einkaufen, vielleicht sogar in Ihrem Haus. Und keiner von denen ist ein Verbrecher. Jedesmal denken Sie vielleicht das übliche, was für'n feiner Kerl oder was für'n langweiliger Idiot. Nur weil er, wie Sie es ausdrücken würden, keine Frauen fickt, ist er noch lange kein anderer Mensch. Stellen Sie sich einfach mal vor, es käme das Gerücht auf, daß Erich Honecker ein Schwuler war, der zu Hause in seiner Villa pinkfarbene Frauenkleider trug und sich die Lippen schminkte.«

Bartel sah mich erschrocken an. »Das würde ich nicht glauben.«

»Genau. Sie wären schockiert, weil Sie ja jetzt ein Vorurteil gegen diesen einfältigen Mann haben müßten, das Sie vorher sicherlich nicht hatten. Die sexuelle Ausrichtung und die äußere Erscheinung eines Menschen sagt aber nichts Wesentliches über seinen Charakter, es sei denn, jemand trägt billige Kleider in Pink. Dann ist er vielleicht geschmacklos. Aber das sagt noch gar nichts über seine sonstigen Fähigkeiten, und gefährliche und merkwürdige Verhaltensweisen resultieren immer direkt aus der jeweiligen Persönlichkeit und deren Umfeld. Sie stellen sich ja auch nicht hin und sagen ›Guten Tag, meine Frau und ich, wir sind heterosexuell.‹ Wenn Graustein nicht schwul wäre, würde er vielleicht blutjunge Mädchen für Sex bezahlen, aber deshalb wäre er noch lange kein anderer Mensch, kein besserer und auch kein schlechterer.«

Bartel hörte mir aufmerksam zu. Er sah zerrissen aus. Ich spürte, daß er an diesem Brocken zu kauen hatte.

»Es ist doch wirklich nichts weiter dabei. Betrachten Sie es einfach nur als abgewandelte Form dessen, was Sie mit einer Frau tun würden, um Lust zu empfinden, vorausgesetzt, Sie wissen, wovon ich spreche. Das Leben wird gleich viel einfacher, wenn man sich von diesen strengen Schubkästen löst. Wenn ein Mensch Gefühle zeigen möchte, dann sollte er das tun können, und wenn er einen anderen findet, der ihn deshalb mag, dann sollten sie ihre Gefühle zusammen ausleben. Solange sie damit niemandem schaden, ist es doch in Ordnung.«

»Und wenn es mich nun trotzdem stört? Unter sittlichem Aspekt?«

Ich holte tief Luft.

»Also, dann müßte Sie erstmal stören, daß in diesem Land alle fünf Minuten eine Vergewaltigung in der Ehe stattfindet, daß Millionen katholischer Männer ihre Ehefrauen beständig mit Kolleginnen, Prostituierten oder Tagesliebschaften betrügen und daß im letzten Jahr allein in dieser Stadt mehr als zweihundert Fälle von Kindesmißbrauch in sogenannten intakten Familien registriert wurden. Und die Dunkelziffer liegt weit höher; das sollten Sie als Experte von der Sitte eigentlich wissen.«

Wir hielten gerade an der Ampel vor dem Präsidium. Ich sah ihn eindringlich an. Er stammelte:

»Nun ja, eigentlich komme ich immer bloß hin, wenn was passiert ist, und nehme es auf. Die Kollegen suchen dann nach den Verdächtigen, und ich organisiere die Arbeit. Und so lange bin ich auch noch nicht dabei.«

Er parkte den Wagen in der Tiefgarage. Ich stieg aus.

»Also wenn Sie meine Hilfe brauchen sollten – jederzeit. Bis Montag dann.«

Bartel stieg aus, wartete, bis ich die Tür zugeworfen hatte, schloß ab und ging mit einem müden Handwinken davon. Ich konnte mir das Grinsen nicht verkneifen.

Am Sonntag fuhr ich wieder mit Jürgen in die Heide. Es war inzwischen Mai, und der Frühling ließ die Bäume endlich in voller Pracht dem Wind Paroli bieten. Die saftigen Wiesen blühten, Falter schwirrten, Bienen summten. Wir hockten auf einer Decke mitten auf einer Lichtung und aßen den selbstgemachten Salat. Auch der Wein, den Jürgen ausgesucht hatte, war nicht von schlechten Eltern. Er lag mit nach hinten aufgestützten Ellenbogen neben mir, sein stämmiger Körper eine aufregende Linie im Sonnenlicht, sein verlebtes Gesicht mit den sanften Augen im Wind wild und schön zugleich. Ich wußte, wir waren jetzt endgültig erwachsen, und ich würde von Jürgen selbst in meinen leichtfertigsten Gedanken nicht mehr nur von einem Freund sprechen, sondern von einem Geliebten, einem Partner, den ich brauchte und der mir Halt gab.

Und trotzdem ging es mir nicht aus dem Kopf: Bartel, Graustein, Uhde. Terrine. Und die Scheidung von Lisa.

»Wie geht es eigentlich diesem Hausmeister?« wollte Jürgen wissen.

»Terrine? Weiß nicht. Das letzte Mal hab' ich ihn im Krankenhaus gesehen, und er hat mich beleidigt. Jetzt liegt er zu Hause rum und frißt Hanfplätzchen. Die Aidshilfe kümmert sich um ihn, und ich hab ehrlich gesagt im Moment nicht den Nerv dazu. Den Brief vom Scheidungsanwalt hättest du trotzdem nicht verstecken müssen.«

Jürgen lächelte. »Ich wollte nicht, daß du dich noch zusätzlich aufregst. Das mit diesem Graustein scheint dich eh schon mächtig zu stressen.«

Er setzte sich auf.

»Hältst du ihn denn für schuldig? Er scheint ja jede Menge Ärger am Haken zu haben.«

»Ich weiß nicht.« Ich hielt mein Gesicht in die Sonne, damit sie mich wärmen konnte.

»Du weißt ja, gestern nacht bin ich mit diesem Bartel von der Sitte unterwegs gewesen, einem armen Langweiler, der gern den Macho spielt, und der hält Graustein natürlich für schuldig. Aber schon allein deshalb scheint es mir merkwürdig.«

»Wieso?«

»Na ja, Graustein hat da was von einem Typ mit einem blauen Lieferwagen erzählt, auf den das Täterprofil passen könnte, und ich selbst habe den auch schon mal in der »Phönix«-Sauna gesehen. Bei einer Befragung.«

»Warum findest du dann nicht einfach heraus, wer der Kerl ist? Dieses ständige Rätselraten macht doch keinen Sinn.«

Ich kratzte mich nachdenklich am Kinn, genauso, wie Graustein es immer machte.

»Ja, wenn das so einfach wäre ... Sieh mal!«

Ein Rehkitz stand plötzlich auf der Lichtung. Es ließ nervös seine Ohren spielen, erstarrte, beugte sich nieder und begann dann zu äsen. Jürgen beugte sich vorsichtig zu mir herüber.

»Du mußt mich jetzt küssen«, flüsterte er.

»Wieso?«

»Das bringt Glück. Oder hast du Angst, daß die Wildschweine uns zusehen?«

»Nein, aber ...«

Sein warmer Mund nahm mir die Worte.

22

Das Expertenteam vom LKA hatte sich verspätet und traf erst Donnerstag morgen im Präsidium ein, weil der Gerätewagen nicht eher eingesetzt werden konnte. Sie belegten sofort den Konferenzraum und hantierten vorzugsweise mit Funktelefonen, mobilen Faxgeräten, Laptops und schwarzen Overhead-Projektoren. Sie brachten auch gleich die passenden Computergrafiken einschließlich des Phantombilds mit, das sie in der Dienstberatung am Nachmittag präsentierten. Es erwies sich als so durchschnittlich und wertlos wie jedes andere Phantombild auch und zeigte ein schmales, unmarkantes Gesicht mit Schnauzbart und leicht abstehenden Ohren, Alter fünfundzwanzig bis dreißig Jahre, Größe circa einsachtzig, wahrscheinlich ein Täter mit sportlicher Figur. Sie hatten es, wo auch immer, anhand einer glaubwürdig scheinenden Zeugenaussage zusammengeschustert. Schließlich gab es eine Belohnung in Höhe von fünfzehntausend für jeden sachdienlichen Hinweis, der zur Verhaftung des Gesuchten führte. Alle Polizeidienststellen im Lande hatten schon ein Fax erhalten, und der BGS sollte ein paar Leute für neue Suchaktionen schicken. Ich vermutete, daß mindestens fünfzigtausend Männer im ganzen Land auf dieses Phantombild hin verhaftet werden konnten. Selbst der Pförtner unten in der Zentrale schien ihm ähnlich zu sehen. Aber ich zog es vor zu schweigen. Sollten die ihr Phantom ruhig suchen. Mich ging das alles nichts mehr an. Naumann war am Sonntag nachmittag mit dem Flugzeug eingetroffen, und es bestand kein Zweifel daran, daß er ihnen jetzt wichtiger erschien als ich, zumal ich mit dem Makel der Befangenheit behaftet war. Tatsächlich erhielt ich einen Zettel, auf dem man mir kurz und knapp mitteilte, daß meine Arbeit in diesem Fall vorerst nicht vonnöten sei. Man würde sich aber gegebenenfalls freuen, spätestens vor Gericht wieder auf meine Arbeit zurückgreifen zu können, undsoweiter.

Das machte mir überhaupt nichts aus, und während ich nach der Besprechung im Zetkin-Park ein paar Runden drehte, formulierte ich in Gedanken mein Entlassungsgesuch. Vielleicht konnte ich mir irgendwo an der Universität eine Halbtagsstelle besorgen. Man konnte auch in einer anderen Stadt einen Lehrstuhl für angewandte Psychologie ins Leben rufen, Bücher schreiben und Gastvorträge in aller Welt halten. Es gab so viele Möglichkeiten. Warum mußte ich gerade in diesem Tollhaus arbeiten? Aber das war schließlich mein eigener Entschluß gewesen. Die Leute von der SOKO würden mich jedenfalls mit Handkuß verabschieden.

Nach dem Spaziergang holte ich mir einen Cappuccino und setzte mich an meinen Schreibtisch. Ich begann, auf der alten Elektrischen mein Entlassungsgesuch zu tippen. Dabei benutzte ich mein berühmtes Vierfinger-Zufalls-System und vertippte mich deshalb ziemlich oft. Das Korrekturband riß. Ich nahm es aus der Maschine und suchte im Schreibtisch nach einem neuen. Aber alles lag nur voller bunter Formulare. Allein der Vorgang Stefan Brandt füllte im Stahlschrank drei Aktenordner, das meiste davon bürokratischer Kleinkram über verwaltungstechnische Vorgänge und Feststellungen ohne jeden verwertbaren Inhalt. Aber die Datenerfassung war auf die Sekunde genau nachvollziehbar. Uhde pflegte für alle Fälle immer einen ganzen Packen Formulare mit sich herumzuschleppen, damit sie den Papierkram noch direkt am Tatort abhaken konnte.

Ich wühlte ein bißchen in den Schubladen herum und fand zwar kein Korrekturband, dafür aber die beiden Filme mit Grausteins Fotos von der Sportplatzaktion. Ich hatte meine schon entwickeln lassen und nach Hause gebracht. Graustein hatte mir seine Filme gegeben, damit ich sie entwickeln ließ. Wie gut, denn seine Sachen waren bereits durchsucht worden. Wenn es für mich eng werden sollte, dann konnte ich diese Fotos Graustein Akte hinzufügen, denn der vietnamesische Junge war auf den Bildern sicher oft zu sehen. Den blauen Corsa hatte ich am frühen Morgen vom Präsidium abgeholt, bei Sixt abgestellt und die Schlüssel in den Nachtbriefkasten geworfen. Jetzt ließ sich ohne gezielte Nachforschungen nichts mehr beweisen. Ich nahm die Filme, zog das begonnene Schreiben aus der Maschine, knüllte es in meine Jackentasche und verließ das Büro. Die Maschine ließ ich einfach stehen.

In der neuen Einsatzleitung wurde laut gesprochen, Telefone klingelten, es roch nach Zigarettenqualm und Kaffee. Eigentlich waren es noch zwei Stunden bis zum Feierabend, aber nach den Überstunden, die ich in den letzten Tagen geleistet hatte, mußten sie mir mindestens zwei Tage freigeben.

Ich nahm die Straßenbahn zum Paunsdorf Center und gab die Filme zur Schnellentwicklung. Als ich im Steakhouse auf mein Essen wartete, hatte ich das ungute Gefühl, daß etwas Schlimmes im Anzug war. Ich hatte dieses Gefühl manchmal einfach so, ohne Bedeutung, doch diesmal schien es mir besonders stark. Nur Graustein konnte ahnen, was es zu bedeuten hatte.

Mein Anruf, den ich nach den Spätnachrichten absetzte, riß Uhde aus dem Schlaf. Jedenfalls klang sie so, als sie sich nach einer Weile mürrisch meldete.

»Hallo«, sagte ich, »ist da Uhde?«

»Ja. Um Gottes Willen, wer ist denn da? Doch nicht etwa das Präsidium?«

»Nein. Ja. Hier ist Rosental.«

Sie schniefte ärgerlich.

»Ach Sie sind's, Kollege. Schön, daß Sie mich mal anrufen. Was gibt's denn Neues?«

»Hören Sie, ich weiß, daß es schon spät ist, aber ich habe Fotos entdeckt, die weder Sie noch das LKA bisher kennen.

Möglicherweise enthalten sie Hinweise auf den gesuchten Täter. Ich wäre froh, wenn wir uns irgendwie sehen könnten.«

»Uns sehen? Meinen Sie jetzt gleich oder sofort? Hören Sie, ich bin seit heute früh um sechs im Dienst gewesen und erst vor einer halben Stunde zur Ruhe gekommen. Außerdem ist das Kind schon im Bett.«

»Sie haben ein Kind?«

»Ja, es soll bei der Polizei auch noch Leute geben, die so was wie eine Familie haben, falls Sie schon mal davon gehört haben. Also, wenn Sie etwas zu diesem Fall beisteuern können, dann besprechen Sie das mit Bartel oder sagen Sie es doch einfach morgen dem LKA. Jetzt, wo wir annehmen müssen, daß die Kinder tot sind, lauern die doch nur darauf, irgend jemanden zu verhaften, ganz egal wen. Die verhaften sich sogar selbst, damit die Presse ihr Maul aufreißen kann und den Eltern der Opfer das Gefühl gegeben wird, daß sich was tut für ihr Steuergeld. Mehr kann ich im Moment nicht dazu sagen ...«

»Nein, nein, warten Sie bitte«, sagte ich hastig, weil sie sonst aufgelegt hätte. Jürgen kam aus dem Badezimmer und sah mich fragend an. Ich deutete ihm, daß alles okay war.

»Ich kann ja verstehen, daß Sie sauer sind, weil sich das LKA Ihre Erfolge an die Brust heftet. Ich gehöre aber doch nicht zu denen.«

Uhde schniefte wieder.

»Also, erstens bin ich überhaupt nicht sauer, daß das LKA sich unsere sämtlichen Ermittlungsakten mal eben so unter den Nagel gerissen hat, und zweitens sind Sie der blöde Hund gewesen, der sich von Graustein hat ausnutzen lassen.«

»Das mag schon sein, aber ich glaube, daß wir ihm vielleicht unrecht tun. Ich kann es wahrscheinlich beweisen. Aber keinesfalls mit dem LKA.«

»So so. Sie können da vielleicht etwas beweisen. Das Problem ist bloß, daß ich in diesem Fall nichts mehr zu entscheiden habe, ganz egal, was Sie herausgefunden haben. Außerdem, warum sollte ich mich für diesen arroganten Wessi-

Arsch in die Bresche werfen? Graustein ist doch zu allem fähig.«

Ich war ratlos. Uhde haßte Graustein wie die Pest. Ich verlegte mich also aufs Bitten:

»Dann tun Sie es einfach der Sache wegen. Um die Wahrheit ans Licht zu bringen. Bitte, Sie sind die einzige, die ich in diesem Irrenhaus näher kenne. Sie sind doch eine so ...«

»Also gut. Also gut«, sagte sie genervt, »bevor ich mir das noch weiter anhöre, sprechen wir über die Sache. Kommen Sie gleich morgen früh in mein Büro. Ich hoffe, das alles basiert auf Fakten. Ach, und noch was. Wenn Sie mit Ihrem Job nicht klarkommen, dann suchen Sie sich am besten einen anderen oder gehen Sie zu einem Klapsdoktor. Wohin das alles führen kann, haben Sie ja bei Graustein gesehen.«

»Ich wollte sowieso mein Entlassungsgesuch einreichen«, sagte ich entschlossen.

Für einen Moment schwieg Uhde, dann drang ihr rauhes Lachen so laut aus dem Hörer, daß ich ihn von meinem Ohr weghalten mußte. »Meinen Sie das im Ernst?«

»Ja.«

»Na, das klingt ja wirklich interessant. Aber ich glaube kaum, daß Sie's tatsächlich machen. Ich selbst höre jeden Monat mit diesem Scheißjob auf, und dann kommt trotzdem der nächste Fall. Leute wie wir suchen sich ihre Arbeit nicht aus, die Arbeit sucht sich uns aus. Aber das lernen Sie auch noch. Jetzt schlafen Sie gut. Und grüßen Sie Ihren Freund von mir. Steht er grad neben Ihnen?«

Mir gefror das Blut in den Adern.

»Was, wie ...?«

Uhde lachte.

»Das hätten Sie nicht gedacht, was? Diese Stadt hat eben überall ihre undichten Stellen, und ich kenne Hinz und Kunz. Aber machen Sie sich deswegen keine Sorgen; es ist in Ordnung, und außerdem geht es mich nichts an.«

»Ach. Weiß sonst noch jemand etwas? Ich meine Bartel. Er ist nicht gerade ein weltoffener Mensch.«

»Ja, ich weiß, der Kerl ist ein ignorantes Arschloch. Aber er wird zahm, sobald man ihm droht. Wenn er Ihnen Ärger macht, sagen Sie's mir einfach; ich stehe im Dienstgrad über ihm. Und wir beide haben unser kleines Geheimnis.«

»Na dann ...«

»Wiederhören!«

Uhde legte auf, und zum ersten Mal spürte ich, daß ich Schluß machen mußte mit der Geheimniskrämerei. Mir war nicht wohl dabei.

Jürgen kam herein und schmiegte sich an mich. Er hatte kein Problem damit, sich zu mir zu bekennen. Und vielleicht würde ich das auch noch von ihm lernen.

Uhde zeigte sich ziemlich unbeeindruckt von meinen Fotos. Sie saß mit ihrem Morgenkaffee am Schreibtisch und kaute gedankenverloren auf einem Salamibrötchen herum.

»Also, ich sehe hier nichts Besonderes«, sagte sie. »Dutzende solcher Fotos hat die Spurensicherung in Grausteins Wohnung gefunden. Sie sind auch alle an diesem Sportplatz entstanden. Der Junge hat dort Fußball gespielt, und Graustein hat ihn abgelichtet. Das Merkwürdige ist, daß den Jungen auf dem Sportplatz keiner kannte, bis er auf einmal auftauchte und zur Mannschaft gehörte. Wie sich übrigens inzwischen herausgestellt hat, liegt gegen ihn sogar etwas vor. Er hat mit ein paar Freunden ein Warenlager geknackt. Der Vater hat mehrfach versucht, seine Frau umzubringen, als er vom Tod des Jungen erfuhr. Er ist'n Schlägertyp, einschlägig vorbestraft.«

»Ich weiß«, sagte ich und versuchte, meine Aufregung zu verbergen. Ich zeigte ihr die Zeitungsartikel aus dem Sportteil und erzählte ihr vom Geständnis des Jungen. Sie blätterte durch das Material und hörte zu. An ihren Augen sah ich, daß sie verstanden hatte. Sie wirkte nicht gerade begeistert und tippte energisch auf die Bilder.

»Sie haben natürlich nichts mit dieser riskanten Art der verdeckten Ermittlung zu tun, nicht wahr?«

»Genausowenig, wie die Fotos, die Sie da in Ihren Händen halten, von mir geschossen wurden.«

Sie nickte. »Ich verstehe. Aber damit ist noch gar nichts bewiesen. Da könnte man genausogut behaupten, Graustein hätte extra eine Ermittlung eingeleitet, als ihm der Boden unter den Füßen zu heiß wurde. Damit lenkt er die Aufmerksamkeit von sich ab und tötet den armen Jungen seelenruhig in den eigenen vier Wänden. Als wir Graustein verhafteten, hatte er mehr als hunderttausend in bar bei sich. Nicht umsonst war er auf dem Weg zum Flughafen.«

Ich hob abwehrend die Hände. »Aber das ist doch nicht seine Art. Der Mann ist doch nicht dumm. Er weiß, wie die Polizei vorgeht. Er würde die Dinge sorgfältiger planen und schon gar nicht jemanden in der eigenen Wohnung töten.«

Uhde zuckte mit den Schultern.

»Wieso denn nicht? Er hinterläßt uns den Jungen als Zeichen dafür, daß er der Mörder war, und macht sich unterdessen mit dem Flugzeug davon. Die Wohnung wäre ja dann wertlos für ihn.«

Nun mußte ich die Karten auf den Tisch legen. Wenn Uhde mich verpetzte, war ich geliefert.

»Ich war gestern bei Graustein, in seiner Zelle«, sagte ich.

Sie sah mich ungläubig an. »Sie kennen den Wärter?«

»Hmmh. Er mag Sprit.«

»Ich weiß.«

»Ich hab' ihm teuren Scotch gegeben.«

Uhde lachte.

»Ach was, Scotch ist viel zu schade für den. Das nächste Mal geben Sie ihm irgendeinen billigen Fusel. Hauptsache es dreht. Also gut. Was sagt denn unser lieber Kollege Graustein so? Geht's ihm auch gut?«

»Nicht besonders. Er meint, dieser Bernhardt, der Sie zweimal angerufen hat, wäre der wirkliche Täter.«

»Blödsinn. Anhand der vorgefundenen Beweise muß Graustein zumindest ordentlich mitgemischt haben. Oder meinen Sie, er hat lediglich eine Schwäche für die Innereien minderjähriger Jungen und bezieht sie als Frischware über den Kannibalen-Schwarzmarkt?«

Ich ignorierte die Bemerkung und fuhr unbeirrt fort.

»Graustein sagte, als er zurück in seine Wohnung kam, fand er Blut auf der Treppe, und der Lift war mit einem Mülleimer blockiert. Seine Wohnungstür war nicht verschlossen, sondern nur ins Schloß gefallen, obwohl er sie beim Verlassen doppelt verschlossen hatte. Der Junge muß die Wohnung also durch diese Tür verlassen haben, obwohl sie sich von innen nicht öffnen ließ und Graustein alle Schlüssel bei sich trug. Er sagt, im Notfall hätte der Junge allenfalls aus dem Fenster springen können. Die Spurensicherung hat aber keine Aufbruchschäden an Grausteins Wohnungstür festgestellt.«

Uhde zuckte mit den Schultern. »Dann hat sich der Junge eben was gebastelt. Das mit dem Warenlager ist ihm doch schließlich auch gelungen.«

»Ja, vielleicht. Aber es geht noch weiter. In seiner Panik hat Graustein seinen Wagen in der Ausfahrt abgestellt. Als er wieder aus dem Haus kam, um den Jungen zu suchen, stand ein Kerl im Schlosseranzug mit einem blauen Kleinbus hinter ihm und hat sich über die verstopfte Ausfahrt aufgeregt. Auf dem Wagen war ein großer Schlüssel abgebildet. Ich frage Sie, was macht ein Schlüsseldienst mitten in der Nacht ausgerechnet in der Ausfahrt von Grausteins Haus?«

Uhde hob ihre Schultern. »Vielleicht mußte er irgendwo schnell eine Tür öffnen.«

»Das glaube ich auch.«

Sie sah mich kopfschüttelnd an.

»Also, ich stand auch schon mal mitten in der Nacht vor meinem Auto und kam nicht rein, weil ich die Schlüssel verloren hatte. Manche Schlüsseldienste haben einen Tag- und Nachtservice.«

»Und manche bewachen sogar tagsüber den Sportplatz«, erwiderte ich und zeigte ihr zwei Fotos, die ich auf der Rückseite mit einem dicken, roten Kreuz markiert hatte. Uhde seufzte und nahm sie entgegen.

»Der Sportplatz fügt sich wie ein großes U in die Häuserblocks ein. Von drei Seiten gibt es eine Straße, und auf der Rückseite grenzt ein Abbruchhaus an das Areal. Auf dem ersten Foto erkennen Sie in der Reihe der rechtwinklig zu unserem Standort parkenden Fahrzeuge einen blauen Kleinbus. Er ist etwas höher als die anderen Fahrzeuge, so daß man ihn zwischen den Dächern der anderen Wagen erkennt. Sieht jedenfalls aus wie ein alter B 1000. Da die Sonne fast frontal von vorn kommt, kann man leider nicht erkennen, ob da jemand im Fahrerhaus sitzt. Man sieht nur die Spiegelung der Sonnenstrahlen. Auf dem anderen Bild biegt ein blauer Barkas nach rechts auf dieselbe Straße, auf der er im ersten Bild in entgegengesetzter Richtung geparkt war. Wegen des Blickwinkels kann man leider das Kennzeichen nicht erkennen, allerdings haben wir eine wunderschöne Breitseite. Und da sieht man ganz deutlich ...«

»Einen Schlüssel.« Uhde blickte halb erstaunt, halb mißmutig nach oben.

»Genau. Der Schlüssel, von dem Graustein gesprochen hat. Die Fotos entstanden am ersten Tag der Observation jeweils gegen vierzehn und sechzehn Uhr. Am zweiten Tag nach dem Erscheinen von Eva Bergers Artikel über Graustein war der Barkas nicht mehr am Sportplatz geparkt. Wir sind also bemerkt oder verraten worden.«

»Hmmh«, sagte Uhde, »so betrachtet könnten Sie vielleicht recht haben. Aber es bleibt trotzdem unwahrscheinlich.«

»Dann lassen Sie uns das mit dem Barkas überprüfen. Graustein hat mich um eine einzige Chance gebeten, seine Unschuld beweisen zu können, und ich glaube, diese Chance sollten wir ihm wirklich geben.«

Uhde faltete die Hände und kickte sich mit den Fingerspitzen gegen das Kinn.

»Und das Problem dabei ist, daß Sie die Sache nicht über das LKA regeln können, weil dann die ganze Chose ans Licht käme. Mann, sind Sie sich eigentlich der Tatsache bewußt, daß Sie den Jungen voll auf dem Silbertablett serviert haben?

Schon allein deshalb sollte Graustein hinter Gittern schmoren, wenn man davon ausgehen darf, daß er Sie blutigen Laien zu dieser Dummheit überredet hat.«

Ich nickte heftig. »Er hat mich sogar regelrecht erpreßt. Eine neue Suchaktion des BGS nach Stefan Brandt hätte ich nie im Leben befürwortet. Die Sportplatzsache war allein Grausteins Idee. Er meinte, auf dem offiziellen Dienstweg hätte er nur wenig Chancen für eine solche Aktion.«

Uhde tippte mit ihrem Zeigefinger auf die Fotos.

»Da hat er verdammt recht, denn für Serientäter ist die örtliche Kripo nicht mehr allein zuständig. Er hätte mich informieren müssen, damit wir den Fall weiterleiten. Das ist eigentlich schon ein Fall fürs BKA. Graustein hat den Fall runtergespielt, um seinen Kompetenzbereich bewußt zu überschreiten. Die Folge war ein weiterer toter Junge, ganz gleich, wer ihm mit dem Hammer den Schädel eingeschlagen hat. Mein Sohn wird nächstes Jahr elf Jahre alt. Was glauben Sie denn, was eine Mutter und ein Vater fühlen, wenn sie erfahren, daß jemand ihr Kind erst sexuell mißbraucht und dann bestialisch getötet hat, um schließlich auch noch von der zerstückelten Leiche zu essen oder deren Blut zu trinken? In dieser Stadt gibt es jetzt ein paar von diesen Eltern, und sie müssen jeden Tag aufs neue damit zurechtkommen, wenn sie morgens aufstehen, um ihr Kind in die Schule zu bringen. Aber da ist niemand mehr. Graustein hat sich nie um die Opfer und deren Hinterbliebene gekümmert, sondern nur um die Verbrecher, genauso wie diese Schakale von der Presse. Das ist es, was mich so wütend macht!«

»Ich weiß. Aber gerade dann sollten wir nichts unversucht lassen und jeder erdenklichen Spur nachgehen. Finden wir heraus, wem der blaue Lieferwagen gehört und überprüfen wir ihn. Wenn wir etwas finden sollten, können wir immer noch das Expertenteam mit einem anonymen Anruf informieren. Sie haben doch selbst gesagt, die wären richtig geil darauf, jemanden zu verhaften.«

Uhde strich sich über den Nacken. Sie traf eine schwierige Entscheidung:

»Also gut. Sie sollen Ihren Willen haben. Aber Sie tun keinen Schritt ohne meine Zustimmung. Das hier übersteigt bei weitem unseren Kompetenzbereich, könnte uns unseren Job kosten und uns ein saftiges Verfahren einbringen. Außerdem könnten wir irreparablen Schaden anrichten. Wenn Sie den Dienst sowieso quittieren wollen, dann ist das Ihre Sache. Aber sobald mir der Boden unter den Füßen zu heiß wird, wälze ich alles auf Sie ab und lasse Sie hochgehen. So oder gar nicht. Okay?« Sie sah mich herausfordernd an.

»Gut, meinetwegen. Wie wollen wir ...?«

»Ich kenne da jemanden von der Kfz-Zulassung. Für'n Päckchen Kaffee macht der mir eine Liste, wer in der Stadt noch solch einen alten Kleinbus fährt. Sie hören dann von mir. Okay?«

»Alles klar.«

Ich drehte mich um, verließ Uhdes Büro und machte mich auf den Weg zu Bartel. Er mußte sich bereithalten, falls Uhde etwas Brauchbares herausfand. Als ich aus dem Aufzug stieg, bemerkte ich im Hinterhof einen amerikanischen Krankenwagen. Er fiel mir auch deshalb auf, weil er den blauen Schriftzug »Neurologisches Sanatorium Prof. Dr. Naumann« trug. Dieser Naumann schien nun schon den zweiten Tag im Präsidium herumzuschwirren, aber vorgestellt hatte er sich mir noch nicht. Ein Krankenpfleger kam und öffnete die Ladetüren des Krankenwagens. Kurz darauf schoben sie eine Bahre mit einem älteren Mann hinein, der Graustein ähnlich sah. Dann fuhr der Wagen weg.

»Wissen Sie, ich habe da eben etwas Komisches beobachtet«, sagte ich, als ich Bartels Büro betrat. »Jemand, der wie Graustein aussieht, ist gerade von einem Krankenauto abgeholt worden.«

Bartel, der wie immer irgendwelche Zettel sortierte und abstempelte, sah kurz auf und musterte mich mitleidig.

»Das war Graustein.«

»Was?!«

Es durchfuhr mich heiß und kalt. Bartel zeigte sich ungerührt.

»Der Kinder ... Der Alte hatte vorhin einen Herzinfarkt. Sein Anwalt wollte sofortige Haftverschonung, der Amtsarzt die Verlegung ins Haftkrankenhaus, aber da Naumann ihn früher oder später sowieso kassiert hätte, haben sie ihn gleich freigegeben. So spart das Präsidium Kosten.«

Ich sah mir Bartel näher an. Er schien wenig Schlaf bekommen zu haben, seit wir uns in der letzten Nacht getrennt hatten.

»Unruhige Nacht gehabt wegen der Schwulen?«

Bartel grinste. »Kann man wohl sagen. Draußen in Thekla hat sich so'n Pärchen aus Eifersucht geprügelt, mitten in der Nacht und auf offener Straße. Der eine, so'n junger Spund, war völlig blau und rannte splitternackt an der Endhaltestelle der Linie eins auf den Gleisen rum. Er konnte nicht mal mehr ordentlich reden, hatte Wichs am Kinn und ein paar ordentliche Schrammen am Oberkörper. Sein Freund hat ihn schließlich festgehalten, und wir mußten die beiden auch noch nach Hause bringen. Dort haben sie sich dann wieder vertragen, das heißt, der Besoffene ist eingeschlafen. Die andere Schwuchtel hat uns vergoldete Schlüsselanhänger von Mercedes geschenkt, damit wir abhauen. Ich wette, der TÜV von dem ollen Barkas im Hof war schon längst abgelaufen. Aber bei der süßen Schwester haben wir mal ausnahmsweise ein Auge zugedrückt ...«

Er wedelte mit der Trophäe an seinem Schlüsselbund. Ich konnte inzwischen nicht mal mehr gute Miene zum bösen Spiel machen. Aber verraten durfte ich mich auch nicht. Bartel würde Verdacht schöpfen.

»Kann ich bei Gelegenheit mal den Bericht sehen?« fragte ich äußerlich ruhig.

»Wieso?«

»Ich interessiere mich für so was. Rein beruflich natürlich.«

»Na, das ist sicher kein Problem. Mein Kollege Werner

macht den Bericht bei Gelegenheit und legt ihn dann zu den üblichen Akten. Es gibt ja nicht mal 'ne Anzeige, also auch keine Tagebuchnummer, keine Dringlichkeit.«

»So? Wer hat denn die Polizei gerufen?«

»Der Straßenbahnfahrer. Der Besoffene hat ihn nicht losfahren lassen und sich dauernd vor die Bahn gestellt.«

»Mein Gott«, flüsterte ich. Ich verabschiedete mich hastig von Bartel und machte mich auf den Weg in mein Büro. Irgend etwas mußte ich unternehmen.

23

Seitdem sie sich hauptsächlich mit Graustein beschäftigten, fühlte Seidel sich großartig. Wenn er jetzt aufhörte, würden sie nicht mehr nach einem Komplizen suchen. Aber das wollte Seidel nicht. Jetzt endlich konnte er allen zeigen, wie gut er wirklich arbeitete, daß er besser war als Graustein, den sie geschnappt hatten. Oh, er würde ihnen weiter die Jungs vor der Nase wegschnappen, er würde sie benutzen und wegwerfen wie ein altes Handtuch. Jetzt war ihm alles egal. Er konnte sich alles erlauben, und er konnte sie alle haben.

Freundlich lächelnd und unverkrampft schlenderte Seidel zur Rush-hour die Eisenbahnstraße entlang. Wer hier wohnte, war nicht nur arm, er nahm auch teil am Verkehr einer vierspurigen Ausfallstraße zur Autobahn inklusive vier Straßenbahnlinien, reichlich Baustellengetöns und dem Hinterland des Güterbahnhofs. Hier gab es keine Parks, keine Spielplätze, keine ruhigen Ecken, nur Straßen, Läden und runtergekommene Häuser.

Der Junge, der vor dem Sportgeschäft rumhing und die Turnschuhe anstarrte, war ein kräftiger Junge, beinahe stämmig, geschmeidig gedrungen, erotisch üppig, vulgär, schmutzig und schön. Er hatte sich all seinen Haß und seinen Frust zu Muskeln umgehauen, er trug zerrissene Bluejeans und ein lockeres T-Shirt, unter dem seine straffe Haut hervorschaute. Er trug seinen langen Schwanz selbstgefällig nach oben in dieser ausgebeulten Jeans. Der kurze Haarschnitt gab seinem verwegenen Gesicht etwas Sanftes, etwas Verwundbares. Seidel wußte, dieser Junge würde Wespen mit der Hand zerdrücken, er würde im Matheunterricht ruppig in seine Hosen wichsen und dabei auch noch ein Bild vor sich auf der Bank haben, er würde anderen Leuten vor die Wohnung pinkeln, und genau so einen wollte Seidel jetzt. Er wollte einen schmutzigen Jungen, einen verdorbenen Jungen, der es nicht besser verdiente, als genau deshalb getötet zu werden. Seidel stellte sich vor das Schaufenster und starrte ebenfalls auf die Schuhe. Ein Hauch von Schweiß, Nikotin und Sperma wehte ihn an. Der Junge war erst vor kurzem gekommen und hatte sich seitdem nicht gewaschen. Der Geruch machte Seidel geil. Vielleicht hatte der Junge eine seiner schlampigen Freundinnen beglückt, vielleicht hatte er auch nur gewichst und der Samen klebte noch an seiner Haut. Fetter, schleimiger Samen, der reichlich und spielerisch leicht aus seinem stolzen Schwanz gepulst war wie Blut aus einer aufgebrochenen Schlagader. Seidel spürte seinen Schwanz steif werden und wurde halb wahnsinnig vor Begierde. Er wollte den Jungen. Sofort.

»Geile Schuhe«, sagte der Junge mit betont lässiger Stimme, und Seidel nickte mit einem flüchtigen Seitenblick auf seinen Schritt.

»Kann ich dir helfen?« fragte er. Der Junge tat so, als ob er den Blick nicht bemerkt hätte, und stellte sich vor dem Schaufenster in Pose.

»Ja, Mann. Besorg mir zweihundert Mark für diese Schuhe. Die sind echt göttlich.«

Er zeigte auf ein paar klobige gelb-schwarze Treter mit aufpumpbarem Verschluß und eingebauten Rückleuchten. Seidel entschloß sich für die Offensive.

»Ganz im Ernst, wollte ich dir gerade was vorschlagen, wo du hier so rumstehst. Hast du Lust auf ein paar Fotos von dir, in einem Sportmagazin?«

Der Junge wußte genau, was gespielt wurde, aber er merkte, daß dem Langweiler sein Gelaber gefiel.

»Hä? Was'n für'n Sportmagazin?«

»Bademoden. Ich bin der Fotograf.«

»Und was krieg' ich dafür?«

Die Schuhe, und wenn du besonders gut bist hundert extra.«

Der Junge grinste. »Dafür kannst du dir sogar was wünschen. Wo soll die Chose steigen?«

»Bei mir im Studio. Wenn du gleich mitkommst, sind wir vor acht zurück, und du kannst die Schuhe heute noch mitnehmen.«

Der Junge wunderte sich nicht über den alten Barkas vom Schlüsseldienst, den der Spinner fuhr. Es war nicht das erste Mal, daß er sich von so einem Wichser gegen Geld begrapschen ließ. Und wohl auch nicht das letzte Mal. Gerade vor ein paar Stunden hatten sie ihm in der Schule gesagt, daß er die neunte Klasse zum zweiten Mal nicht bestehen würde. Er war nach Hause gegangen, hatte sinnlos an der Stereoanlage rumgehangen und sich dabei vor lauter Langeweile und Frust einen runtergeholt. Er ließ sich mächtig viel Zeit und brachte es durch gezielte Massage zu einem schier endlosen Orgasmus, an den er sich auch noch ein paar Stunden später mit wohligem Schauern erinnern würde, wenn der laue Frühlingswind über seine nackten Schultern strich. Wenn der Spinner ihm gegen Moneten was Gutes tun wollte, bitteschön. Er hätte es sich am Abend sowieso noch mal selber besorgt. Der Junge fand es gut, daß der Typ ihm außer massig viel Geld auch noch Bier und seinen Lieblingssender im Radio anbot, damit der Stau nicht so langweilig wurde. Nach Thekla waren es schon noch ein paar Minuten. Das Bier war zu warm, und es schmeckte auch zu bitter, aber es beruhigte irgendwie die Nerven. Als der Junge das Bewußtsein verlor, stieß Seidel ihn nach vorn unters Armaturenbrett und legte eine Decke über ihn. Dann schaltete er das Radio ab.

Als der Junge aufwachte, schmeckte er Blut und Samen in seinem Mund, spürte er brennende Schmerzen an seiner Brust, an seinen Ohren und in seiner Kehle. Er hustete und rang nach Luft. Irgend etwas blockierte seine Luftröhre. Er spuckte es aus. Es war dunkel und still um ihn herum, es stank nach Abfall, und er war nackt und spürte seine Haut nicht. Alles war wie taub, die Gedanken ein bleierner Klumpen, der Mund, der Hilfe brüllen sollte, ein stummes Loch. Er lag. Auf dem Boden. Nein. Auf Holz. Auf einer Holzplatte unter einer schrägen Wand. Dort war eine Tür. In der Wand. Er warf den Riegel beiseite. Er zog sich ins Freie. In die kühle Nacht. Er schrammte sich die Knie auf, als er wieder zurück rutschte. Noch einmal. Schlamm unter den Handflächen. Spitze Steine unter den Füßen. Überall Schmerzen. Bloß weg von hier.

Seidel stand an der Nachtkasse der Tankstelle und wartete ungeduldig auf sein Wechselgeld. Er war extra hingelaufen, um neues Bier zu holen, denn ohne Alkohol machte die Sache schließlich nur halb soviel Spaß.

Als der Junge nackt auf dem Tisch lag, hatte Seidel überlegt, ob er ihm gleich an der Tischkante das Genick brechen sollte, damit er abspritzte. Aber der Junge hatte auf seinem Oberkörper und in seinem Schamhaar noch reichlich getrocknetes Sperma, das sich mit ein bißchen Speichel wieder auflöste und genauso stark duftete wie sein prächtiger Schwanz. Und es bekam auch wieder dieselbe schleimige Konsistenz. Seidel nahm den Kopf des Jungen und zog ihn auf sich. Beim Orgasmus hatte er ihm beinahe die Ohren abgerissen.

Als Seidel mit einem Zehnerpack Bierdosen im Arm an der Endhaltestelle der Straßenbahn vorbeilief, verlor er für einen Moment die Kontrolle über sich selbst und ließ vor Schreck den Mund offenstehen. Der Junge lag nämlich inzwischen nicht mehr auf dem Tisch in seiner Werkstatt, er hinderte gerade erfolgreich einen sichtlich verängstigten Straßenbahnfahrer am Wegfahren, in dem er sich von außen an den Scheibenwischer der Fahrerkanzel klammerte. Der Junge war nackt und schien aus dem Mund zu bluten. Als Seidel auf ihn zulief, trat er um sich. Er stammelte unverständliches Zeug, hatte glasige Augen und stand offenbar unter Schock. Freiwillig würde er auf keinen Fall mitkommen.

Seidel begriff, daß es zu spät war, um die Flucht zu ergreifen. Der Straßenbahnfahrer hatte ihn gesehen. Die beiden Polizisten, die jetzt aus ihrem Streifenwagen stiegen, hatten ihn gesehen. Seidel beschloß, den Verzweifelten zu spielen.

»Oh, gut, daß Sie kommen«, rief er aufgeregt. »Bitte helfen Sie mir! Mein Freund ist völlig außer sich. Er hat mal wieder viel zuviel getrunken.«

»Was ist denn passiert?« fragte einer der beiden Polizisten, dem Namensschild nach ein gewisser Bartel. Der andere wartete mißtrauisch in sicherer Entfernung beim Wagen. Seidel sank vor dem Jungen auf die Knie.

»Danny, mein Dannylein. Ich schwöre dir, ich hab' nichts mit Mike gehabt. Wir waren bloß Kaffee trinken. Nichts weiter. Ich hab ihm nicht mal die Hand gegeben. Bitte, bitte, komm jetzt nach Hause und ruh dich aus. Wir können doch morgen über alles reden. Du wirst dich erkälten, wenn du weiter hier rumstehst. Außerdem störst du den Verkehr, mein Schatz.«

Der Junge klammerte sich weiter an die Straßenbahn und trat um sich, als Seidel sich näherte. Er sah Bartel mit angstgeweiteten Augen an, konnte aber außer unverständlichem Brabbeln nichts von sich geben. Schließlich verlor er das Bewußtsein und fiel zu Boden.

Die Polizisten brachten Seidel und den Jungen zurück. Auf dem Beifahrersitz des Streifenwagens fühlte er sich auch nicht schlecht.

»Hat Ihr Freund das öfter?« wollte Bartel wissen, als der Junge schließlich in Seidels Bett lag. Er schlief. Vor seinem Zimmerfenster, von wo man den geöffneten Kohlenschacht der Werkstatt im Hof nicht sah, erklärte Seidel die Situation:

»Sehen Sie, das Ganze ist mir furchtbar peinlich. Also mein Freund, er hat mir, nun ja ...«

»Einen geblasen«, ergänzte Bartel grinsend, und sein Kollege Werner zog ein verächtliches Gesicht.

Seidel brachte einen roten Kopf zustande.

»Na ja, er ist ein bißchen Sadomaso. Er will, daß ich seinen Namen rufe, wenn es mir, na Sie wissen schon. Er will, daß ich seinetwegen leide. Und wenn ich das vergesse, bekommt er einen seiner Tobsuchtsanfälle. Er trinkt sowieso zuviel, obwohl ich es ihm verboten habe. Er rennt dann gegen alles, was sich findet, und macht mir fürchterliche Szenen.«

»Hier drin sieht es aber gar nicht unordentlich aus«, sagte Werner.

Seidel verlor für einen Sekundenbruchteil den Boden unter den Füßen. Er senkte die Augenlider, damit Bartel es nicht bemerkte.

»Für gewöhnlich macht er das im Freien, um mich zu blamieren. Und ich muß ihn dann immer da rausholen. Meine Großmutter wohnt unten, und die soll das nicht unbedingt wissen.«

Bartel grinste Werner an.

»Das is' ja schlimmer als bei 'nem alten Ehepaar. Weißt du noch, die Sternbergern aus der Nalepastraße? Die hat immer mit vollen Bierflaschen aus dem dritten Stock nach ihrem Mann geworfen, wenn der auf der Straße den jungen Mädchen hinterherguckte.«

Seidel versuchte, in das aufkommende Gelächter einzustimmen. Der Junge in seinem Bett zuckte mit den Augenlidern.

»Na ja, der Straßenbahnfahrer wird keine Anzeige erstatten«, sagte Werner. »Sind Sie sicher, daß wir keinen Arzt rufen sollen?«

»Oh, nein nein. Ich meine natürlich, ja. Danny muß jetzt erstmal schlafen. Für alle Fälle wohnt drei Häuser weiter ein Arzt. Doktor Wendler. Der kennt das Drama schon seit längerem. Ich werd' Danny spätestens morgen früh zu ihm schicken. Der Doktor hat seine Nachtruhe sicherlich mehr verdient als dieser verrückte kleine Scheißer.«

Seidel ging zu einem Holzregal mit einem kleinen Karton darauf und nahm zwei Miniatur-Mercedessterne heraus. Sie waren vergoldet und galten unter Kennern als Sammlerstücke. Seidel hatte sie bei Marco Richter gefunden, zusammen mit etwas Haschisch und einigen geklauten CDs.

Die Polizisten freuten sich tatsächlich. Jetzt hatten sie eigentlich etwas, womit sie ihn festnageln konnten. Vorausgesetzt, sie waren clever genug, es zu bemerken. Hundert Meter über den Hof lagen die verstümmelten Leichen der verschwundenen Jungen, roch es aus einem geöffneten Kohlenschacht nach Verwesung, hingen Bilder ihrer Qual an den Wänden, während direkt vor ihnen der Mörder stand und sein nächstes, bereits paralysiertes Opfer liebevoll am Arm streichelte. Seine Mutter, eine Spielhallenangestellte, machte sich bereits berechtigte Sorgen.

»Passen Sie auf sich auf«, war aber alles, was dieser Bartel zu sagen hatte, und später würde es ihm noch leid tun.

»Hast du gesehen, was der Schwule für einen großen Schwanz hat?« sagte Werner beim Einsteigen, und Bartel entgegnete: »Das sind auch bloß richtige Kerle, diese Schwuchteln. Die sind genauso bekloppt wie alle anderen. Aber sag das mal meiner Frau.«

Sie lachten, der Passat fuhr weg, und Seidel machte sich daran, den Jungen zurück in die Werkstatt zu schleppen, bevor er wieder zu sich kam.

Seine Großmutter klopfte unten mit ihrem Stock gegen die Heizung. Sie hatte den Lärm gehört und wollte den Grund für die späte Störung wissen. Wegen ihrer Hüfte konnte sie kaum noch Treppen steigen und kam ohne fremde Hilfe nur schwer aus dem Bett.

»Muß arbeiten, Oma«, sagte Seidel, während er den Jungen an ihrer Zimmertür vorbeischleifte. Wie immer würde Großmutter an nichts Böses denken, bevor sie beruhigt wieder einschlief.

24

Kurz vor mittag rief ich bei den Verkehrsbetrieben an. Der gesuchte Straßenbahnfahrer, ein gewisser Herr Böhme, düste gerade mit einem Niederflurwagen namens Völkerschlacht gen Neue Messe und war natürlich nicht zu sprechen. Der Dispatcher versprach mir aber, Böhme anzufunken, sobald er seine Wendeschleife erreichte, damit er mich schnellstmöglich zurückrief. Also wartete ich und lief aufgeregt in meinem Büro herum. Bartels Kollege Werner konnte mir aber außer der Tatsache, daß der Bekloppte an der Straßenbahn über einen mordsmäßig großen Schwanz verfügte, nichts Brauchbares liefern. Er gab mir nicht einmal die Adresse oder eine Beschreibung des anderen Mannes. Als ich wissen wollte, ob er die Papiere auf die Volljährigkeit des Nackten überprüft hätte, warf er mir die Tür vor der Nase zu. Er habe sich mit Wichtigerem zu befassen als mit albernem Schwulenkram. Jetzt konnte mir nur noch Uhde helfen.

Das Telefon tütelte. Herr Böhme meldete sich mäßig begeistert von der Wendeschleife Neue Messe und wollte wissen, was zum Teufel wir nun schon wieder von ihm wollten, zumal in seiner Pause und wo wir doch schon alles wüßten. Ich fragte ihn, ob der Nackte noch minderjährig gewesen sein könnte, und Böhme antwortete nach einigem Zögern mit Ja. Ich fragte ihn nach dem Aussehen des zweiten jungen Mannes, und die Beschreibung paßte ziemlich genau auf den pickeligen Kerl aus der Sauna. Völlig aufgelöst verabschiedete ich mich von Böhme, legte auf und wählte Uhdes Nummer. Es bestand kein Zweifel mehr, daß dieser Typ der gesuchte Mörder war. Und er wohnte in Thekla, in der Nähe der

Straßenbahn. Just in diesem Moment klopfte es, und Uhde erschien mit einem Packen Formularen und Briefumschlägen im Arm in meinem Büro.

»Ich hab ein bißchen auf den Busch geklopft und viel Interessantes rausgefunden«, sagte sie atemlos und reichte mir zwei verschlossene Briefumschläge. Einer der beiden war mit einem roten Punkt auf der Rückseite versehen. Ich wollte etwas sagen, aber Uhde war schneller:

»Na, was haben Sie so in der Zwischenzeit getan? Ihr Entlassungsgesuch abgetippt?«

Ich schüttelte energisch den Kopf.

»Oh, nein, noch nicht. Inzwischen ist nämlich einiges passiert, und ...«

»Ich weiß, ich weiß«, sagte Uhde lächelnd. »Sie haben es gerade in den Nachrichten gebracht. Keiner weiß, wo er ist.«

»Wie? Wer ist wo?« Ich bezweifelte, daß wir über dasselbe redeten.

»Na, Graustein«, sagte Uhde verwundert.

Mir klappte der Unterkiefer runter.

»Graustein ist weg?«

»Ja. Wir mußten feststellen, daß der Amtsarzt, der ihn untersucht hat, zu seinem sogenannten Freundeskreis zählt. Er hat eine falsche Diagnose abgegeben, und die Deutsche Bank konnte uns vorhin den Eingang von fünfzigtausend Mark auf dem Konto des Amtsarztes bestätigen, angewiesen von einem Herrn Graustein. Wir haben natürlich sofort zwei Streifenwagen losgeschickt, aber der Krankentransporter stand schon längst bei Delitzsch im Straßengraben. Graustein war bewaffnet und hat die Besatzung, darunter übrigens auch Naumann, mit Infusionsschläuchen gefesselt. Es führen Reifenspuren vom Fundort weg. Inwieweit Naumann in die Sache verwickelt ist, läßt sich nur vermuten.«

»Mein Gott«, sagte ich. »Einfach unglaublich«.

Uhde sah mich eindringlich an. »Und was meinten Sie?«

»Hmmh? Ach so. An der Linie eins, in Thekla. Der Kerl, den wir suchen, hat sich gestern nacht eine Szene mit einem

Jungen geliefert, als der in Thekla eine Straßenbahn am Wegfahren hindern wollte, indem er sich nackt an die Fahrerkanzel klammerte. Bartel und Werner haben den Fall untersucht, und sie halten das Ganze für eine Eifersuchtsszene im Vollrausch. Ich habe gerade noch mal mit dem Straßenbahnfahrer gesprochen, und der meint, der Junge sei erstens keinesfalls volljährig gewesen, und zweitens könnte er auch aus Angst vor dem anderen Hilfe gesucht haben, anstatt einfach bloß aus Eifersucht auszurasten.«

Das war natürlich gelogen, aber ich brauchte etwas, um Uhde zu überzeugen.

Uhde sah sehr ernst aus und nahm den unmarkierten Umschlag.

»Wissen Sie«, sagte sie langsam, »Sie sollten sich das mit Ihrem Entlassungsgesuch ernsthaft überlegen. Mal ganz abgesehen davon, daß Sie gar nicht so'n mieser Kerl sind, wie ich zuerst dachte, sind Sie der erste, der in diesem Fall etwas Konstruktives geleistet hat. Es gibt nämlich nur noch eine Handvoll dieser hornalten B 1000 in der Stadt, und nur einer davon ist dunkelblau und gehört einem gewissen Jörg Seidel. Er hat den Wagen nach der Wende samt Schlüsseldienst von seinem Großvater übernommen, draußen am alten Flugfeld in Thekla.«

»Na toll, das ist ja ein richtiges Familientreffen«, meinte ich und wollte den Umschlag mit dem roten Punkt öffnen. Uhde bemerkte es und nahm ihn mir weg.

»Warten Sie«, sagte sie, »diesen Umschlag sollten Sie nur öffnen, wenn Sie die Adresse Ihrer Ex-Frau erfahren möchten.«

»Wie bitte?«

Uhde schaute unschuldig.

»Ich dachte, Sie würden sich vielleicht darüber freuen. Lisa – so heißt sie doch? – hat ihr neues Auto angemeldet. So haben wir ihre Adresse ermittelt.«

Ich zögerte. Offenbar hatte meine Ex den Mut gefaßt, sich eine neue Wohnung zu suchen.

»Und wenn ich nun gar nicht wissen will, wo sie jetzt ist?«

Uhde zuckte mit den Schultern.

»Ich hab's bloß gut gemeint. Für den Fall, daß Sie's wissen wollten.«

»Das ist sehr nett von Ihnen. Aber zurück zu unserem Fall. Soll ich Bartel aufklären?«

»Nein, nein«, sagte Uhde. »Das übernehme ich selbst. Ich habe gerade ein Disziplinarverfahren gegen ihn eingeleitet, und ich denke, das wird für ihn noch das kleinere Übel sein.«

»Ja? Sie wußten also schon alles?«

Uhde grinste und schlug die Beine übereinander.

»Ja. Leider. Sehen Sie, abgesehen von letzter Nacht hat unser Kollege Bartel die große Dummheit begangen, seine Urlaubsreisen nach Thailand als verdeckte Ermittlungen abzurechnen. Angeblich hat er in Bangkok nach einem Stuttgarter Rechtsanwalt gesucht, der deutschen Touristen unkomplizierte Kontakte zu minderjährigen Prostituierten vermittelt. Sie wissen ja, die Kinder werden auf dem Land von ihren Eltern an vorbeifahrende Zuhälter verkauft, die sie nach Bangkok verschleppen und dort unter sklavenähnlichen Bedingungen in Bretterbuden halten. Die Kinder müssen bis zu zehn Freier pro Tag ertragen und bekommen dafür nichts weiter als karges Essen. Während seiner angeblichen Ermittlungen hat Bartel den Service derartiger Bordelle offenbar ausgiebig genutzt.«

Sie reichte mir ein vergrößertes Schwarzweißfoto, das Bartel in Hawaii-Kluft inmitten einer Gruppe minderjähriger Mädchen vor und im Bordell »Miss Daisy« zeigte. Auf der Rückseite schilderte die thailändische Polizei auf Englisch ihre Beobachtungen. Bartel war in eine routinemäßige Observation geraten und dabei fotografiert worden. Bei der Stürmung des Bordells gelang es ihm aber, spurlos zu verschwinden. Wie das Rückkehrdatum auf der Kopie seines dienstlich abgerechneten Lufthansatickets bewies, war er noch am selben Tag nach Deutschland zurückgeflogen: vier Tage vor dem gebuchten Abreisetermin.

»Wie sind Sie denn da rangekommen«, fragte ich verblüfft. Uhde lächelte überlegen.

»Die thailändische Polizei hat seit kurzem ein neues Programm zur Eindämmung der Kinderprostitution. Man munkelt sogar, daß sie Scheinbordelle unterhalten und dafür bei den pädophilen Touristen gezielt werben. Hat der Freier bezahlt und will er sich sein Mädchen nehmen, macht es Klick, und er findet sich im Gefängnis wieder. Zum Beweis wird jedes Bordell durch einen Fotografen überwacht, und wer entwischt, wird von Interpol per Foto gesucht. Die Sitte kriegt jeden Monat einen dicken Brief mit lauter solchen Fotos von Deutschen, Amerikanern, Briten undundund. Diesmal ist der Brief aus Versehen bei der Kripo gelandet, und Bartels Foto lag auch noch obenauf.«

»Sehr interessant«, bemerkte ich. »Das erklärt natürlich einiges.«

»Was?«

»Na, Bartels Verhalten in bestimmten Situationen. Irgendwas ist schon dran an dem Sprichwort mit den getroffenen Hunden.«

»Sicher«, entgegnete Uhde und nahm das Foto wieder an sich. »Also gut, lassen Sie uns über diesen Seidel sprechen. Ich will ihn haben und überführen. Was raten Sie mir als Psychologe, wie sollte ich vorgehen?«

Ich überlegte. Am besten schien mir indirekte provokative Polizeipräsenz.

»Fahren Sie hin und überprüfen Sie den Kerl wegen irgendeiner Bagatelle. Entweder erwischen Sie ihn auf frischer Tat, oder er wird zumindest nervös. Dann macht er vielleicht Fehler, wenn Sie ihn danach beobachten.«

»Wir.«

»Wie bitte?«

Uhde sah auf ihre Dokumente, dann auf mich und lächelte, als sie mein verdutztes Gesicht bemerkte. Mein Magen hatte gerade ziemlich laut geknurrt, und ein paar Sekunden später gurgelte es auch bei Uhde. Wir sahen uns an und lachten.

»Gestehen Sie, daß Sie hungrig sind!« sagte sie, und ich antwortete:

»Um Himmelswillen, ja. Ich gestehe.«

Nach den Anspannungen der letzten Tage konnte ein wenig Geplänkel nicht schaden.

»Kennen Sie hier in der Nähe ein gutes Restaurant?«

»Nein«, sagte Uhde, »aber wir können ja Bartel fragen, der kennt bestimmt einen guten Thailänder.«

»Oh, verdammt. Ich auch. Nur zwei Minuten von hier.«

Obwohl es eigentlich nicht besonders komisch war, gackerten wir schon wieder. Irgend jemand lief auf dem Gang vorbei und brabbelte etwas von Kinderei.

»Also gut, gehen wir? Ich kann mich auch nachher noch um den lieben Kollegen Werner kümmern.«

»Okay.«

Ich stand auf, und Uhde fledderte ihren Papierkram der Länge nach auf meinen Schreibtisch.

Das »Mingh-Tai« residierte in einem leerstehenden Bürogebäude an der Oper und hatte den Charme eines Postamts mit asiatischem Interieur, einschließlich roter Löwen aus Vollplaste. Dafür kochten sie aber ganz gut. Wir aßen zusammen eine Portion vorzügliches Pfefferlamm auf Bambussprossen. Der einheimische Kellner hatte uns einen Tisch gleich neben der hölzernen Brücke zugewiesen, die über einen Goldfischteich mitten im Restaurant führte. Ein Tonband dudelte thailändische Folklore. Es war schon ein bißchen grotesk.

»Das alles ist wunderbar kitschig, nicht wahr«, sagte Uhde und spießte etwas von ihrem Lamm auf die Gabel. Ich nickte.

»Wahrscheinlich brauchen die Leute es so. Haben Sie die beleuchteten Plastebananen an der Garderobe gesehen?«

»Die über dem Brunnen mit dem Schild ›Vorsicht, Bananen sind elektrisch‹?«

»Ja. Genau die. Das ist wahrscheinlich der einzige Ort der Welt mit elektrischem Obst.«

Uhde lachte. Der Kellner kam und brachte ihr eine neue Pinacolada. Sie nahm das Papierschirmchen aus der Ananasscheibe und drehte es nachdenklich zwischen Daumen und Zeigefinger.

»Was ich Sie immer schon mal fragen wollte, so als Experte, was bringt eigentlich jemanden dazu, in den Urlaub zu fahren, nur um dort ein Kind zu mißbrauchen? Ich meine, diese Leute würden doch auch nicht ihr eigenes Kind mißbrauchen.«

Ich ließ meine Gabel sinken und musterte sie. Sie sah nicht danach aus, als ob sie mich testen wollte.

»Leider doch. Gerade im familiären Bereich liegt die Dunkelziffer besonders hoch. Wollen Sie das jetzt wirklich hören?«

»Ja.«

Ich holte weit aus:

»Oft kommt ein Täter aus der direkten Verwandtschaft, oder er heiratet sich sogar in eine Familie ein, nachdem er sein zukünftiges Opfer ausgespäht hat. Er ist ein planvoll vorgehender Täter, und nicht nur der von seinen Phantasien dominierte sexuelle Akt mit dem Kind steht im Vordergrund, sondern auch dessen Planung, dessen Verschleierung und die Genugtuung, über lange Zeit hinweg die Haltung seiner gesellschaftlichen Umgebung zu manipulieren. Solch ein Täter ist sexuell erfahren, sozial unauffällig und angepaßt, bei seinen Mitmenschen beliebt, und keiner würde ihm in Anbetracht seines sonstigen sozialen Verhaltens so etwas zutrauen, selbst nicht nach der Überführung. Das mißbrauchte Kind wird durch die Androhung von Gewalt oder durch die gezielte Stimulation eines Schuldkomplexes abhängig gemacht, und genau diese nahezu unantastbare Macht über ein schwächeres Wesen verschafft ihm die gewünschte sexuelle Befriedigung, eine Art kontinuierliche Vergewaltigung also, die für Außenstehende meist unsichtbar bleibt und sich wiederholt auf dasselbe Lustobjekt bezieht.«

Uhde sah mich wie hypnotisiert an. Ich nahm einen Schluck Wasser und fuhr fort.

»Ein planlos vorgehender Triebtäter hingegen weist oftmals zusätzlich zu seiner sexuellen Unerfahrenheit erhebliche Rückstände in anderen Bereichen seiner Persönlichkeit auf. Er ist kontaktarm, sozial desintegriert und in vielen Fällen im engeren Sinne geisteskrank. Seine Opfer wählt er zwar auch nach seinen sexuellen Phantasien aus, aber er tut es spontan und verstümmelt seine Opfer meist bis zur Unkenntlichkeit vor oder nach dem sexuellen Übergriff, um sie zu depersonifizieren oder um den Mord in seiner Erinnerung ungeschehen zu machen. Begeht er einen zweiten Mord, wird er planvoller handeln, und natürlich wird er sein Opfer während der Attacke oder postmortal verstümmeln, quasi als Bestandteil seines sexuell gefärbten Tötungsrituals.«

»Also alles Geisteskranke«, sagte Uhde.

Ich lehnte mich zurück.

»Nicht unbedingt. Vergewaltiger mißbrauchen und mißhandeln ihre Opfer überwiegend wie Puppen, um ihre Gewaltphantasien auszuleben. Durch frühere Traumata oder aufgrund ihrer Veranlagung koppeln sie in ihren Phantasien Sexualität ausschließlich mit brutaler Gewalt, und schließlich überschreiten sie die Grenze zur Realität, um die Dominanz und die Kontrolle auszuüben, die sie in ihrem sonstigen Leben vermissen. Diesem Tätertyp fallen Kinder und Erwachsene zum Opfer, manchmal sogar beiderlei Geschlechts, und nur wenn der Täter pädophil veranlagt ist, wird er sich ausschließlich minderjährige Opfer suchen. Pädophile sind oftmals nicht in der Lage, erfüllte sexuelle Beziehungen zu Erwachsenen einzugehen und finden sich unter Heterosexuellen und Homosexuellen gleichermaßen. Das schließt aber nicht aus, daß sie in anderen Bereichen ihres Lebens erfolgreich sind und dort kompetent handeln. Pädophilie und Gewalttätigkeit sind also zwei grundverschiedene Angelegenheiten, und nur, wenn sie zusammentreffen, formen sie die Persönlichkeit eines pädophilen Gewalttäters. In den Fall des Dutroux-Kindersexrings sind wahrscheinlich sogar hochrangige Politiker verwickelt, was beweist, daß die Veranlagung zur Gewaltanwendung nichts mit dem Intelligenzquotient zu tun hat. Die Intelligenz eines Täters entscheidet lediglich darüber, ob er in der Lage ist, seine Verbrechen von Anfang an zu planen oder ob er diese überwiegend planlos ausführt. Den meisten überführten Serientätern wurde eine überdurchschnittliche Intelligenz bescheinigt, und sie lassen bei der Wahl ihrer Opfer eine spezielle Handschrift erkennen, während Massenmörder – das sind Leute, die innerhalb kürzester Zeit eine große Anzahl ihnen fremder Menschen töten – überwiegend nur durchschnittlich intelligent sind. Man sagt, daß etwa die Hälfte aller pädophilen Gewalttäter neben ihrer sexuellen Vorliebe eine angeborene Veranlagung zur sexuellen Gewalt besitzt, während die andere Hälfte selbst in ihrer Kindheit mißbraucht oder mißhandelt wurde und dann mangels Bewältigung später selbst in die Täterrolle schlüpft.«

Uhde hörte mir aufmerksam zu und drehte wieder am Schirmchen ihrer Pinacolada.

»Zum Glück wird nicht jeder, der in seinem Leben etwas Schlimmes durchgemacht hat, zum Vergewaltiger oder zum Mörder. Aber wäre Bartel demnach nicht ein Vergewaltiger?«

Ich sah auf den langsam erkaltenden Rest meines Essens und seufzte. Wenn Uhde einmal an einer Sache dran war, dann ließ sie sich so schnell nicht abwimmeln.

»Seelisch ja, physisch nein. Pädophile sind oftmals der Meinung, dem Kind durch ihren sexuellen Übergriff etwas Gutes zu tun, oder sie behaupten sogar, das Kind hätte sich überhaupt nicht gewehrt und den Sex ausgiebig genossen. In manchen Fällen kehrt der Täter sogar mit einem Geschenk zurück oder ruft an, um ein neues Rendezvous auszumachen. Dabei hält das Kind nur aus lauter Angst still und leidet oft unermeßliche körperliche Qualen. Bartel hat keine Ahnung, welchen seelischen Schaden er dem Kind zugefügt hat. Alpträume, Isolation, Selbstmordgefahr und spätere sexuelle Frigidität sind dabei nur die Spitze des Eisbergs.«

Eine Pause entstand. Uhde sah auf ihren Teller und stocherte abwesend im Essen herum. Ich hatte ihr einen ganz schönen Brocken hingeknallt, den sie erstmal verdauen mußte. So wie sie aussah, würde sie Bartel an die Kehle springen, wenn er jetzt hier auftauchte. Uhde hatte einen elfjährigen Sohn.

»Hoffentlich bekommen wir nachher mit Seidel keine Probleme«, sagte sie, um auf ein anderes Thema zu kommen. »Ich habe ein ungutes Gefühl bei der Sache.«

»Ich auch«, sagte ich, »aber es ist vielleicht die einzige Chance, die wir haben.«

»Genau. Aber wir wissen noch nicht, wie wir vorgehen können. Unter welchem Vorwand wollen wir uns eigentlich dort umsehen? Wir haben noch nicht mal einen Durchsuchungsbefehl.«

»Na ja, ich dachte da an einen ungeklärten Diebstahl.«

Sie grinste. »Ah, Sie meinen so was wie ›Entschuldigen Sie, Zeugen haben da vorgestern an diesem abgebrannten Warenlager einen blauen Barkas gesehen‹ und so weiter?«

»Wieso nicht? Dasselbe können wir auch denen vom LKA erzählen. Die haben schließlich nicht die leiseste Ahnung.«

Uhde nickte. »Ja, diese Trottel haben nicht die blasseste Spur.«

Ich rief den Kellner wegen der Rechnung. Mir fiel noch etwas ein:

»Und was ist, wenn sie den Vorgang einsehen wollen? Wir haben kein Ermittlungsverfahren; noch nicht mal Zeugen.«

Uhde lächelte und sagte gelassen: »In diesem Fall findet sich immer eine gute Freundin, die zufällig etwas gesehen hat. Und übrigens fände ich es viel schöner, wenn du Monika zu mir sagen könntest. Okay?« Ich zögerte einen Moment vor Überraschung, dann drückte ich ihre hingehaltene Hand.

»Okay. Mirko. Mirko Rosental«

Uhde, pardon, Monika grinste mich zufrieden an. Sie war schon schwer in Ordnung. Ich hinterließ dem Kellner ein ordentliches Trinkgeld auf dem Tablett und winkte draußen

Monika hinterher, als sie am Präsidium um die Ecke bog. Bis zu unserem ersten gemeinsamen Einsatz war noch gut eine Stunde Zeit, und die wollte ich für einen kleinen Spaziergang in der Abendsonne nutzen.

Die Sonne verschwand gerade hinter einer dicken Wolke, als wir uns in Monikas klapprigem Toyota dem Ziel näherten. Monika hatte Werner Feuer unterm Hintern gemacht, damit der endlich seinen Bericht schrieb, und außerdem durchgesetzt, daß Bartel sofort vom Dienst suspendiert wurde. Die Adresse, die Monika bei der Kfz-Zulassung ermittelt hatte, stimmte mit der aus Werners Protokoll überein. Wir würden eine Kraftfahrzeugüberprüfung wegen eines Supermarktraubs vortäuschen.

In Thekla gab es nur hier und da ein paar freistehende Häuschen an schmutzigen Pflasterstraßen. Die Gegend war verrufen und galt als armes Viertel. Rostige Gleise vom alten Güterbahnhof durchzogen immer wieder das schlechte Pflaster inmitten der Industrieruinen – Symbol der ständig steigenden Arbeitslosigkeit in der Stadt.

Grundstück Nummer 23 fügte sich mit einem kleinen, zweistöckigen Wohnhaus und einem barackenartigen Anbau im Hinterhof in die Reihen der anderen schmutzigen Häuser ein. Es schien keiner da zu sein. Eine kleine rote Leuchtreklame blinkte rechts im Erdgeschoßfenster: »Seidel's Sch.üsselservice. Ta. und Nacht«. Die fehlenden Buchstaben paßten zum Ambiente der Straße. Zwei Häuser weiter spielten ein paar kleine Jungs in dreckigen Sachen in einem ausgeschlachteten Renault. Irgendwo schlug ein Hund an.

»Reizende Gegend«, sagte Monika und stieg den Treppenabsatz zur Eingangstür hinauf. Sie klingelte, während ich einen kurzen Blick in den Hinterhof warf. Der schlammige Boden war aufgewühlt, und das Garagentor stand offen. Vor der Steinbaracke lag ein Haufen Kohlen im Matsch. Der Barkas war nicht da. Auch nach dem zweiten Klingeln blieb alles ruhig.

Monika kam zurück und sah mich fragend an. Ich stand neben dem Wagen und zuckte mit den Schultern.

»Vielleicht warten wir ein Weilchen. Irgendwann muß schließlich jemand wiederkommen.«

Ich nickte. »Am besten, wir warten im Auto, damit niemand Verdacht schöpft. Fremde fallen hier sofort auf.«

Monika drehte sich zum Wagen. »In Ordnung. Ob hier vielleicht das eine oder andere Grundstück noch zu haben ist?«

»Garantiert.«

Ich stieg zu ihr in den Wagen. Sie schaltete das Radio ein und sagte:

»Ich habe ein merkwürdiges Gefühl bei diesem Haus.«

»Ich auch. Würde mich schon interessieren, was drinnen so vor sich geht.«

Monika nestelte am Lenkrad herum. Ich blätterte sinnlos in einem Hefter und kurbelte meine Scheibe herunter. Ich machte mir Mut.

»Wäre schon verrückt, wenn der Typ, den wir suchen, ausgerechnet hier wohnt.«

Monika sah mich verwundert an. »Wieso? Es gibt immer mindestens einen Schuldigen. Irgendeiner muß es doch schließlich gewesen sein.«

»Nein, ich meine bloß, wir hätten auf einmal einen Verdächtigen, und Graustein hätte dann tatsächlich die Wahrheit gesagt. Kannst du dir das vorstellen?«

Monika grinste.

»Wer weiß. Mit dem Wort unmöglich gehe ich sehr sparsam um. Die Presse wird es nicht so toll aufnehmen.«

»Ja. Den Falschen verhaftet, den Richtigen laufengelassen, ein potentielles Opfer nicht in Schutz genommen. Schlimmer kann es nicht mehr kommen.«

Monika legte den Finger an ihre Lippen und flüsterte:

»Denkste. Da vorn kommt unser Mann.«

Der blaue Barkas kam angeknattert, wendete in der Auffahrt und hielt schließlich auf der Straße. Auf der Motorhaube und auf der Karosse klebte die Nachbildung eines großen Schlüssels.

»Bingo«, sagte Monika und legte mir die Hand auf die Schulter, als ich gerade die Tür öffnen wollte.

»Jetzt noch nicht. Warte.«

Aus dem Fahrerhaus sprang der unscheinbare junge Kerl aus der Sauna. Seine Bewegungen wirkten fahrig, als er die Beifahrertür öffnete und einer kleinen, dicken alten Frau hinaushalf. Vielleicht konnte die uns weiterhelfen. Sie war kaum größer als einssechzig, vielleicht siebzig oder fünfundsiebzig Jahre alt und litt offensichtlich an einem schweren Hüftschaden. Sie schob sich an Krücken zum Hauseingang, während er ihr ein paar Einkaufstüten hinterhertrug. Die Laderaumtür des Barkas stand offen.

Monika ließ meine Hand los.

»Okay. Jetzt!«

Wir stiegen fast gleichzeitig aus dem Wagen. Seidel bemerkte uns zuerst. Er blieb stehen und musterte uns mißtrauisch.

»Herr Seidel?« sagte Monika und hielt ihren Ausweis nach oben. Seidel erstarrte.

»Kommissar Uhde, Kriminalpolizei. Wir möchten uns gern Ihren Lieferwagen ansehen.«

Für einen Augenblick zuckten Seidels Gesichtsmuskeln, und seine Augen flackerten. Aber er verriet sich nicht. Die Alte hatte den Podest erreicht und blickte sich um. Offenbar brauchte sie Hilfe. Sie stutzte.

»Was ist denn?«

Ihre Stimme klang sehr streng. Seidel stellte mechanisch die Tüten ab und stemmte die Arme in die Seiten. Er wirkte nicht einmal unsympathisch.

»Polizei. Die wollen den Laster untersuchen.«

»Was? Wieso das denn? Teufel noch mal!«

Sie schüttelte ihren kleinen Schädel und kam zurückgehumpelt. Ich war mir ziemlich sicher, daß sie ihren Ehemann zu Tode gezetert hatte. Jetzt stand sie Monika keuchend gegenüber, ein unscheinbares Muttchen mit Haaren auf den Zähnen.

»Was wollen Sie denn von meinem Enkelchen? Hat er was verbrochen?«

Ich wartete ein wenig abseits, meine Pistole griffbereit, um notfalls ins Geschehen eingreifen zu können. Monika wußte nicht, daß Graustein mir eine Waffe gegeben hatte, und zum ersten Mal war ich froh, den kalten Stahl in meiner Jackentasche zu spüren. Wenn Seidel jetzt flüchten wollte, dann mußte er an mir vorbei. Monika versuchte, die Situation zu entspannen.

»Es handelt sich um eine reine Routinekontrolle. Wir fahnden nach einem Trio, das mit einem solchen Kleinbus eine Reihe von Einbrüchen in Supermärkte verübt hat.«

Die Alte schüttelte den Kopf. »Also, mein Enkel würde so etwas niemals tun, nicht wahr?«

Sie sah ihn liebevoll an, und er machte eine einladende Handbewegung in Richtung Barkas. »Bitte. Sie können ihn sich gerne ansehen.«

Irgend etwas an der Art, wie Monika ihn ansah, sagte mir, daß sie ihn an seiner Stimme erkannte. Aber sie hielt sich unter Kontrolle, weil sie wußte, daß das als Beweis nicht ausreichte. Wir hatten außerdem keinen Durchsuchungsbefehl und konnten nichts weiterverwenden. Jeder Haftrichter würde Seidel umgehend aus der U-Haft entlassen und uns ein Disziplinarverfahren anhängen.

Seidel begleitete Monika zum B 1000 und öffnete ihr die Fahrertür. Die Alte sah den beiden zufrieden nach. Dann winkte sie mich mit einer ihrer Krücken heran.

»Und Sie sind auch von der Polizei?« Sie humpelte bereits wieder auf den Hauseingang zu.

»Dann helfen Sie mir mal inzwischen ins Haus. Es heißt doch immer ›Dein Freund und Helfer‹, oder?«

Sie hakte sich bei mir unter und schloß die Tür auf. Dann schob sie mich in den Korridor. Es roch nach fettigem Krauteintopf und alten Strümpfen. Drei vergilbte Türen zweigten links und rechts von der Diele ab. Eine schmale Treppe führte nach oben. Der Fußboden knarrte, Streifen vom einfallenden Tageslicht auf der dunkel geblümten Tapete, grauer Nadelfilz auf dem Boden. Sie bemerkte meinen prüfenden Blick.

»Sicherlich glauben Sie auch, wir hätten das ganze Haus voller Diebesgut. Ist es nicht so?«

Ich sah mich verlegen nach Monika um. Seidel stand plötzlich im Turrahmen und runzelte die Stirn. Ich sah, wie Monika in seinem Rücken mit einer geschickten Handbewegung ihre Dienstwaffe lockerte. Man konnte nie wissen.

»Bei uns werden Sie jedenfalls nichts finden«, fuhr die Alte fort. »Mein Enkel arbeitet den ganzen Tag, und ich bin für solche Sachen schon zu alt. Aber kommen Sie nur. Geradeaus geht es in die Küche, und hier ...«

Seidel unterbrach sie. Er ging an mir vorbei und stellte sich mir in den Weg. Von nahem sah er sehr übernächtigt aus.

»Aber was soll denn das, Oma? Du kannst doch nicht einfach wildfremde Leute ins Haus lassen. Haben Sie denn überhaupt einen Durchsuchungsbefehl?«

Er kannte sich offenbar aus. Hinter seiner Stirn arbeitete es, und hektische Flecken erschienen auf seinen Wangen.

»Im Moment nicht«, sagte Monika, die plötzlich neben mir stand, »aber wir können uns einen besorgen und kommen dann später wieder, um Sie zur Vernehmung auf dem Revier abzuholen. Wäre Ihnen das so recht?«

Die Alte humpelte nach vorn und tippte Seidel mit dem Zeigefinger auf die Brust.

»Da siehst du wieder, was du angerichtet hast, mein Junge. Wir haben doch nichts zu verbergen. Du fährst jetzt zu Blumen-Hahnisch, um das Kellerschloß zu reparieren. Der Lehrling hat heute morgen den Schlüssel abgebrochen. Ich hab Frau Hahnisch gesagt, daß du bis achtzehn Uhr bei ihr wärst. Jetzt ist es schon beinahe acht.«

»Aber ...«

Er wies mit der ausgestreckten Rechten zu den abgestellten Einkaufstüten.

»Keine Widerrede. Die Kundschaft wartet. Den Einkauf kann mir sicherlich auch die Polizei reintragen. Nicht wahr?«

Ich nickte eifrig. Seidel trollte sich zögerlich zu seinem Vehikel, schmiß die Türen zu und fuhr weg. Er warf uns einen bösen Blick zu, als er noch einmal vorbeifuhr.

Monika griff sich ein paar von den Tüten und trug sie ins Haus. Die Alte ging voraus und öffnete alle Türen. Geradeaus die Küche. Eiche rustikal auf hellgrauen Fliesen. Überall diffuses Licht und abgestorbene Luft. Sauberer Stillstand. Im Wohnzimmer tickte eine alte Kuckucksuhr. Das Geräusch klang penetrant und bedrohlich. Draußen konnte man jetzt das hochtourige Motorengeräusch des sich entfernenden Barkas hören. Am Eingang raschelte es. Monika stand in der Tür. Sie atmete schnell. In der rechten Hand hielt sie die Einkaufstüten.

»Wo soll ich die hinstellen, Frau Seidel?«

Die Alte zeigte mit einer Krücke auf die Küchentür. »Stellen Sie nur alles auf den Küchentisch, junge Frau. Mein Enkel wird es nachher schon ausräumen. Ich muß mich jetzt erst einmal ausruhen.«

Sie ließ sich im Wohnzimmer in einen alten Ohrensessel fallen, der mit einem orangefarbenen Tuch bedeckt war. Das Tuch wirkte deplaziert und zerriß mit seiner Farbe die Monotonie. Die Stille war ekelhaft. Monika wuchtete sich an der Tür vorbei und warf mir dabei einen halb hilflosen, halb wütenden Blick zu. Ich ignorierte es. Die Alte hätte es bemerkt.

»Sie können auch ruhig nach oben gehen«, sagte sie, hustete und streifte sich die Schuhe von den Füßen. »Oben links ist das Zimmer meines Enkels, daneben das Badezimmer, und rechts von der Treppe finden Sie das Büro.«

Monika stellte sich in den Türrahmen.

»Sind Sie sich sicher, daß wir reindürfen? Wir möchten nicht unerlaubt in Ihre Privatsphäre eindringen.«

»Aber wenn ich es Ihnen doch sage. Mein Enkel wird nichts dagegen haben. Er ist ein anständiger Junge. Nun gehen Sie schon.«

Ich tauschte einen Blick mit Monika, dann ging ich mit ihr zur Treppe. Monika flüsterte aufgeregt: »Das war dieser Kerl vom Telefon, dieser Bernhardt. Und jetzt ist er weggefahren!«

Ich hob die Schultern. »War irgend was mit dem Barkas?«

Monika schüttelte den Kopf.

»Was machen wir bloß?«

»Keine Ahnung. Aber irgend etwas fällt uns schon noch ein.«

»Ja, zur Not können wir seine Großmutter als Geisel nehmen und ihn erpressen. Wir dürfen nicht vergessen, sie nach vergangener Nacht zu fragen.«

Monika nickte. Wir betraten das Zimmer, in dem Bartel und Werner letzte Nacht mit Seidel geplauscht hatten.

Das Zimmer lag zum Hinterhof, maß höchstens zwölf Quadratmeter, war langgezogen und mit weißer Rauhfaser tapeziert. Unter dem einfachen Holzfenster stand ein schwarzer Schreibtisch aus Spanplatten, darüber ein kleines Holzkreuz, daneben ein grauer Bürostuhl und ein alter Wäscheschrank, Nußbaum furniert.

»Das ist Gründerzeit«, sagte Monika bewundernd.

»Aber sie haben die Füße abgesägt und ein Vorhängeschloß drangebastelt. Schade drum.«

Ich nickte. Hinter dem Wäscheschrank stand ein Kastenbett. Es nahm die gesamte Breite des Raumes ein und wirkte unberührt. Hier hatte noch vor einigen Stunden der nackte Junge gelegen. Die Wand über dem Bett war von oben bis unten mit Zeitungsausschnitten bedeckt, wenn man den darübergezogenen Vorhang beiseite schob. Wohl die gesamten Polizeieinsätze der letzten fünf Jahre. Fotos von Polizeihunden, ein Hefter mit Uniformbildern, eine echte Dienstmütze, Waffenattrappen. Bartel hatte es nicht bemerkt. Ich zeigte auf ein Paar Handschellen:

»Der Junge ist ein Polizeifan, ganz wie Graustein es vorhergesagt hat. Er benutzt für seine Phantasien Berichte über Gewalttaten.«

Monika winkte ab. »Na und. Jeder kann sich heute irgendwo Handschellen besorgen.«

Wir sahen uns weiter das Zimmer an. Blauer Nadelfilz auf dem Boden. Zwei Lampen im Raum, davon eine über dem Bett und die andere auf dem Schreibtisch. Kein Radio, kein Fernseher, keine Bücher. Sterile Leere und muffige Luft zwischen den Wänden.

»Das ist merkwürdig«, sagte ich und untersuchte das Vorhängeschloß, mit dem der Wäscheschrank verriegelt war. »Wer schließt schon seine Unterhosen weg?«

Monika nickte. »Das ganze Haus ist merkwürdig. Es ist wie ein toter Baum.«

»Wie ein toter Baum?«

»Ja. Völlig erstarrt und versteinert.«

Ich lauschte nach unten. Der Fernseher lief.

»Also, hier ist jedenfalls nichts, was für eine Verhaftung reicht«, sagte Monika ratlos.

»Ob wir uns den Schrank mal näher ansehen sollten?«

»Sicher. Aber dazu haben wir keine Erlaubnis. Mich interessiert außerdem die Werkstatt auf dem Hof. Wir müssen uns was überlegen.«

»Und was machen wir in der Zwischenzeit? Das Haus observieren? Der Kerl wird spätestens jetzt vorsichtig sein.«

»Ich weiß noch nicht. Gehen wir in den Keller.«

Monika nahm meinen Arm und zog mich zur Treppe. Wir gingen ganz nach unten und warfen einen kurzen Blick in den Keller, in dem sich außer einem Haufen Gerümpel und dem Heizungskessel nichts von besonderem Interesse befand.

»Vielen Dank, Frau Seidel«, sagte Monika betont freundlich, als wir wieder in der Diele vorm Wohnzimmer standen, »und wir entschuldigen uns für die Störung. Meinen Sie, wir könnten uns zum Abschluß noch die Baracke im Hof ansehen?«

»Nein. Mein Enkel hat die Schlüssel mitgenommen. Das ist seine Werkstatt.«

»Ach so. Ist er denn oft dort?«

Sie blickte Monika belehrend an.

»Natürlich ist er das. Mein Enkel ist ein fleißiger Junge. Manchmal arbeitet er sogar nachts da unten, damit die Aufträge rechtzeitig fertig werden. Mein Mann hätte seine Freude daran, wenn er sehen könnte, was der Junge aus der Firma gemacht hat. Mein Enkel ist nämlich keiner von denen, die betrunken Auto fahren, sich nachts in den Diskotheken verlustieren und dann mit den leichten Mädchen rummachen. Die Polizei sollte sich lieber um solche Burschen kümmern als um meinen Enkel.«

Monika verdrehte die Augen. »Das werden wir, ganz bestimmt.«

Ich sah zur Seite.

»Vielen Dank noch mal für Ihr Entgegenkommen.«

»Ist schon gut. Ziehen Sie bitte die Tür hinter sich zu, wenn Sie draußen sind.«

»Ach so, und noch was«, sagte Monika wie nebenbei. »Ist Ihnen heute nacht etwas besonderes im Haus aufgefallen, Licht, Lärm, oder so?«

»Nein, der Junge hat in seiner Werkstatt gearbeitet und es war ruhig wie immer. Aber jetzt gehen Sie bitte.«

Wir gingen. Die Tür fiel hinter uns mit einem satten Ton ins Schloß.

»Was nun?« fragte Monika ratlos.

»Wir brauchen handfeste Beweise. Bis wir einen Vorwand für die legale Durchsuchung der Baracke finden, hat er längst alle Spuren beseitigt.«

»Wir müssen heute nacht unbedingt wiederkommen. Bis dahin fällt uns schon was ein.«

»Na, hoffentlich.«

Wir stiegen in Monikas Wagen und fuhren los. Ich hatte das ungute Gefühl, daß wir beobachtet wurden.

Seidel war mit seinem Barkas nur um ein paar Ecken gefahren und anschließend zurückgekehrt, um das Haus von der anderen Straßenseite aus zu beobachten. Er wartete noch eine Weile hinter einer Mauer, nachdem sich die beiden Schnüffler vom Haus entfernten, und fuhr dann zurück. Als er vor der Eingangstür stand, zwang er sich, ruhig zu sein. Er schloß auf und suchte nach seiner Großmutter. Sie saß im Ohrensessel, blätterte in einer Illustrierten und ließ wie immer den Fernseher dabei laufen. Sie sah ihn fragend an.

»Du bist schon zurück?«

»Hmmh. War ein Kinderspiel. Ich hab' ein neues Sicherheitsschloß eingebaut.«

Sein Herz schlug bis zum Hals, doch er wollte seine Großmutter nicht mißtrauisch machen. Sollte sie doch die Neuigkeiten berichten.

»Interessiert dich denn gar nicht, was die beiden Polizisten mir noch gesagt haben?« fragte sie wie auf Kommando und legte die Illustrierte zur Seite.

»Ja, schon. Was wollten die von uns?« Er trat unruhig von einem Fuß auf den anderen.

»Sie wollten wissen, ob wir Diebesgut in unserem Haus haben.«

»Und?« Seidel tat ungerührt.

»Sie haben natürlich nichts gefunden. Aber die Werkstatt wollten sie sich ansehen.«

»Ja? Wieso?«

Er fühlte sich nicht sonderlich erregt, doch ein paar Schweißperlen traten auf seine Stirn. Großmutter lächelte.

»Du hast doch nichts verbockt?«

»Was? Ich? Nein. Wie kannst du nur so etwas glauben?«

»Gar nichts glaube ich. Ich habe dich nur etwas gefragt, und du hast geantwortet. Soweit ist alles in Ordnung. Ach ja, der Einkauf müßte noch eingeräumt werden ...«

»Geht klar.«

Er ging in die Küche und sortierte die Becher mit dem Schokoladenpudding in den Kühlschrank. Er sah zur Küchenuhr. Es blieb noch genug Zeit, um alles in Ordnung zu bringen. Gleich nach dem Einräumen würde er die nötigen Vorkehrungen treffen. Dieser Nachmittag konnte sehr lang für ihn werden.

25

Monika fuhr mich zu meiner Wohnung. Es war erst vier Uhr nachmittags. Wir diskutierten.

»Es ist zum Auswachsen«, sagte sie.

»Diese Obertrottel haben keine Ahnung, und wir können unseren Kandidaten noch nicht präsentieren, weil das die Vorschrift verbietet. Wir waren ohne Durchsuchungsbefehl im Haus. Wenn das der Staatsanwalt hört, haben wir nichts in der Hand gegen diesen Seidel. Selbst, wenn wir in seinem Zimmer ein wahres Leichenlager gefunden hätten, würden die Beweise vor Gericht nicht zählen, weil wir nicht nach Vorschrift gehandelt haben.«

Ich sah nach draußen. Das Wetter war besser geworden. Im grellen Sonnenlicht wirkten die Neubaublocks auf mich wie ein mysteriöses Straflager mit angebautem Gebrauchtwagenparkplatz.

»Am liebsten hätte ich den Kerl auch gleich verhaften lassen«, sagte ich. »Aber ich glaube nicht, daß er jetzt noch weitere Verbrechen verübt. Dem Jungen von letzter Nacht können wir sicher nicht mehr helfen. Seidel hat ihn keinesfalls laufen lassen. Aber wir haben ihn aufgeschreckt. Durch seine Großmutter weiß er jetzt, daß wir noch mal zurückkommen, um seine Werkstatt anzusehen. Wenn er dort etwas zu verbergen hat, wird er es beseitigen wollen. Sobald es dunkel ist, postieren wir uns in der Nähe des Hauses und beobachten es. Verhält er sich auffällig, informieren wir anonym das LKA und lassen ihn in die Falle laufen. Was nützen uns die Lorbeeren, wenn er uns entwischt oder das Strafverfahren wegen der Mißachtung von Vorschriften scheitert? Wir haben keine andere Wahl.«

Monika seufzte. »Die Lorbeeren sind mir egal. Und du hast völlig recht. Wann treffen wir uns?«

»Ich wird' nicht noch mal ins Präsidium gehen. Holst du mich hier ab?«

»Kein Problem. So gegen halb acht?«

»Ja, das dürfte reichen.«

Monika zögerte. Sie hatte den Motor ausgeschaltet.

»Das ist vielleicht nicht der richtige Zeitpunkt, darüber zu reden, aber wie läuft das eigentlich so mit euch beiden? Ich meine, so den ganzen Tag über. Ihr wohnt nicht zusammen, oder?«

Ich lief sofort rot an und sagte leise: »Du meinst, ich und ...?«

Ich lächelte gequält und überlegte mir gerade eine Ausrede, aber Monika winkte ab.

»Okay, tut mir leid. Jetzt muß ich aber los. Mein Sohn ist nämlich allein zu Hause, und wenn ich nicht sofort nach ihm sehe, hängt er wieder stundenlang vor der Glotze rum und vergißt dabei seine Hausaufgaben.«

»Na dann.«

Ich stieg aus und winkte ihr hinterher. Ich trampelte die Treppe hoch und ließ die Wohnungstür hinter mir zuknallen. Ich war wütend auf mich.

Rüdi von der Aidshilfe hatte mir eine Nachricht aufs Band gesprochen, damit ich ihn zurückrief. Er meldete sich schon beim ersten Klingeln mit trauriger Stimme:

»Ja, hallo, es tut mir leid, dir das zu sagen, aber es geht um Terrine. Sie hat Schlaftabletten geschluckt.«

Ich zuckte innerlich zusammen und erwiderte nichts.

»Die Beerdigung ist am Sonntag auf dem Südfriedhof. Sie hat einen Abschiedsbrief hinterlassen. Du sollst die Grabrede halten.«

»Mein Gott«, sagte ich endlich, bevor ich auflegte, aber mehr aus schlechtem Gewissen. Terrine war tot, war an einer Überdosis Tabletten gestorben, und ich hatte in den letzten Tagen kaum einen Gedanken an sie verschwendet. Das

Schlimme war bloß, daß ich im Moment überhaupt nichts für das von der übrigen Welt kaum wahrgenommene Hinscheiden des häßlichen Herrn Fischbach empfinden konnte. Es war so, wie man eine regelmäßige Ausgabe aus seinem Bankregister streicht. Terminiert. Aber ich hatte so viel anderes zu bedenken. Später würde es mir sicher noch leid tun.

Ich verdrängte das Schuldgefühl und ließ mir gegen mein Frösteln erstmal heißes Badewasser ein. Ich sah erstarrt zu, wie das Wasser in die Wanne sprudelte und überlegte dabei fieberhaft, wie wir Seidel nach seiner Verhaftung bloß überführen sollten. Ich zog mich aus. Gerade, als ich mit einem Bein ins Wasser tauchte, klingelte das Telefon. Mißmutig humpelte ich zurück ins Wohnzimmer. Als ich den Hörer abnahm, wußte ich, wer am anderen Ende der Leitung atmete.

»Graustein?« rief ich aufgeregt und knipste die Stehlampe an, um nach meinen Hosen zu suchen.

»Ja.« Er klang müde.

»Wie geht es Ihnen? Und wo sind Sie?»

»Oh, für einen Herzkranken geht es mir ganz prächtig. Alles in Ordnung.«

Das konnte nicht wahr sein. Graustein wollte mich ärgern.

»Sie wissen, daß der Amtsarzt schon verhaftet wurde?«

»Ja, das war beinahe schon vorhersehbar. Ein weiterer geldgieriger Trottel ohne Verstand. Jedenfalls bin ich im Moment weit genug entfernt, falls Sie den Anruf zurückverfolgen lassen.«

Er meinte es ernst. Bei ihm rauschte gerade ein Auto vorbei. Er stand also in einer Telefonzelle an einer Straße. Keine Hauptstraße. Vielleicht in einem Dorf.

»Hier ist keine Fangschaltung.«

»Um so besser. Ich rufe an, weil ich mich für den Fortgang Ihrer Ermittlungen interessiere. Waren Sie denn inzwischen schon bei ihm?«

»Bei wem?«

»Na, bei dem Kerl mit dem blauen Kleinbus.«

»Ja. Er wohnt in Thekla. Er sieht genauso aus, wie Sie ihn mir beschrieben haben.«

»Natürlich. Und was halten Sie von ihm?«

»Monika Uhde hat seine Stimme wiedererkannt.«

Graustein verschlug es für einen Augenblick die Sprache. »Uhde hilft Ihnen?«

»Ja.«

»Sie ermitteln doch nicht etwa auf eigene Faust?«

»Doch.«

Graustein seufzte. »Das bedeutet, daß Sie den Kerl nicht verhaften können, er aber jetzt weiß, daß man sich für ihn interessiert. Ach, verdammt!«

»Sie sagen es. Wir glauben, daß er heute nacht wichtige Spuren beseitigen wird. Uhde und ich, wir werden ihn nach Einbruch der Dunkelheit observieren. Wenn wir etwas Verdächtiges bemerken, informieren wir das LKA. Er ist übrigens ein Polizeifan, ganz wie Sie vermuteten. Das ganze Zimmer ist voller Zeitungsartikel.«

»Dachte ich mir. Und sammelt er auch andere militärische Utensilien, zum Beispiel Uniformen, nachgebildete Waffen, als so eine Art Fetisch?«

»Kann man wohl sagen. Uhde hat in seinem Vorstrafenregister ein paar kleinere Brandstiftungen ermittelt, dazu kleinere Eigentumsdelikte in Supermärkten. Als seine Mutter starb, hat man übrigens ein sinnlos abgeschlachtetes Schaf im Stall gefunden. Ich habe mir die Tatortberichte der Kollegen von damals angesehen. Erinnern Sie sich noch an dieses ominöse Verschwinden von Haustieren in der Theklaer Gegend? Vielleicht ist das der Kerl.«

»Hmmh, das wäre durchaus denkbar. Zündeleien, Bettnässen bis zum Eintritt der Geschlechtsreife und auch noch darüber hinaus, Mißhandlung von Tieren, Eigentumsdelikte. Ein Paradebeispiel für die Vita eines introvertierten Gewaltverbrechers.«

Er zögerte einen Moment.

»Ich rufe eigentlich auch an, weil ich jetzt eine Idee habe, wie Sie ihn vielleicht schon morgen schnappen und überführen können, solange er noch heiß ist.«

»Tatsächlich?«

»Natürlich würde ich gern selber kommen, um Sie zu unterstützen, aber ich glaube nicht, daß ich Ihnen im Moment eine große Hilfe sein könnte. Außerdem geht es doch darum, daß der Kerl so schnell wie möglich gesteht und mich entlastet.«

»Also, ich werde natürlich sehen, was sich tun läßt«, erwiderte ich ein wenig befremdet und berichtete Graustein ausführlich über unseren Besuch bei Seidel. Als ich fertig war, riet er mir davon ab, die Observation in dieser gefährlichen Phase auf eigene Faust durchzuführen:

»Wenn Seidel Sie bemerkt, wird er entweder fliehen oder versuchen, Sie auszuschalten. Außerdem könnte sein letztes Opfer noch leben. Sie haben ihn bereits aufgeschreckt, und wenn Sie ihn jetzt unerwartet in Ruhe lassen, wird er sich sicherer fühlen. Dann kommt für ihn der Hammer. Warten Sie noch bis morgen, dann werden Sie verstehen, was ich meine. Nehmen Sie sich aber bis dahin unbedingt noch mal diese Sekretärin aus Dresden vor. Ich denke, bei ihr könnte ein wichtiger Schlüssel zum Motiv liegen.«

»Damit können Sie den Fall in den nächsten achtundvierzig Stunden dank meiner Unterstützung lösen«, sagte Graustein zum Abschied. »Sie denken sicherlich daran, wenn Sie das Lob der Öffentlichkeit dafür einheimsen werden?«

»Ich werde die Wahrheit ans Licht bringen«, erwiderte ich. Graustein bekam einen kurzen, bitteren Lachanfall. »Oh, bloß nicht. Die Leute werden Sie nicht mögen. Tun Sie einfach nur Ihr Bestes. Ich vertraue auf Ihren Scharfsinn.«

Er hatte aufgelegt, bevor ich etwas erwidern konnte.

»Oh, herzlichen Dank«, rief ich in die tote Leitung und lief zurück ins Badezimmer. Das Wasser war inzwischen fast kalt geworden. Ich ließ es ab. Die Dinge überschlugen sich jetzt und duldeten keinen Aufschub mehr. Ich ging zurück zum Telefon und rief Monika an. Sie war gerade nach Hause gekommen:

»Du, wir müssen sofort nach Dresden, zu dieser Sylvia Schmidt. Graustein hat gerade angerufen.«

Zwanzig Minuten später fuhr Monika bei mir vor.

»Wenn du das gleich gesagt hättest«, meinte sie, »hätte ich auch bei dir aufs Klo gehen können.«

Dann gab sie Vollgas, und wir schafften die Strecke über die Autobahn in weniger als siebzig Minuten.

Sylvia Schmidt wohnte mit ihrem Freund in einem pastellfarbenen Reihenhaus bei Dresden. Monika hatte es mit ihrem Anruf geschafft, daß die Sekretärin uns trotz ihrer Verdrossenheit in der Angelegenheit für ein weiteres Gespräch zur Verfügung stand. Schließlich hatte sie ein Ohr in ihrem Briefkasten gefunden, und bis jetzt konnte ihr die Polizei nicht sagen, wieso. Aber vielleicht wußte Fräulein Schmidt die richtige Antwort schon längst. Sie ließ uns durch die verglaste Haustür herein und bat uns, die Schuhe auszuziehen, bevor wie ihre gute Stube betreten durften.

Sylvia Schmidt war hübsch, dunkelhaarig und verfügte offenbar über weitreichende Kenntnisse in der Hautkosmetik, dafür aber über nicht besonders viel Grips. Sie hatte ihr Haus mit lackierten Holzmöbeln und viel rosa Plüsch ausgestattet. Die Kinder, die sie noch nicht hatte, taten mir jetzt schon leid. Freund Tim, ein Kfz-Mechaniker, zog sich auf Sylvias Aufforderung nach draußen zurück, wo er aus lauter Nervosität die Edelstahlfelgen seines Opel Calibra mit Stahlfix putzte. Tim war dunkelblond, muskulös, schlank und hätte genausogut Stefan Brandts älterer Bruder sein können. Ich ahnte bereits, worauf alles hinauslief. Monika führte das Gespräch allein, und ich hielt mich dezent im Hintergrund. Sie schilderte die augenblickliche Situation und sagte:

»Ich weiß, Sie haben diese Frage inzwischen schon tausendmal beantwortet, aber bitte sagen Sie mir, wann und wie haben Sie das Ohr in Ihrem Briefkasten gefunden?«

»Es kam zu meinem fünfundzwanzigsten Geburtstag, als Glückwunschpäckchen.«

»Glauben Sie, der Absender hat sich besondere Mühe gegeben, das Ohr liebevoll zu verpacken?«

»Ja.«

»Könnte es sein, daß Ihnen Jörg Seidel dieses Ohr geschickt hat?«

Das saß. Sylvia Schmidt wurde blaß und sah uns erschrocken an. »Jörg Seidel?«

Ich bemerkte das Flackern in ihren Augen. Monika hakte sofort nach.

»Sie kennen Jörg Seidel, nicht wahr?«

»Na ja, wir gingen früher in eine Klasse. Keiner mochte ihn, weil er auf den Klassenfahrten mit elf immer noch nachts ins Bett gemacht hat. Er war einfach eklig. Die Jungs haben ihn deshalb ausgelacht.«

Ich übernahm. »Sagen Sie, hat er sich jemals merkwürdig gegenüber Tieren verhalten? Ist er mal beim Klauen erwischt worden, oder beim Zündeln?«

Fräulein Schmidt sah mich überrascht an.

»Ja. Auf einer Klassenfahrt fehlte plötzlich überall Geld in unseren Taschen. Die Lehrerin hat allen gesagt, wer was damit zu tun hätte, könnte das Geld einfach irgendwo hinlegen, wo ihn keiner dabei sehen würde. Jörg ist vollkommen ausgerastet und hat danach rumgeschrien, daß er die Jugendherberge anzünden will, und so was. Außerdem hat er ständig im Wald nach toten Tieren gesucht, und Tim hat er mal erzählt, daß er seine Katze aufspießt und in einen Teich geschmissen hat.«

»Sie waren also zusammen in einer Klasse. Haben Sie ihn danach noch mal gesehen?«

Sylvia Schmidt nickte und zögerte wie ein Kranker, der weiß, daß ihm die nächste Bewegung höllische Schmerzen bereiten wird. Offenbar kam jetzt der interessante Teil der Geschichte:

»Jörg war dann sogar bei der Schlosserausbildung in Tims Gruppe, obwohl er früher immer Polizist oder Feuerwehrmann werden wollte. Er hat die Stimmung in Tims Klasse total versaut.«

Ich fragte vorsichtig weiter. »Ich weiß, das ist jetzt ziemlich indiskret, aber stand Jörg Seidel jemals in irgendeinem intimen Verhältnis zu Ihnen? Ich meine, angenommen, das Ohr hat er geschickt. Gab es vielleicht einen ernsten Streit zwischen Ihnen?«

»Na ja …« Sylvia Schmidt zögerte und setzte ihren leidenden Blick auf. Also erwischt.

»Als er so zwölf, dreizehn war, hat er ständig versucht, sich an Timmy, also meinen Freund, ranzumachen. Sie sind immer mit dem Fahrrad durch den Wald gefahren, und er hat Tim ein paarmal dazu überreden wollen, daß er sich von ihm, na ja, einen runterholen läßt. Er muß irgendwie schwul sein oder so was. Jedenfalls war er richtig gehässig zu mir, als Timmy später in der Schlosserlehre mit mir gehen wollte. Timmy war da sechzehn, und er wollte Jörg loswerden, weil er ihm einfach auch wegen früher auf die Nerven ging. Dann hatten wir die Faschingsdisko, und wir alle waren ein bißchen, na ja, angeschwipst, und irgendwann haben die anderen vorgeschlagen, Jörg eins auszuwischen. Die anderen aus der Klasse sind alle zu mir gefahren, und ich hab' inzwischen einfach so getan, als ob ich auf einmal tierisch in Jörg verknallt war, obwohl er mit seinen dicken Pickeln natürlich der häßlichste Junge auf der Party war. Meine Eltern waren gerade nicht zu Hause, und der Rest der Klasse hat sich in den Schränken im Schlafzimmer versteckt. Ich hab' gesagt, wie sehr mich die Party anödet, und daß Timmy ein Arschloch wäre, und Jörg hat mich auch gleich danach zu mir abgeschleppt, wo ich ihn dazu überredet habe, mit mir zu schlafen. Er hat sich seine Klamotten runtergerissen und wollte auf mich drauf, aber ich hab ihn ins Bad geschickt, damit er sich 'nen Gummi drüberzieht. Und wie er aus dem Badezimmer kam, nackt und mit dem Gummi über seinem kleinen Steifen, ging das Licht an, und die anderen kamen aus den Schränken. Wir haben ihn so, wie er war, auf dem Balkon festgebunden und dazu unsere Party weitergefeiert. Er hat geschrien, die Polizei ist gekommen, und da war die Fete zu Ende. Das ist alles.«

Sie hatte die Geschichte zum Schluß so unterhaltsam erzählt, wie sie vom lustigsten Ferienerlebnis ihrer Kindheit berichten würde. Jetzt hockte sie wieder da wie ein Häufchen Elend und spielte die Schuldbewußte. Monika schüttelte den Kopf.

»Sind Sie sich eigentlich darüber im klaren, was Sie in Seidel ausgelöst haben, als er dermaßen gedemütigt vor Ihnen stand?«

Schmidt wackelte mit ihrem Köpfchen. »Es war doch bloß Spaß. Na ja, danach tat es mir schon ein bißchen leid. Wir wollten uns noch alle bei ihm entschuldigen, aber dann ist seine Mutter gestorben, und er mußte zu seiner Oma nach Thekla ziehen. Ich habe ihn seither nicht wiedergesehen.«

»Woran ist denn seine Mutter gestorben?« fragte ich.

»Sie hat Tabletten genommen.«

»Ach. Und wo ist der Vater?«

»Der ist auch schon tot. Er war Polizist, und ein Lastwagen ist in einen Stau gerast oder so was. Das war aber schon in der dritten Klasse.«

Monika bat Sylvia Schmidt, ihren Freund hereinzuholen, damit er uns ein Foto aus seiner Kindheit zeigen konnte. Tim holte ein paar abgegriffene Schnappschüsse aus dem Ferienlager. Ich hielt das Foto Christian Turadots daneben.

»Mein Gott, der gleiche Typ Junge«, sagte Monika. Graustein hatte also wieder mal richtig gelegen. Seidel suchte sich ein Surrogat für seine unerreichbar gebliebene Jugendliebe. Timmy hatte ihn abblitzen lassen, anstatt ihn behutsam zurückzuweisen. Gerade das hatte in Seidel ein Begehren ausgelöst, das bereits unterschwellig in ihm gärte. Aber den unschuldigen Timmy von damals gab es nicht mehr. Er war für Seidel zum lebensbestimmenden Mythos geworden, zu einer Art wollüstigem Phantom, das nur in seiner Phantasie weiterlebte und das er in Jungen suchte, die dem Timmy von damals ähnelten. Es bestand kein Zweifel daran, daß die öffentliche Demütigung für Seidel die Überschreitung der Schmerzgrenze bedeutet hatte. Welche Depressionen, welche

Seelenqualen mochte er durchlitten haben, bevor er sich entschloß, das Reich seiner Phantasien zu verlassen und in der Realität zu morden! Wenn wir Seidel kassierten, dann durften wir ihn nie wieder in die Freiheit entlassen. Seine seelische Deformation war zu groß, als daß sie jemals geheilt werden konnte. Er würde uns alles vorspielen, um sein Werk da fortzusetzen, wo es endete.

Wir zeigten dem jungen Paar die Fotos der vermißten Jungen und sagten ihnen, was geschehen war. Wenn sie uns auch nicht offen spüren ließen, daß sie verstanden, so sah ich es doch an ihren eingefrorenen Gesichtern. Ich wußte nicht, ob sie so etwas wie Mitschuld empfanden, wünschte ihnen aber für die Zukunft zumindest die eine oder andere schlaflose Nacht. Mir jedenfalls stand sicherlich eine bevor, als mich Monika nach unserer Rückkehr in meiner Straße absetzte. Grausteins Vorschlag, die Observation Seidels abzubrechen, gefiel ihr nicht besonders. Aber der Alte hatte bewiesen, daß er auf der richtigen Spur war, und ich sah keinen Grund, seinem Spürsinn zu mißtrauen.

26

Nach einem zeitigen Frühstück wartete ich aufgekratzt neben dem Telefon auf Grausteins Anruf. Er hatte mir eine sensationelle Überraschung versprochen, und die kam dann schließlich, wenn auch erst mit der Morgenzeitung.

»ICH HABE SIE ALLE ERMORDET« stand über Grausteins Konterfei nebst halbseitigem Leitartikel. Ausgerechnet bei Eva Berger gestand Graustein in einem Exklusiv-Interview die Morde an Christian Turadot, Stefan Brandt, Marco Richter sowie an fünf weiteren vermißten Jungen aus der Umgegend im Alter von vierzehn bis achtzehn Jahren. Graustein schilderte präzise, was er mit den Jungen gemacht hatte und daß die Polizei mehrere der Leichen finden würde, wenn man am linken Ufer des Elster-Saale-Kanals in nördlicher Richtung in Höhe der dritten Brücke bei Rückmarsdorf nach ihnen suchte.

Das war äußerst geschickt und raffiniert von Graustein. Indem er die Morde gestand und von angeblichen weiteren fünf Leichen sprach, konnte er Seidel aus der Reserve locken. Wenn der sein Gesicht wahren wollte, mußte er entweder ein Signal setzen oder sich zumindest in der Nähe des angeblichen Leichenfundorts einfinden, um die unliebsame Konkurrenz zu begutachten. Ich fand es zynisch, daß Graustein ausgerechnet das Waldstück ausgewählt hatte, in dem der Mörder Kolbmüller seine geköpften und mißhandelten Opfer vergraben hatte. Der Ort war nur über einen Feldweg zu erreichen und von einer kleinen Anhöhe aus gut einsehbar. Was Graustein da tat, war nicht nur höchst selbstlos; es war schlichtweg genial. Darauf konnten wir hervorragend aufbauen, ohne uns zu sehr ins Rampenlicht zu stellen. Monika arbeitete schon seit sechs Uhr früh draußen am Kanal, wo sie inmitten von Journalistenpulks und der SOKO versuchte, ein wenig Ordnung aufrechtzuerhalten. Mit Einbruch der Dunkelheit würde sie den Fundort räumen und weiträumig absperren lassen. Es gab sowieso nichts zu entdecken.

Natürlich waren die Spezialisten der Spurensicherung zusammen mit der SOKO im Rudel angerückt, hatten sich vor der Presse in Szene gesetzt und dabei nichts weiter gefunden als ein paar leere Bierdosen und die traurigen Reste eines nächtlichen Lagerfeuers. Ohne die erhofften Leichen war die SOKO bis zum letzten Mann unverrichteter Dinge wieder abgezogen. Und Uhde hatten sie den Wachposten zugeschustert, was auch so sein sollte. Wir mußten schließlich damit rechnen, daß Seidel nach Anbruch der Dunkelheit am vermeintlichen Fundort auftauchte.

Gegen siebzehn Uhr nahm ich mir Uhdes Toyota, den sie wie besprochen in der Tiefgarage des Präsidiums zurückgelassen hatte, und erreichte damit den Kanal noch vor Einbruch der Dunkelheit. Monika wartete im Wald auf der kleinen Anhöhe. Sie war sichtlich angespannt, wußte jedoch nichts Ungewöhnliches zu berichten. Seidel hatte sich bisher nicht blicken lassen. Aber er würde kommen. Wir spürten es.

Den Wagen versteckten wir etwas tiefer im Wald, so daß man ihn vom Weg aus nicht sehen konnte. Dann bezogen wir auf einem Hochstand Position und schlugen schweigend die Zeit tot. Es war einfach nervtötend.

Seidels Barkas kam tatsächlich ungefähr zwei Stunden später durch den Wald gezuckelt. Er ließ den Kleinbus ohne Scheinwerfer und im Leerlauf die Anhöhe herabrollen und stoppte wenige Meter vor unserem Hochstand. Wir duckten uns und hielten die Luft an. Wenn er uns jetzt sah, war alles aus.

Aber er bremste, warf lässig die Tür hinter sich zu und lief mit einer starken Taschenlampe hinunter zum angeblichen Fundort, wo er umherirrte und den Lichtkegel ausgiebig kreisen ließ. Nach zehn Minuten war er fertig. Als er zurückkam und die Hecktür des B 1000 aufschließen wollte, stand Monika plötzlich neben ihm. Sie hielt ihm ihre Pistole vor die Brust und sagte:

»Herr Seidel, Sie sind verhaftet. Sie stehen unter Mordverdacht. Sie haben das Recht, zu schweigen und sich einen Anwalt zu nehmen. Alles, was Sie sagen, kann später vor Gericht gegen Sie verwendet werden.«

Seidel zuckte zusammen, als ihn der Strahl meiner Taschenlampe ins Gesicht traf. Dann ließ er sich von Monika willig abführen. Sie schob ihn auf die Rückbank ihres Toyota und setzte sich daneben. Seidel grinste verstört und schwieg. In seinem Barkas befanden sich mehrere Plastikäcke mit stinkenden Leichenteilen und eine Schaufel. Offenbar wollte er die Tüten zum Beweis seiner Überlegenheit am Kanal vergraben. Wir hatten ihn daran gehindert.

Ich fuhr Monikas Wagen, während sie unseren nächtlichen Fang auf der Rückbank bewachte. Der Mörder Seidel sah friedlich und gedankenverloren nach draußen, als ob er in einem Taxi säße und nicht mit Handschellen gefesselt in einem Zivilfahrzeug der Kriminalpolizei. Vielleicht dachte er gerade über die Publicity nach, die ihm jetzt mit einem Schlag zuteil wurde. Es war ekelhaft, in sein grinsendes Gesicht schauen zu müssen.

Wir hatten vor, Seidel im Präsidium zu verhören. Durch sein Auftauchen am Tatort konnten wir ihn vorläufig festnageln und seine Werkstatt durchsuchen lassen. Schließlich befanden sich in seinem B 1000 Leichenteile, für die sich das LKA interessieren würde. Das einzige Geräusch, das die bedrohliche Stille zerriß, war das der Reifen und Monikas Funkgerät. Sie hielt es immer auf Empfang, um sicherzugehen. Die Zentrale gab die üblichen Fahndungen nach Autodieben, Unfallflüchtigen und Einbrechern raus. Kaum einer älter als zwanzig.

Bevor wir die Umgehungsstraße nach Süden erreichten, erreichte uns ein weiterer Funkruf:

»Hier Malteser Rettungsdienst. Benötigen sofortigen Zugang zu Wohnhaus in Thekla nach Funknotruf. Adresse Seidel, altes Flugfeld dreiundzwanzig. Hilflose weibliche Person, vierundsiebzig, zuckerkrank.«

Die Zentrale meldete sich und versprach, eine Funkstreife und den Schlüsseldienst zu schicken. Ein Paradoxon. Wir trugen den Schlüssel quasi bei uns. Aber jetzt brauchten wir zumindest keinen Durchsuchungsbefehl mehr und konnten auf direktem Wege zum Haus der Seidels fahren. Monika hatte vorher schon Seidels Fahrzeug am Kanal gemeldet, und wenn wir jetzt mit unserem Tatverdächtigen in Thekla auftauchten, würden ihn das LKA sofort kassieren. Ich machte Monikas provisorische Rundumleuchte auf dem Dach fest, und dann raste ich in Richtung Innenstadt. Das Martinshorn quäkte uns den Weg frei, als wir mit hundert Sachen über die engen Schlaglochpisten nach Thekla bretterten. Im Fond unseres Wagens saß Jörg Seidel, ein junger Mann, der das Leben anderer junger Menschen zerstört hatte. Spätestens morgen würde ihn das LKA übernehmen und natürlich den Ruhm dafür einheimsen.

Als wir die Sommerfelder Straße erreichten, stand bereits ein weißer Mercedes-Kombi mit Blaulicht vor dem Grundstück. Im Erdgeschoß blinkte die Leuchtreklame des Schlüsseldienstes. Ansonsten lag alles im Dunkel. Das Garagentor im Hof stand offen, und dreckige Laternen beleuchteten die dunkle Straße. Nachts wirkte die Gegend noch schäbiger und einsamer.

Zwei junge Sanitäter in Orange liefen uns aufgeregt entgegen. Sie waren kaum älter als fünfundzwanzig und völlig ratlos. Der größere der beiden trug einen Rettungskoffer in der Hand.

»Können Sie uns reinlassen? Frau Seidel hat einen Notruf abgesetzt, und es ist keiner da, um aufzumachen.«

Monika hielt kurz ihren Ausweis hoch.

»Uhde. Kriminalpolizei. Der Schlüsseldienst muß jeden Augenblick hier sein. Man wird Ihnen helfen. Haben Sie eine Ahnung, wo Frau Seidel sich aufhalten könnte?«

Der kleinere der beiden zuckte mit den Schultern. Seidel saß regungslos auf dem Rücksitz und beobachtete interessiert unser ratloses Treiben.

»Das Funkgerät hat eine Reichweite von fünfhundert Metern zur Basisstation. Die Basisstation ist ein kleiner Sender, der auch mit Batterien läuft. Wenn sie den auch dabei hat, beträgt die Reichweite fünf Kilometer. Eine Ortung kann bis zu zwanzig Minuten dauern.«

»Na großartig.«

Ich sah Seidel scharf an, auf dessen Gesicht wieder dieses trotzige Grinsen erschien. Er würde uns wohl kaum verraten, was mit seiner Großmutter geschehen war. Uns blieb also nichts weiter übrig, als zu warten. Erstaunlich schnell traf die Schutzpolizei mit einem VW-Bus ein. Und auch der Schlüsseldienst kam innerhalb weniger Minuten, was Jörg Seidel zu einem höhnischen Gelächter animierte. Ein feister Wachtmeister, Ende dreißig, gemütlicher Typ mit Schnauzbart, beleuchtete das Schloß für den Mann mit dem Spezialwerkzeug. Sie scherzten. Wann öffnete schon mal ein Schlüsseldienst ein Schloß im Haus der Konkurrenz?

Dann waren sie im Haus. Die Sanitäter forderten uns auf, bei der Suche zu helfen, und ohne zu zögern liefen wir ihnen nach. Das Haus war dunkel und still. Die beiden Sanitäter trennten sich und begannen mit der Suche:

»Frau Seidel? Hier ist der Malteser-Hilfsdienst. Melden Sie sich bitte.«

Die Rufe hallten ungehört durchs Haus. Keine Antwort. Ratlosigkeit. Die Kuckucksuhr tickte gnadenlos.

Wir stiegen die Treppe hinunter zum Keller, und ich klinkte an der Kellertür. Sie war verschlossen. Der Wachtmeister ging mir zur Hand. Holz splitterte. Der Strahl der Taschenlampe beschrieb einen Halbkreis. Im Haus jedenfalls war nichts Auffälliges zu sehen. Ich ging mit Monika nach draußen und dachte nach. Die anderen kamen ebenfalls mit leeren Händen aus dem Haus.

»Läßt sich denn der Funksender endlich orten?« fragte Monika mit einem argwöhnischen Seitenblick auf die Baracke.

»Nein«, erwiderte der größere Sanitäter, »aber aufgrund der Stärke des Signals muß sie hier ganz in der Nähe sein.«

»Dann ist sie in der Baracke dort drüben.«

Monika lief voran, und die anderen rannten ihr nach.

»Vielleicht sollten wir einen Schlüsseldienst verständigen«, stichelte Monika, als der Mann vom Schlüsseldienst das massive Sicherheitsschloß an der Barackentür nach drei Minuten immer noch nicht geöffnet hatte. Es glückte ihm erst nach dem zehnten oder elften Versuch. Das Schloß sprang zurück, die Tür flog auf, und was wir sahen, war nichts weiter als eine gut aufgeräumte Schlosserwerkstatt. Wir schalteten das Licht ein und drehten langsam ein paar Runden. Nichts Außergewöhnliches zu entdecken, ein Blechtisch, Schleifmaschinen, Schlüsselrohlinge, ein paar elektrische Geräte, abgetretenes Linoleum.

Der Wachtmeister sah die Kratzspuren vor dem Schreibtisch zuerst.

»Kommen Sie mal«, rief er mir zu. Gemeinsam schoben wir den Tisch zu Seite. Wir entdeckten eine kleine quadratische Stahlklappe mit massivem Schloß, grob in den Boden eingelassen. Monika fieberte mit dem Mann vom Schlüsseldienst, doch gegen dieses Schloß war er selbst mit dem Brecheisen machtlos.

»Könnte aus einer Bank stammen«, meinte er.

Der Wachtmeister entließ den Schlüsseldienst und forderte über Funk einen Schweißer von der Feuerwehr an. Ich versuchte inzwischen, von außen einen Blick in das Untergeschoß zu werfen. Aber es war nichts zu erkennen; die tiefliegenden Kellerfenster waren zugemauert und die Tür der Kohlenluke auf der Rückseite des Gebäudes mit einer dicken Kette gesichert. Ungeduldig warteten wir auf die Feuerwehr.

Es dauerte eine ganze Weile, bis der Feuerwehrmann die Stahltür aufgeschweißt hatte. Die beiden Sanitäter kletterten die Stahlleiter zuerst nach unten, gefolgt vom Wachtmeister und seinem Begleiter. Unten ging das Licht an. Nach wenigen Augenblicken kam der größere Sanitäter zurück. Er war kreidebleich und vollkommen aufgelöst. Er rannte aus der Baracke. Mitten auf dem Hof blieb er stehen und erbrach eine rötliche Brühe. Dann kam der kleinere hektisch nach oben. Er sah genauso blaß aus. Er ging nach draußen, half seinem Kameraden zum Hauseingang und setzte ihn dort auf die Stufen. Der Wachtmeister folgte. Er hielt sich ein Tuch vor den Mund und sagte:

»Ihr Leute seid von der Kripo? Dann holt mal schnell eure restlichen Leute ran. Aber nur die mit den ganz starken Nerven!«

Er schüttelte fassungslos den Kopf und ging nach draußen zu seinem Wagen, um Verstärkung zu rufen. Ich entschloß mich, den Dingen ins Auge zu sehen, und kletterte die Sprossen hinab. Widerlicher, süßlicher Verwesungsgeruch schlug mir mit jedem Schritt stärker entgegen, so daß ich glaubte, mich gleich übergeben zu müssen. Der Raum hatte die gleiche Form und Größe wie der obere, war jedoch vollkommen gefliest. Ich sah einen großen Stahlschrank, ein Klappbett, eine große Tiefkühltruhe, ein Bücherregal, einen Wandspiegel und einen langen Tisch mit einer abwaschbaren Decke. Am Ende des Tisches lagen säuberlich aufgereiht chirurgische Instrumente, und ein großes Skalpell steckte im ausgeweideten Körper des Jungen von der Straßenbahn, den die Spielhallenangestellte Petra Schellenberg am nächsten Tag in der Pathologie als ihren sechzehnjährigen Sohn Daniel identifizieren würde. Der Tisch mit dem ermordeten Jungen stand direkt unter dem alten Kohleschacht an der Gebäuderückseite. Er war mit zwei Holztüren verschlossen. Alle Fenster waren zugemauert. Der Fußboden war naß. Neben dem Kohleschacht hing ein Wasserschlauch, und in dem versenkten Abfluß in der Raummitte stand eine dunkle Brühe. Es stank zum Gotterbarmen, süß und faulig. Mein Magen zog sich zusammen.

Der Begleiter des Wachtmeisters zeigte sich vom Gestank unbeeindruckt. Anscheinend litt er an verstopften Nebenhöhlen. Er hatte sich Latexhandschuhe übergezogen und leuchtete mit seiner Taschenlampe auf die vielen Pappkartons, die sich an der linken Wand aufeinandertürmten. Der Gestank schien vor allem von ihnen auszugehen.

Monika kam vorsichtig nach unten, zog sich ebenfalls Handschuhe über und öffnete die Tiefkühltruhe. Was sie sah, ließ sie aufstöhnen. Mit dem Gesicht nach unten, eingebettet in Plastetüten, lag der leblose Körper von Seidels Großmutter. Sie war mit bloßen Händen erwürgt worden, sicher von ihrem Enkel, als sie zu neugierig wurde. Vielleicht hatte sie nach unserem Besuch Verdacht geschöpft und versucht, in die Baracke einzudringen. Ihr Körper fühlte sich noch warm an, und Rigor mortis ließ noch auf sich warten. Auf den Plastetüten unter ihr klebten kleine Etiketten. Genau solche Tüten hatte man in Grausteins Tiefkühlschrank gefunden. Sie waren voller Blut, Samen und Innereien.

Ich hatte genug gesehen und kletterte schleunigst nach oben. Monika kam mir nach. Sie kämpfte im Hof tapfer gegen den Brechreiz, als wir zurück zu ihrem Wagen liefen.

Ich ließ mich auf den Beifahrersitz plumpsen und fragte mich, wie Graustein dort unten reagiert hätte. Vermutlich wäre er jetzt noch dort und würde sich alles fasziniert ansehen. Vielleicht würde er sich sogar von Seidel die schönsten Präparate zeigen lassen und die Präzision der Verstümmelungen begutachten wollen. Monika ließ sich neben mich fallen und funkte das Präsidium an. In weniger als einer halben Stunde würde das Dorf den größten Presseauflauf seiner Geschichte erleben. Und das LKA hatte endlich einen Verdächtigen.

27

Drei psychologisch geschulte Typen des LKA nahmen Seidel sechs Tage lang in die Mangel. Natürlich fuhren sie von Anfang an die harte Tour, und genau darauf hatte Seidel nur gewartet. Sie ließen mich von draußen durch die Glasscheibe zusehen, wenn sie ihn anbrüllten und versuchten, ihm sein Geständnis mit Sätzen wie »Nun sei doch ein Mann und gib es endlich zu!« abzuluchsen. Nachdem Seidel trotzig ein paar Stunden durchgehalten hatte, verlangte er nach einer Mahlzeit und versprach gleichzeitig, am nächsten Tag sein Geständnis zu schreiben. Ein neuer Tag kam und mit ihm ein neuer Verhörleiter, Seidel sah zunehmend schlechter aus, gab aber nichts von seinen düsteren Geheimnissen preis. Sie versauten es gründlich. Als es der Öffentlichkeit schließlich zu bunt wurde und die Presse Alarm schlug, beauftragten sie Monika, mich für ein Verhör zu gewinnen. Sie hatten gerade Seidels letztes Opfer, den sechzehnjährigen Daniel Schellenberg, anhand einer Zahnlücke identifiziert; Polizeimeister Werner und Monika würden seine Mutter am späten Nachmittag über die Wahrheit informieren müssen. Monika fragte, was ich zum Verhör bräuchte, und mir kam eine ausgefallene, wenn auch bittere Idee:

»Ich brauche einen Kameramitschnitt. Von allem. Filmt es meinetwegen aus dem Auto raus. Macht diese Mutter lebendig für mich und für ihn. Bringt mir Informationen. Wie sie von der Arbeit kommt, wie ihr dort hinfahrt, wie sie auf die Nachricht reagiert, wo sie wohnt, ihre Lebensgeschichte, die Geschichte ihres Sohnes. Ich brauche Videoaufnahmen aus dem Werkstattkeller mit den Leichenteilen, Aufnahmen aus der Gerichtsmedizin. Schneidet es mir hübsch zusammen und stellt mir eine Fernseh-Video-Kombi in das Verhörzimmer. Wir machen es gleich morgen früh um acht, da ist es am besten. Zeichnet alles auf. Hängt Spiegel an alle vier Wände, so daß er sein Abbild sieht, egal, wo er hinschauen will. Klebt Bilder seiner verstümmelten Opfer an die Ränder, wie einen Rahmen. Und legt mir einen Notizblock bereit. Okay?«

»Ja. Ist das alles?«

»Ja.«

»Wird gemacht. Jetzt fahr erstmal nach Hause und ruh dich aus.«

Ich fuhr recht früh nach Hause und ging dann auch sehr zeitig ins Bett. Die Strategie für mein Verhör hatte ich genauestens durchdacht, und ich wußte, ich würde mich wie immer auf meine Intuition verlassen können. Mein Schlaf war fest und tief, so daß ich am nächsten Morgen völlig fit für das Verhör im Präsidium auftauchte.

Diesmal standen die Typen vom LKA vor der Glasscheibe, und ich würde sie bei meiner Arbeit zusehen lassen. Ein kleiner Tisch, zwei Stühle, nichts weiter. Wie verabredet hatten sie Seidel bereits über eine halbe Stunde in dem Kabuff warten lassen, umgeben von Spiegeln und den Bildern seiner Opfer.

Nachdem ich mir alle neuen Informationen sorgfältig durchgelesen hatte, ging ich zu ihm, setzte mich wortlos auf den anderen Stuhl, verschränkte die Arme und sah in die verspiegelte Glasscheibe. Er tat natürlich so, als ob er mich nicht sehen würde, doch nach ein paar Minuten spürte ich, wie er sich entkrampfte und gleichzeitig unruhiger wurde. Mein Schweigen machte ihn neugierig. Jetzt hatte ich zumindest seine Aufmerksamkeit:

»Siehst du den Spiegel?« fragte ich. »Dort bist du, Jörg Seidel. Und das bin ich, Mirko Rosental. Wir sehen im Spiegel unser eigenes Abbild. Meine Lippen bewegen sich. Ich sehe mir in die Augen, und erkenne mich wieder. Und dennoch sehe ich mich anders. Anders, als wenn da kein Spiegel wäre und ich so mit dir reden könnte.«

Seidel musterte halb verblüfft, halb verärgert mein Spiegelbild von der Seite. Sein eigenes mied er peinlich bemüht. Die typische Haltung eines leidenschaftlichen Selbsthassers.

»Weißt du«, fuhr ich fort, »ich tu so was wie das hier zum ersten Mal. Das macht mir schon ein wenig Angst. Ich meine nicht nur mein Spiegelbild, sondern weil ich eigentlich gar nicht weiß, was ich dich fragen soll. Darf ich eigentlich du zu dir sagen? Ich meine, wir sind fast gleichaltrig. Du kannst mich auch ruhig duzen.«

Seidel stand der Mund offen. Er sah mich jetzt unverwandt an, und nach ein paar zögerlichen Augenblicken kam so etwas wie ein leises Okay von seinen Lippen. Ich hakte nach:

»Was sagtest du gerade?«

»Ja.«

»Schön. Dann erzähle ich dir jetzt eine kleine Geschichte. Siehst du, der Physiker Ernst Mach, das ist der mit der Schallgeschwindigkeit, hat sich viel mit parapsychologischer Philosophie beschäftigt. Ich bin ja Psychologe, und daher interessiert mich das, was er geschrieben hat. Also, eines Tages, als sich dieser Mach mal wieder auf dem Weg zur Universität befindet, streift ihn so ein rüpeliger Radfahrer und fährt einfach ungerührt weiter. Dem Mach, der gerade in sich vertieft über alle möglichen Dinge nachdenkt, wird sogar die Brille von der Nase gerissen. Er hört, wie das Glas auf dem Pflaster splittert, und aus Wut brüllt er dem Radfahrer etwas Unflätiges hinterher. Er fühlt sich danach natürlich gleich besser, wie immer sein eigenes, selbstgeschaffenes Bild vor Augen, das eines stattlichen, attraktiven Herrn im grauen Regenmantel. Zur gleichen Zeit aber fällt ihm direkt gegenüber ein unangenehmer, gebeugter Mann mit feistem, puterrotem Gesicht auf, der dabei ist, seinen viel zu eng sitzenden Mantel glattzustreichen. Als Mach versucht, sich nach seiner Brille zu bücken, muß er feststellen, daß dieser ihm inzwischen widerwärtige Kerl gerade versucht, ihn auch noch nachzuäffen. Er will auf ihn zu, um ihn für sein flegelhaftes Verhalten zur Rechenschaft zu ziehen und muß beim Näherkommen feststellen, daß er sich lediglich vor einer verspiegelten Trennwand zwischen zwei

Schaufenstern befindet. Draußen, drinnen und ich. Das sind Machs Worte. Drei Komponenten, die sich ständig beeinflussen und doch fähig sind, ein stabiles Ganzes zu bilden. Jedoch sind sie auch in einer Art selbsterhaltender Ignoranz gegeneinander abgekapselt, und deshalb sehen wir uns selbst immer anders, als wir auf andere wirken. Und umgekehrt: Andere nehmen uns oft ganz anders wahr, als wir tatsächlich sind. Wir werden anhand von Äußerlichkeiten identifiziert und dabei nur zu häufig verkannt. Ist es nicht so?«

Seidel nickte kaum sichtbar und sah zu, wie ich an der Fernseh-Video-Kombi herumschaltete. Sie hatten das Video eben erst fertig geschnitten. Das Band surrte los. Grobkörniges Bildmaterial, schlechte Farben. Ein typisches Überwachungsvideo; die Uhrzeit und das Datum eingeblendet. Ein Mietshaus im Osten. Eisenbahnstraße. Eine Frau kommt aus einer Spielothek und geht zur Straßenbahn. Ich kommentierte:

»Das ist Petra Schellenberg, einssechzig groß, einundvierzig Jahre alt und ziemlich dick. Sie arbeitet tagsüber auf 520-Mark-Basis in der Spielothek »Powerplay«, wo sie die Theke betreut, saubermacht und für den Getränkeausschank sorgt. Sie ist arm, wirkt unattraktiv und auch nicht gerade intelligent, und rein äußerlich betrachtet kommt sie einem natürlich sehr gewöhnlich vor. Siehst du, jetzt wuchtet sie sich in die Straßenbahn. Es ist die Linie acht nach Paunsdorf-Nord, wo noch die ganz alten Tatra-Bahnen fahren, die mit den Plastesitzen und dem abwaschbarem Gummiboden. Denn das ist die berüchtigte Ostlinie, mit der abends die Obdachlosen heim ins Notquartier vom Roten Kreuz rumpeln, in der betrunkene Halbstarke die Passagiere vollpöbeln und manchmal sogar Messerstechereien zwischen Asylanten stattfinden, während draußen graue Fassaden, blinde Fensterscheiben und bucklige Fußwege voller Hundescheiße vorbeigleiten. Fast jeder hier im Viertel hält sich inzwischen einen großen Hund, am liebsten einen Dobermann oder gleich einen echten britischen Bulldog, und da es fast nirgendwo Grünanlagen gibt, sehen die Fußwege eben entsprechend aus. Frau Schellenberg wohnt am anderen Ende der Straße, direkt über dem »Biereck«, übrigens eine Kneipe mit einer kleinen Spielothek.«

Es war inzwischen auf dem Video richtig dunkel geworden, und Sprühregen ließ den geflickten Asphalt fettig glänzen. Die Straßenbahnschienen sahen ölig aus. Die Kamera hatte die kurze Fahrt der Tatra-Bahn die ganze Zeit über aus einem Autofenster heraus begleitet. Haltestelle Geißlerstraße. Die Frau stieg aus, lief ein paar Meter zurück und betrat dann ein düsteres Eckhaus. Direkt über der Kneipe ging das Licht an. Man konnte in ein spartanisch ausgestattetes Wohnzimmer sehen. Seidels Blick hing starr am Bildschirm.

»Frau Schellenberg ist jetzt in ihrer Einraumwohnung angelangt, wo sie mit Hilfe des Sozialamts so etwas wie einen kleinen Haushalt aufrechterhält. Sie wird sich jetzt wie jeden Abend zwei dicke Brote schmieren, dann ein wenig Hausarbeit erledigen und schließlich kurz nach sieben ihren Fernseher einschalten, RTL, SAT1, oder PRO7, sehr, sehr laut jedenfalls, denn außer ihr wohnt sonst niemand mehr in dieser schäbigen Bruchbude, wo die Kneipengäste ständig ins Treppenhaus pinkeln, die Bässe der Stereoanlage unter ihren Füßen wummern und der Gestank von Fritierfett sogar schon in der struppigen Auslegware steckt. Vom ständigen Straßenlärm und vom Abgasgestank ganz zu schweigen. Sie wird einfach dort in ihrem Sessel hocken und in die Röhre glotzen. Ganz allein. Ihren Mann hat sie seit seiner Inhaftierung nicht mehr zu Gesicht bekommen, ihr Sohn wurde in den Monaten darauf wegen mehrerer Eigentums- und Gewaltdelikte vorbestraft und landete schließlich für ein Jahr im Jugendknast Halle. Sie trinkt, verliert ihre Wohnung, undsoweiter.«

»Aber ...«, sagte ich zu Seidel mit erhobenem Zeigefinger, »... sie gibt nicht auf. Sie kämpft um die Sozialwohnung in der Eisenbahnstraße, sie kämpft noch immer um einen geregelten Vollzeit-Job, sie kämpft darum, die strengen Auflagen des Jugendamtes zu erfüllen, so daß ihr Sohn nach der vorzeitigen Entlassung aus der Haftanstalt sofort zu ihr zurückkehren konnte. Er ist jetzt sechzehn, und sie weiß, sie wird ihn nicht mehr lange bei sich halten können. Aber schließlich fühlt sie sich ihm gegenüber verpflichtet, denn sie ist seine Mutter. Und dann verschwindet der Junge nach zwei recht harmonischen Wochen einfach so und hinterläßt noch nicht einmal eine Nachricht.«

Ein grober Schnitt. Werner und Uhde stehen als schemenhafte Figuren im hellerleuchteten Wohnzimmer über dem »Biereck« und sprechen mit der Frau, die mit vors Gesicht geschlagenen Händen im Fernsehsessel kauert und hemmungslos schluchzt. Es ist eine lange, gleichförmige Einstellung. Ich fuhr fort:

»Ja, und das ist Frau Schellenberg, nachdem Polizeimeister Werner und Kommissar Uhde ihr in ihrem Wohnzimmer gesagt haben, daß sie ihren Sohn gefunden haben, und zwar ermordet.«

Das Bild wechselte. Der Keller von Seidels Werkstatt. Daniel Schellenbergs Leiche ausgeweidet und bestialisch verstümmelt auf dem Tisch unter dem Kohlenschacht. Kriminalbeamte, die mit blassen Gesichtern in den Pappkartons an den Wänden wühlen. Seidel versuchte immer noch, den Unbeeindruckten zu spielen, aber an seiner nervös zuckenden Gesichtsmuskulatur konnte ich erkennen, daß die Bilder ihn bewegten.

»Das da auf dem Tisch ist also Daniel Schellenberg, sechzehn Jahre alt, beziehungsweise das, was noch von ihm übrig geblieben ist. Graustein, dieses Monster, hat ihn übel zugerichtet. In den Pappkartons an den Wänden und in der Tiefkühltruhe befinden sich zum Teil stark verweste Glieder der anderen Opfer. Es ist einfach unvorstellbar, was dieser Graustein mit seinen Opfern angestellt hat. Er hat ihnen das Genick gebrochen, sich an ihnen vergangen, sie gebissen, zerstückelt, ausgeweidet und anschließend teilweise verbrannt. In seiner Wohnung haben wir die Leichenteile sogar in der Tiefkühltruhe entdeckt. Er scheint seine Opfer auch noch gegessen zu haben. Das ist doch wirklich furchtbar, oder?«

Seidel schluckte, aber er blieb stumm. Sein Gesicht war jetzt rot angelaufen. Das Videobild wechselte wieder. Ein Schließfach im Kühlraum der Gerichtsmedizin.

»Das da ist das Schließfach Nummer 2709. Da liegen jetzt Daniels Überreste. Seine Mutter war gestern dort und hat sich alles angesehen, wegen der Identifizierung. Der Pathologe, eigentlich ein wirklich abgebrühter Zeitgenosse, hat natürlich versucht, den zerfetzten Körper einigermaßen wieder herzurichten, was selbst er als eine Zumutung bezeichnet hat. Frau Schellenberg wollte sofort wieder zurück nach Hause gebracht werden und lehnte jeder ärztliche Hilfe ab. Morgen muß sie schließlich beim Sozialamt das Fürsorgebegräbnis für ihren Sohn beantragen, denn es dauert wohl mindestens ein bis zwei Monate, bis der Antrag durch ist. Beamte prüfen bekanntlich alles stets sehr sorgfältig. Ziemlich hart für einen Menschen, der gerade das letzte bißchen Hoffnung in seinem Leben verloren hat, oder?«

Seidel wich meinem Blick aus. Ich erwischte sein Spiegelbild und hielt jetzt ständig Blickkontakt. Er hatte angebissen.

»Verstehst du jetzt, was du mit deiner naiven Großmannssucht angerichtet hast? Wie konntest du nur solch einem brutalen und kaltblütigen Mann wie diesem Graustein deine Werkstatt überlassen? Er hat von Anfang an gewußt, daß du dich wegen deiner Gutmütigkeit leicht ausnutzen läßt, und jetzt ist er frei, und du sitzt hier. Ja, du bist gewissermaßen auch eines seiner Opfer, und deine Kindheit ist der von Daniel Schellenberg in ihrer Tragik sehr ähnlich. Die Kinder in der Schule haben sich über dich lustig gemacht und geglaubt, du wärst eine nutzlose Maschine ohne Gefühle, ohne Phantasie und vor allem ohne Sexualität. Du warst seit frühester Kindheit gehemmt, du hattest Angst vor den anderen, am meisten aber Angst vor deiner eigenen blühenden Phantasie, die dir mit der Entdeckung deiner egoistischen, furiosen Sexualität einen Ausweg aus deiner trostlosen Alltagswelt bieten konnte. Du warst unfähig, zu flirten, du mußtest bezahlen, nur um dem kleinen Timmy auf dem Schulklo einen runterholen zu dürfen. Und der hat sich einen Dreck um deine Liebe geschert. Du hattest niemanden auf der Welt, der für dich da war, deine erste große Liebe war ein einziger großer Reinfall, und deine Großmutter, die für dich gesorgt hat, konntest du aus Angst noch nicht einmal vor diesem gerissenen Mörder warnen. Du bist ein bedauernswerter Versager. Ja, genau das bist du.«

Seidel sah mich jetzt aufrichtig wütend an. Seine Augen sprühten, und ich wartete gefaßt auf den Augenblick, in dem er explodieren würde. Ich bohrte weiter:

»Die Presse ist inzwischen natürlich voll auf deiner Seite, seit sie von mir wissen, daß Graustein deine Großmutter nur als Geisel genommen hat, damit du ihm bei der Spurenbeseitigung hilfst. Die Presse kennt jetzt deine traurige Vergangenheit, sie wissen jetzt, daß du es nicht gewesen sein kannst, denn du bist viel zu harmlos und als Sohn einer alkoholkranken Mutter und eines manisch depressiven Vaters genetisch vorbelastet. Kein Mensch spricht mehr von einer Verurteilung, und das Mitleid der Öffentlichkeit ist dir sicher. So wie ihr ganzer Zorn auf Graustein lastet, dem einzigen Mordverdächtigen. Er hat gewußt, daß sie dich schon vor der Gerichtsverhandlung für unzurechnungsfähig erklären lassen, und daß damit deine Zeugenaussage wertlos ist, aber ich bin Psychologe, und ich weiß, daß auch Geistesgestörte die Wahrheit sagen können. Mir geht es hier nur um die Wahrheit. Du bist von diesem Monster gezwungen worden, seinen Opfern seelisch ganz nahe zu sein, du weißt genau, was sie gefühlt haben, als sie unter furchtbaren Schmerzen gestorben sind. Wenn du mit ihnen fühlst, dann verrate uns bitte, wo Graustein sich befindet. Ich verstehe deine Ausweglosigkeit, aber ich kann dir helfen.«

Ich schob ihm den kleinen Notizblock samt Tintenroller über den Tisch. »Du mußt dich nicht gleich entscheiden«, sagte ich ruhig.

»Ich habe mit dem Staatsanwalt vereinbart, daß du umgehend in ein psychiatrisches Sanatorium überstellt wirst, sobald du Graustein der Wahrheit gemäß belastest und gegen ihn aussagst. Wir lassen dich dann sofort für unzurechnungsfähig erklären, und du wirst eingewiesen. Das Sanatorium liegt sehr ruhig und ist von der Außenwelt völlig abgeschieden. Du hättest dort endlich Ruhe. Möchtest du mir jetzt vielleicht noch etwas sagen, bevor ich gehe?«

Ich stand auf, ohne die Antwort abzuwarten und bewegte mich auf die Tür zu. Seidel hockte mit nervös zuckenden Händen auf seinem Stuhl und hatte bereits Tränen in den Augen. Vor Wut.

»Ich war es«, preßte er wütend hervor, als ich schon in der geöffneten Tür stand. Ich fuhr herum. »Wie war das?«

Seidel sah mich haßerfüllt an.

»Ich habe es getan. Ich habe sie alle umgebracht. Nicht dieser Graustein. Dieses aufgeblasene Arschloch will sich doch nur mit meinen Federn schmücken!«

Ich stemmte die Arme in die Seiten.

»So? Na, das ist ja lustig. Und wieso ist er dann auf der Flucht vor der Polizei? Und wieso haben wir Leichenteile in seiner Wohnung gefunden und einen toten Jungen in seinem Auto?«

»Das war ich. Ich hab' den Fettkloß aus seiner Wohnung gelockt und bin dann bei ihm eingebrochen. Ich hab' ihm das ganze Zeug in die Tiefkühltruhe gelegt. Der Kerl hat doch bis heute keine Ahnung, wer ich eigentlich bin. Nachdem der vietnamesische Junge mir entwischt war, ist er an mir vorbei aus dem Haus gerannt, ohne mich zu beachten. Er ist der Versager, nicht ich!«

»Ach was. Wir haben aber keine Einbruchsspuren an Grausteins Wohnungstür gefunden.«

Seidel hatte sich jetzt erhoben. Er sah furchtbar aus, so wie man sich einen vollkommen Wahnsinnigen vorstellte.

»Ich bin Schlosser, verdammt noch mal! Ich hab' doch was drauf! Ich bin doch kein Versager! Wieso glaubt mir denn keiner? Ich hab sie doch alle umgebracht!«

»Das glaub ich dir nicht«, sagte ich lapidar und wies kategorisch auf den Notizblock.

»Wenn du willst, kannst du mir ja die Wahrheit noch aufschreiben. Ich lese es dann morgen durch.«

Bevor Seidel noch etwas sagen konnte, warf ich die Tür hinter mir zu und beobachtete durch die Glasscheibe, wie zwei Vollzugsbeamte den verzweifelt um sich tretenden Seidel in die Zelle abführten. Befriedigt registrierte ich, wie die LKA-Typen mich bewundernd anstarrten, als Seidel nach dem Notizblock verlangte.

»Einfach irre«, sagte Uhde.

»Ja. In der Tat.«

»Aber ist das nicht unklug, ihm jetzt, wo er schon alles zugibt, immer noch zu widersprechen? Der Tonbandmitschnitt reicht doch völlig als Entlastung für Graustein. Du hattest natürlich recht.«

Ich schüttelte den Kopf.

»Darum geht es nicht. Ich habe Seidel gerade die Hoffnung zerstört, als gefürchtete Berühmtheit in die Kriminalgeschichte einzugehen. Wenn wir Glück haben, schreibt er alles detailliert auf, und anhand dieses handschriftlichen Geständnisses weise ich ihm durchweg planvolles und kalkuliertes Handeln nach. Wenn er erst einmal merkt, was passiert ist, hat er keine Möglichkeit mehr, der Öffentlichkeit etwas vorzumachen. Er kann von der Verteidigung nicht mehr für unzurechnungsfähig erklärt werden und wandert lebenslänglich hinter Gitter.«

Uhde sah mich aufmerksam an:

»Woher wußtest du, daß Seidel auf die provokante Tour reinfällt?«

»Nun, ein gewisser Hauptkommissar Graustein hat ihn mit dieser Tour schon einmal aus der Reserve gelockt, und ich dachte mir, was einmal klappt, funktioniert auch beim zweiten Mal.«

»Du bist ein Genie. Bis Sonntag dann.«

»Ja. Bis Sonntag.«

Obwohl ich meine Dienstzeit an diesem Tag zu allerhöchstens zwanzig Prozent abgeleistet hatte, ließen sie mich gehen.

Sie bahnten mir sogar so etwas wie eine kleine Ehrengasse, und als ich die Treppe vom Präsidium herunterstolperte, sah ich mich bereits von einer kleinen Schar bestens informierter Journalisten umringt. Ich kann nicht sagen, daß es mich unbedingt störte.

28

Sonntag, der elfte Mai. Früher Nachmittag. Jürgen war schon mit Monika zu ihrem Kleingarten gefahren und half ihr beim Renovieren der Laube. Wir würden uns später sehen. Terrine würde um vier auf dem Südfriedhof beigesetzt werden. Rüdi hatte angerufen. Terrine vermachte mir ihren schrottreifen Opel, wenn ich die Grabrede hielt und ihr für alles verzieh. Und Sascha sollte die erste Schaufel mit Erde werfen. So stand es im Abschiedsbrief des Herrn Fischbach. Aber Sascha war mit einem Freier auf die Seychellen durchgebrannt und würde so schnell nicht wiederkommen, wenn überhaupt. Er hatte Terrine eine große Karte geschickt, mit Palmen und weißen Muscheln, und an diesem Tag hatte das Leben des Herrn Fischbach durch eigene Hand geendet.

Ich dachte an Graustein. Seidel hatte tatsächlich alles aufgeschrieben. Es war einfach unglaublich, so furchtbar, wie die Wahrheit nur sein kann. Seidels Mutter hatte keinen Selbstmord begangen. Sie hatte ihren fünfzehnjährigen Sohn auf einem Schaf erwischt, das er aufgeschlitzt und in dessen Todeskampf bis zur eigenen Bewußtlosigkeit penetriert hatte. Als Seidel erwachte, klemmte sein blutiger Schwanz zwischen einer Heckenschere. Seidels Mutter drückte nicht zu. Schockiert ging sie zurück in ihr Bett und betete, daß ihr Sohn sich ändern würde. Aber der holte inzwischen das Jagdgewehr seines Vaters aus dem Schuppen und zwang sie noch in derselben Nacht, eine Überdosis zu schlucken. Die Polizei fand am nächsten Morgen einen verängstigten Teenager, den seine Mutter vor ihrem Selbstmord angeblich im Kohlenkeller eingeschlossen hatte.

Ich fühlte auf einmal eine stechende Leere. Meine Ohren fiepten. Schwarzes Nichts. Brennende Stille. Wahnsinn. Bevor ich es mir anders überlegen konnte, zog es mich ins Badezimmer, wo ich mich vor die Kloschüssel hockte und ihr meinen Mageninhalt entgegenbrüllte. Ich stand auf und sah in den Spiegel. Ich sah absolut fertig aus. Der Fall Seidel und seiner Opfer hatte ein hohlwangiges, rotäugiges und blasses Gespenst aus mir gemacht.

Ich ging auf den Balkon und sah auf die Betonklötze von Neu-Paunsdorf. Draußen schien eine angenehm milde Sonne, ein frischer Wind raschelte mit den Büschen am Straßenrand und trieb düstere Wolken über den klaren Himmel. Friedliche Spaziergänger, ein paar tobende Kinder auf Fahrrädern, saubere Autos, Frieden. Ich atmete durch. Ein Möbelwagen hielt vorm Nachbarhaus und erinnerte mich an eine weitere große Entscheidung. Ich hatte sie schon sehr lange vor mir hergeschoben.

Fünfzehn Uhr dreißig. Die Zeit lief mir davon, und ich würde mich beeilen müssen. Ich hielt meinen Kopf unters kalte Wasser, zog mich um, aß schnell einen Joghurt. Allmählich ging es mir wieder besser. Obwohl es draußen jetzt ein wenig regnete, radelte ich zum Friedhof. Ich hatte Gegenwind. Wasser sprühte vom Asphalt gegen meine Beine, aber auch das war mir egal. Ich flog nur so durch die leeren Straßen. Ich würde die Dinge nehmen, wie sie kamen. Es war alles vorbei, und alles fing wieder von vorn an. Und als ich schließlich den biederen Sarg sah, in dem Terrine in ihrem schrecklichsten Fummel zu Tonbandmusik den Schacht zum Krematorium hinabsackte, klammerte ich mich schließlich doch noch ganz fest an Jürgen und weinte. Ich kann nicht sagen, daß es nur aus Trauer geschah.